GOBOOKS & SITAK GROUP©

紅鶴

홍학의 자리

鄭海蓮（정해연）◎著
王品涵◎譯

高寶書版集團

序幕

湖水吞噬了多泫的身軀。細長而柔軟的髮絲、纖細的腰身、徹夜搔弄的胸、纖長的雙腿，以及做愛時滿足地朝著天花板伸展的雪白修長手指，通通與記憶一起消失於湖底。多泫那彷彿催促著動作別停下來的嬌聲呻吟，是早已命喪黃泉的他再也無法擁有之物。

徹底吞噬多泫的湖面，寂靜地泛起漣漪。濬厚疲憊的身體氣喘吁吁，凝視著漣漪的痕跡。

為什麼會變成這樣？

好像只是一場夢。在他的懷裡，始終有著多泫。每當濬厚貪圖著那副肉體時，嬌小的身軀總是一邊不停掙扎，一邊噗哧笑著。而多泫懷裡的濬厚，無比自由。什麼倫理道德的，通通阻擋不了他。再也沒有他做不了的事。

他雖從未想過這份幸福能天長地久，卻也沒有預料到會是這樣的結局。

湖，猶如忘卻一切般變得波平浪靜。起風了。沒有適當控制而長得亂七八糟的雜草們相互碰撞後，發出了刺耳的聲響。回首，空無一物。他，是此處唯一擁有生命之物。

告訴濬厚這座湖所在之處的人，正是多泫。依山的位置，是得途經極長未經鋪建的道路才能抵達的地方。原本劈開湖邊的山打算進行開發的建商，最終卻面臨破產，已是十多年前的事了。工程半途而廢的痕跡，醜陋地殘留在原地。由於訴訟問題尚未解決，始終維持禁止出入狀態的此處，不見任何人影。正好適合兩人藏身。坐落於湖泊上方位置的向陽村居民，即使在大白天也不會過來這個昏暗的地方。

濬厚鬆了一口氣後，再次轉頭面向湖泊。湖面映著他的臉龐。剎那間，濬厚竟無法意識那是自己的臉。僵硬得嚇人的臉龐中，滿是扭曲的欲望。披裹著恐懼與憂傷外衣的惡魔，蟠踞其中。

多泫不是濬厚應該貪戀的人。已屆四十五歲的他，早就該放棄才高中的多泫。只是，他做不到。每當歡愉的瞬間結束後，濬厚總是會像進行某種儀式般地緊擁多泫小巧的身軀。這些時候，現實頓時不再真實。他不敢相信自己竟能擁有這些片刻。唯有加倍使勁抱緊多泫的身體，才能意識何謂現實。被緊擁在懷裡的多泫，則是伸起小手輕撫濬厚淺青色的鬍渣。

「我喜歡看這樣的臉。大人的臉。」

濬厚凝視湖面盪漾著的自己的臉。多泫曾經喜歡的，大概不是這樣的臉吧?幸好，多泫死了。至少，多泫最後一眼見到的仍是那個自己曾經喜歡的表情。

脫離思緒的深淵後，趕緊看了看手腕上的錶。不能再拖了，得快點離開這裡才行。稍有差池，一切就會變得一塌糊塗。他轉身，車子依然停在稍遠處未經鋪建的路上。他朝著那個方向走去。來這裡的時候，是與多泫同行——即使不是活著的。然而，濬厚現在是獨自一人了。再也不會發生多泫進入他的懷抱、他的時光、他的生命的事了。

抵達車邊的他，打開駕駛座的門。轉過頭，湖泊靜謐如常。將某樣東西遺留在這裡的心情，無可奈何。

但是，到底是誰殺死了多汯？

1

最近似乎沒有過九點前下班的記憶。濬厚抬頭看了一眼時鐘後，嘆了嘆氣。剛過八點四十五分。他舉起雙手，揉揉臉，使勁按壓眼皮的上方，然後又深深地嘆了一口氣。

原本以為「老師」只要負責教導孩子就好，現在看來是打錯如意算盤了。除了備課、準備考試題目的分內之事外，「老師」還得處理各式各樣的雜務。就個人的部分而言，不僅要撰寫研究成果報告，自然也少不了課程相關的定期審查準備，以及教育廳五花八門的業務指示、資料彙整等。如果是擔任導師，光是一天要寫的日誌相關文件就超過五份以上了。寫報告的數量完全不亞於一般公司。雖然所有資料都得上傳到教育行政資訊系統，但這些工作大部分都會被推到年輕老師身上。由於是私立學校的緣故，調任的情況較少，因此多數老師的年齡都已屆六十。光是即將退休的老師就有三位之多。

如果像最近一樣剛好遇到要舉辦體育活動的話，準時下班更是癡人說夢。擬定活動計畫並列出必需物品的清單一事，自然是在收到各處室的預算後，再進行核准。此外，還得抽空備課才行。濬厚看了看堆在身旁的校園暴力問卷調查後，長嘆了一口氣。看來還得彙整資料……事情怎麼做都做不完。

感覺輕微頭痛的濬厚從座位起身，打開窗戶。即使竄湧而來的是悶熱的空氣，但吹了整天冷氣後，這麼做反而能讓大腦感覺輕鬆些。他伸了個懶腰後，一口氣喝下從飲水機裝來的冰水，定睛看了看眼前的空位，內心鬱悶至極。

銀波高中，位在晉平郡銀波面。濬厚來到這裡也已經三年了。收到調任通知的時候，他還住在大城市永仁，同時也正是他和妻子瑛珠結婚滿兩年。當時他們終於意識到彼此是完全不適合的人，就差走到「離婚」這一步了，問題只剩下「什麼時候開口」而已。然而，瑛珠卻忽然掏出了驗孕棒——兩條線。太令人驚慌失措了。在濬厚煩惱怎麼面對他的時候，眼前跳出了教育廳正在招募晉平私立學校銀波高中教師的公告。告訴瑛珠這件事，則是在確定錄取之後。

後來，即使提過了離婚這件事，瑛珠卻說「先分開一陣子，給彼此一點時間吧」。話雖如此，瑛珠他臉上其實堅定地寫著「絕對不離婚」。雖然內心清楚無論給彼此多少時間都不會改變想法，但至少可以再拖延一些時間。結果，三年來沒人再提過離婚的事。對瑛珠而言相當重要的法律問題，對濬厚倒是一點也不重要。

面對鄉下學校的工作，不只有擔憂，多少也有點期待。當時，正值濬厚厭倦了粗魯的孩子們，以及學生家長虎視眈眈著老師何時出錯的目光之際。鄉下學校，或許會不一樣吧？學生與家長的整體風格，確實如同濬厚的期待般不同以往。不過，也有更令人疲勞的部分——關於業務分擔的問題。

學校就是一個除了日常業務以外，還會有無數事情湧向老師身上的地方。各式各樣的公文、協調書如雪花般飛來。這種時候，年長的老師們就會開始拜託濬厚處理。起初，基於好心接受的請託，卻隨著日子一久變得越來越嚴重。不久之後，濬厚便意識到「我不太會」只是一個藉口。必須處理到很晚的業務，自然全是濬厚的事。他們認為，沒有和家人一起生活的濬厚，理所當然該體諒其他人。

這種情況要持續到什麼時候？濬厚明知道應該向其他人表達自己的想法才對，但只要一想到一切可能會因此變得尷尬，他終究還是選擇忍耐。

當濬厚看著眼前的空位嘆氣時，有人小心翼翼地打開了教務室的門。身穿深藍色制服的警衛，探了探頭。正確來說應該是「值班管理員」，不過暫時還不太習慣這個稱呼。胸口上可見電繡的姓名：「黃權中」。

「天啊！老師，您還沒下班啊？」

「對，事情有點多……為了處理下個月的運動會。」

濬厚苦笑了一聲。在警衛的雙肩之後，早已是漆黑一片。

「辛苦了！用餐了嗎？」

「嗯……吃過了。」

雖然沒有吃飯，但濬厚還是草草回答。省得回答了「還沒吃飯」，對方又會把堆在警衛室冰箱的食物拿過來要自己吃東西。一來沒有時間，二來也沒有食欲。而且，濬厚知道黃權中會在值勤期間偷偷喝酒，到時一定又會有意無意勸酒。就算可以裝不知情，但濬厚可沒有想要附和黃權中的意思。萬一出了問題，說不定對方還會把責任推到自己身上。

「辛苦您了！」

高齡超過七十的他舉起手貼著滿是皺紋的額頭，頑皮地敬完禮後，便關上門離開。再次變回獨自一人的濬厚，邊揉壓著一側的肩膀，邊將視線重新聚焦在螢幕上。他一心只想把工作處理到一個段落後，趕快下班。不管當初是否是勉強答應，也不管過去這段時間究竟怎麼樣，事情還是完成了。總之，事情再怎麼沒完沒了，總是會過去的。只是，現在似乎到了臨界點。一旦發生什麼問題，副校長勢必也不會袖手旁觀。

正當濬厚把文件一一存好檔並準備將電腦關機時，手機的訊息通知音效也跟著響起。拿起手機確認螢幕顯示內容的濬厚，嘴角隨即揚起一抹充滿活力的微笑。

「來做點壞壞的事吧！」

是多泫。字裡行間似乎能聽得見多泫爽朗的聲音。濬厚輕咬下唇，嘴裡的唾液不停分泌。該回答些什麼才好呢？濬厚也想像多泫一樣傳出這種訊息。

就在他苦思的瞬間，嘎吱作響的門又被打開了。雙肩不禁顫了一下的濬厚，一臉像個做壞事被發現的人般轉過頭。濬厚原本以為是警衛黃先生又回來了，但站在那裡的人竟是多泫。

濬厚將多泫推進教室後，焦急地關上門。步伐向後退的多泫撩起濬厚的T恤，一邊跨坐在書桌上，一邊高舉雙臂。濬厚輕鬆地脫掉多泫的T恤，接著立刻低下頭將多泫的小乳頭含進嘴裡。嘻嘻笑著的多泫，指縫間滿是濬厚的髮絲。

「別出聲！警衛大叔會在外面繞來繞去。」

聽著濬厚的低聲警告，多泫一把拉近他的頭並吻上他的唇。微張的嘴唇之中，兩人無止境地渴求與糾纏著彼此。多泫的纖細小手碰觸著濬厚腫脹的陰莖。

濬厚再也忍不住了，他雙手環抱多泫的腰，一把將他舉起。雙腿纏繞著濬厚腰間的多泫，被平放在地板上。多泫邊嚷嚷著「好冰」，邊嘻嘻笑著。

「好燙喔，老師。」

濬厚炙熱地俯瞰著裸身於月光之中的多泫。此刻，絲毫感受不到不久前仍壓制著身體的疲勞感。濬厚直接進入了多泫的體內。那是種足以讓眼前昏黑一片的銷魂感。為了不發出聲音，多泫時不時將牙齒倚著濬厚魁梧肩膀的模樣，反而加倍刺激了濬厚。他猶如一頭禽獸般，追逼著多泫。多泫一上一下起伏的頭部，不停碰觸著最後排的書桌。即使嘎吱、嘎吱的聲響聽起來就像警告般，濬厚卻怎麼也停止不了動作。

上課的教室、教導的學生與老師、未成年者。各種關於「禁止」的字眼，反倒讓濬厚為之瘋狂。

連尖叫都叫不出聲的激烈高潮，彷如閃電般裹覆兩人。濬厚動也不動地留在多泫的體內。多泫鼓舞似的輕拍他的背後，濬厚淺淺地笑了笑。離開多泫身上的濬厚深深嘆了口氣後，躺在他的身旁。

「好冰。」

「看吧。」

多泫邊笑，邊靠向濬厚的手臂。試著調節呼吸的濬厚，將手指伸入多泫的髮絲之間。

多汯的頭髮輕盈地穿透指間，有種既沁涼又使人感覺愉悅的柔軟。

「真的做了耶，壞壞的事。」

有別於嘴裡說的話，濬厚臉上帶著深深的滿足。雖然是第一次在教室做這種事，卻也因此更加刺激。他著迷於這種似乎再也戒不掉的刺激情緒。

兩人沉默了一陣子，唯有耳邊時不時傳來的急促呼吸聲。多汯先一步打破了沉默。多汯牽著濬厚的手說道：

「真正理解我的人，只有老師而已。」

「對。」

「真正理解老師的人，也只有我而已。」

「現在看來應該是氣消了吧？」

扯開嗓門爭執，不過才是一天前的事。不到二十四小時，兩人卻又像深怕錯過彼此的人一樣緊貼著對方。

多汯笑了。濬厚拱起上半身，將臉靠向多汯。正當多汯悄悄闔上雙眼之際，耳邊忽然傳來一陣模糊的聲響。

濬厚與多汯的目光同時投往門的方向。

「什麼聲音？」

聲音聽起來像是在呼喚某個人的聲音，以及「啪！」的一聲。濬厚皺了皺眉頭。

「應該是警衛。」

濬厚起身穿上衣服。多泫也一件件拾起散落在地上的衣服。臉上滿是嚇壞了的神情。為了安撫多泫的憂慮，濬厚朝著他敞開雙臂並攤開手掌。

「我得去看看。如果他沒看見我在加班，可能會覺得有點奇怪。」

「那我呢？」

「我看一下狀況再傳訊息給你。到時候你再出來。」

作為學生的多泫在這個時間點還留在學校，完全不合理。必須躲過警衛的視線才行。濬厚看著多泫開始穿衣服後，才小心翼翼地打開門。走廊上空無一人。一打開門，便能清楚地聽見警衛的聲音。那聲音充滿整座寂靜的校園，甚至連此刻置身三樓的教室都能聽見警衛的呼喊聲。

「老師！老師！」

濬厚急忙奔向走廊的盡頭，從相反方向的樓梯下樓。如果從中央樓梯下樓，一不小心可能就會和警衛撞個正著。如此一來就得解釋自己加班加到一半前往三樓的原因，但一時半刻又想不到合情合理的說法。因此，濬厚的計畫是在警衛沿著中央樓梯上樓的期間，從相反方向的樓梯下到一樓，接著再從警衛身後現身。濬厚的計算恰如其分。

「大叔，我在這裡啊？」

正沿著中央樓梯從二樓前往三樓的警衛，驚訝地停在兩層樓的中間轉過頭。濬厚從欄杆間探出頭看了看警衛，耳邊傳來警衛趕緊下樓的聲響。終於鬆了一口氣。

「您剛剛去哪裡了？」警衛回頭看了看濬厚的身後。

「剛剛覺得還好，但現在有點餓了，所以就去了趟實驗室，想說偷個泡麵來吃。雖然，這麼做不太對。」濬厚從容地說。

看著濬厚開玩笑似的笑了笑，警衛的臉上這才恢復笑容。

「唉唷！真是的，這種事跟我講就好啊！」

警衛邊露出卑微笑容，邊站近濬厚身旁並挽起他的手。

「我在警衛室為您煮一鍋，過來吃吧？」

「不用了，沒關係啦……」

假裝拒絕不了盛情的濬厚，任由警衛拖著走。他不是不知道警衛打算趁機和自己小酌幾杯，以及想和教職員拉近距離的意圖。畢竟工作能力評價分數是左右他續約與否的關鍵，而工作能力評價又是件相當主觀的事，自然不會有人對與自己相熟的人打太低的分數。

警衛室位在離開學校大樓後，往操場旁延伸的梧桐小徑盡頭處。設於接近校門方向的組合式建築，便是警衛室。警衛室的正面，幾乎有一半都是落地窗。入內後，即可見到老舊的鐵製書桌上倒置著讀到一半的武俠雜誌。

「請坐。我馬上煮好。」

牆邊有張木頭釘製而成的床鋪。雖然值班管理員沒有固定的睡覺時間，但在夜晚的校園能做的事確實不多。如果值班期間覺得疲勞時，的確該有個能稍微放鬆休息的空間。就算不能光明正大地買張床放在這裡，倒也不能針對他們自行準備的床鋪多說什麼。站在校方的立場，自然也是睜一隻眼閉一隻眼。濬厚坐上了木製的床。

黃權中打開冰箱的門，拿出兩公升的瓶裝水後，把水倒進放置在卡式爐上的鍋子裡。瓶裝水的蓋子早已褪成了黃色，本應是一次性使用的瓶子大概已經重複使用了好幾次。至於瓶內的水，應該是從行政室的飲水機裝來的。

黃權中煮泡麵的期間，嘴巴完全沒有休息過。一開始先是假裝同理年輕老師們繁重的業務，接著又立刻把話題轉向私事。大部分是在炫耀自己的孩子，以及羞愧於退休後又被經濟觀念不成熟的妻子害得要重新出來工作的事。偶爾給點迎合反應的濬厚，實際上根本沒有在認真聽，而是從口袋裡掏出手機，傳了訊息給多汯。

「現在可以小心離開。」

他將目光轉向警衛室的玻璃門上。雖然是能看得見外面的透明窗，但只要彎著腰經過的話，基本上不會被發現。過沒幾分鐘，警衛就已經煮好了泡麵。警衛用骯髒的抹布包住白銅鍋的兩側鍋耳。濬厚邊在地板上鋪好報紙，邊自然地佔據靠內側的位置。內心盤算著得讓警衛坐在自己的對面才行。如此一來，警衛就會是背對著玻璃窗而坐。

「開動。」

「金老師，工作這麼辛苦，不如喝一杯？」

黃權中以眼神委婉地示意。換作是平常鐵定會立刻拒絕這件事的濬厚，當下僅是露出尷尬的笑容。似乎意會到對方的同意後，黃權中興高采烈地起身，從冰箱內拿出一瓶已經喝過一些的燒酒。

黃權中原本打算先替濬厚倒一杯燒酒。只是，濬厚一邊說著自己得開車後，一邊從他手中接過了酒瓶。對此感到有些可惜的黃權中舔了舔嘴後，沒再強迫。濬厚接過他盛給自己的泡麵後，隨即舉起筷子。肚子其實不太餓的濬厚只能在假裝吃泡麵的過程中，悄悄在桌子底下掏出手機。沒有收到多泫回應的訊息。

「晚上工作很辛苦吧？」

在沒什麼話題的情況下，濬厚也只能假裝擔心一下根本毫不在意的他。

「在這個年紀還有工作能做，我已經很感激了。雖然也不是完全不辛苦啦……」

濬厚必須乖乖聽警衛抱怨三十分鐘左右才行。關於警衛要清理學生在休息區亂吐的口水與其他輪班警衛的固執性格，通通成為了兩人討論的內容。濬厚新想，要是再不適時起身，說不定會被糾纏整晚。

「謝謝招待。我差不多該回家了。」

「唉唷，是我耽誤老師太久了……差點忘記夜間巡邏的時間。」

酒勁開始發作的黃權中不悅地放聲大笑。濬厚離開警衛室後，再次拿出手機確認，卻依然沒有多泫的消息。如果順利離開學校了，至少也會傳個訊息才對。他邊走向學校大樓，邊打電話給多泫。

多泫沒有接電話。難道發生什麼事了嗎？還是他匆匆忙忙趕回家，所以沒有聽到電話鈴聲？手機明明有在身邊啊……就在帶著各式各樣的想法回到教務室的瞬間，握著教務室門把的濬厚頓時全身僵硬。他睜大雙眼，無意識地鬆開門把，往後退了幾步，並抬頭望著中央樓梯的上方。

耳邊隱約傳來電話鈴聲。

難不成多汯還沒回家？不可能。可是，現在聽見的確實是多汯的電話鈴聲。緊皺眉頭的濬厚沒有掛斷電話，另一端傳來「無人接聽」的留言指示。濬厚又打了一次電話，果然還是聽得見鈴聲。

濬厚的臉色漸沉，開始沿著中央樓梯往上爬。或許，是向來調皮的多汯想要嚇一嚇濬厚。這種玩笑一點都不有趣，不過是會讓他感到困擾的事罷了。抵達三樓的濬厚，走向剛才與多汯一起待著的二年三班教室。那是不久前才與多汯一起度過如夢似幻般時光的地方，也是濬厚擔任導師的班級，更是多汯的教室。濬厚毫不猶疑地走近教室，然後使勁推開門。他心想，如果是多汯在開玩笑的話，非得好好教訓一頓不可。

然而，眼前呈現的景象與濬厚的預想相距甚遠。他癱坐在原地，完全喘不過氣，腦海一片空白。濬厚張大合不攏的嘴，吃力地發出呻吟聲，而睜大得幾乎撕裂的雙眼，沒辦法抽離視線。他甚至無法呼吸。

多汯的裸體吊掛在教室天花板上，無力地晃動著。

氣息好不容易從鎖住的喉頭呼出來的瞬間，濬厚才終於回過神。他急忙環顧教室，很快就看到不遠處的地板上有把長約二十五公分的刀子。紋飾花俏的刀子上鑲滿了珠子。沒有時間思考為什麼教室的地板上會有一把刀了，他拾起刀後，拉來堆在一旁的書桌，立刻跳了上桌。纏住多泫頸部的繩索，是相當常見的ＰＶＣ材質，專門用來裝箱的那種細繩。長長的細繩沿著多泫的頸部向下垂墜。他一手支撐著多泫的身體，一手奮力地用刀切斷繩索的中央處。

多泫的軀體傾倒在他的懷裡。

濬厚心急如焚地伸手鬆開纏繞著多泫頸部的細繩。多泫的頸部不停地流出鮮血，看起來像是被什麼東西刺過一樣，且傷口遍布多處。他低頭看了看手中感覺的溫熱，那股令人不安的溫熱。多泫的血沾滿了他的手。

「多泫！多泫！」

他拍了拍擁在自己懷中的多泫的臉頰。肌膚冰得嚇人。試著用手探了探鼻息，卻絲毫感覺不到呼吸。把耳朵貼在胸口，也感受不到心跳。他焦急地將多泫平放在地板上。雖然接受過數次安全教育，也清楚心肺復甦術的方法，實際實行卻是第一次。他將顫抖不止的雙手放在多泫胸前，按壓的位置大約是在鎖骨至心窩中間處的胸骨上。他跪坐在多泫身旁，並開始按壓。上氣不接下氣且汗流不止。心臟緊縮的感覺，彷彿正在接受按壓的不是多泫，而是自己。濬厚如祈禱似的出聲數著按壓的次數。每次數到三十的時候，他就會移開雙手，然後把耳朵貼近多泫的鼻子。儘管重複了好幾次，卻始終聽不見多泫的氣息。情況絕望至極。

濬厚急忙伸手從口袋掏出手機。按完一一九的他，手指卻停在通話鍵上。他再三環視周圍。

亂七八糟的書桌，通通被推到了講台前。扣除那張自己為了切斷繩索而拉來的書桌外，懸在半空的多汯腳下空無一物。既然沒有任何東西能讓多汯踩踏，意即是「他殺」。況且，多汯也沒有自殺的理由。濬厚試著想過是否存在他不知道的原因，但怎麼想都不可能。被推開的書桌所在的位置，也不是多汯有辦法先踩上去上吊後再用腳踢開的距離；甚至連多汯的裸體都是維持著原本的模樣，再加上頸部還有被刀刺過的傷口……那不是試圖自殺的人會有的樣子。自己離開教室後，經過了超過三十分鐘以上。多汯沒有理由在這段時間內都不穿衣服。因此，意味著是有人在多汯穿上衣服前，把他變成這個樣子。

這裡是學校，再加上多汯是他殺，理所當然得進行驗屍。驗屍的過程，顯然會檢驗出一件事——多汯的體內留有他的精液。

學校裡就只剩下警衛和自己兩人而已。揭開精液的主人是誰這件事，用不了多久時間。

猶如被一記閃電擊中的他，抬起了頭。他下意識地撲向窗邊，窗外可見拿著手電筒的警衛正橫越操場朝著這裡而來。

只要進入調查程序，自然就能得知自己不是殺死多汯的殺人犯。只是，身為有婦之夫的他也確實和未成年學生發生過關係。濬厚用著不可置信的眼神注視多汯的屍體。一旦事實公諸於世，一切就毀滅了。

絕對不可以發生這種事。

2

高中生蔡多泫的失蹤案件調查，分配交由銀波警察局調查科姜致秀巡查隊隊長負責。雖然受理失蹤人口報案的當時沒有排除刑事犯罪的可能性，但有鑑於其高中生的身分，也合理懷疑是不是自行離家出走。然而，由於在行蹤調查的過程中發現了一些可疑的狀況，結果就在七小時後判定為失蹤案件，也就是七月二十九日〇時三十分。以姜致秀隊長為首的調查專案小組也隨之成立。會議的部分，則是交由參與初步調查的刑警負責。他身後的畫面，充滿了蔡多泫的照片。格外淨白的肌膚、又黑又圓的眼睛，以及修長的臉型。除了整體看起來給人「善良」的印象以外，沒有其他特別。照片是由校方提供的兩吋大頭照，照片裡穿著制服的他，看起來多少有些緊張。

「蔡多泫，銀波高中二年級，最後一次上學是七月二十四日。隔天起，也就是二十五日就開始缺席。導師撥過幾次電話，但都無人接聽。後來也因為學生一直沒有出席，曾經於二十八日的放學，在完成工作後前往學生家中，但沒有見到任何人，最後決定報案協尋失蹤人口。附檔是報案人的個人資料。」

四處傳來同時翻閱資料的聲音。姜致秀當然也翻閱著放置在桌面上的資料。銀波高中的二年級導師金濬厚，雖然資料上寫著「四十五歲」，但照片看起來倒是顯得年輕許多。

硬要說的話，外貌也算是長得俊美，年輕時期一定也被稱過「美少男」。已婚，且育有一名三歲的孩子。換作是年輕的未婚老師，在學校的人氣想必是風靡所有女學生。姜致秀低著頭說：「孩子沒有去學校，卻隔了四天才報案？」

「是，根據老師的說法，之前也發生過類似的情況。」

「壞學生啊……」

坐在會議桌對面的組員的呢喃，在一片寂靜之中聽來格外響亮。眼見眾人的目光忽然聚焦在自己身上，該名組員隨即縮起了脖子。

「雖然不是特別有什麼問題的學生，但怎麼說也是沒有監護人看管的學生，生活似乎比較沒有規範。」

蔡多泫是獨居生活。經調查，未婚生子的母親在八年前因詐欺嫌疑遭起訴後，在收押的監獄中自殺。後來，雖然轉由外婆負責扶養，但外婆也在一年前過世了。外婆名下的房子，是唯一的財產，而蔡多泫也就一直住在那裡。

「蔡多泫在二十五日總共離開家兩次。第一次離開，是晚間六點左右。」根據蔡多泫的簽帳金融卡紀錄顯示，可以確定他是去了趟便利商店。購買的商品是便當。」

負責報告的刑警指了指重點處。

「二十五日八點四十一分，這是蔡多泫住家附近道路的監視器畫面。」

不在蔡多泫照片消失的位置上，出現了監視器畫面的影片。雖然影片有點暗且畫質不佳，但大概分辨得出來。畫面中有條大馬路，有人從馬路盡頭的岔路處走了過來——是蔡多泫。走到馬路上的蔡多泫，在原地站了一陣子。刑警稍微快轉了影片。經過幾分鐘後，蔡多泫朝著某處揮了揮手。隨即有輛車停在蔡多泫面前，是計程車。畫面靜止。

「我們已經透過距離這裡不遠處的監視器確認計程車的車牌。很快就找到了載過蔡多泫的計程車司機到案說明，他表示自己是讓該名乘客在銀波高中附近的馬路下車。」

「去了學校？」

「是。不過，學校正門的監視器卻沒有發現學生的身影。學校正門會在夜間關閉。問題在於，之後根本完全沒有見過這名學生的蹤跡。」

有人提出「會不會是為了和誰見面才去了學校？」的想法。蔡多泫的通聯紀錄已經完成建檔。遺憾的是，蔡多泫的手機是在家中被發現的，代表他沒有帶手機出門。手機的通聯紀錄看不出任何有意義的內容，也沒有任何為了與誰約好外出見面的通話。

警方一方面在客運轉運站、火車站派發蔡多泫的失蹤傳單，同時也前往青少年們主要會逗留的網咖、KTV、汗蒸幕等場所打聽消息，另一方面則由調查科的姜致秀負責所有調查。換作是大城市，勢必會與女性暨青少年事務調查小組協力合作。只是，這裡並沒有設立女性暨青少年事務調查小組。

為什麼蔡多泫會在深夜前往學校附近？這是姜致秀之後必須釐清的部分；同時也可能是找到蔡多泫的重要線索。姜致秀重新將目光聚焦在蔡多泫的照片上。陰影籠罩著稚氣的臉龐。或許是因為深入了解了他艱辛的家庭背景後，看起來才會變成那副模樣。「只要活著就好，一定要找到。」姜致秀喃喃自語著。

平日上午，開始上課的銀波高中前相當幽靜。只能依稀聽見不足五坪的三明治小店播放著近來流行的偶像的歌曲聲音。從文具店裡走出的中年女性，正拿著抹布擦拭玻璃窗，看起來應該是老闆。姜致秀看了看四周，還有主要販售題庫的書店與房屋仲介辦公室，通通都是一到了晚上就會關店的場所。蔡多泫最後一次現身的時間是晚上九點左右，沒有目擊者想必也是理所當然的事。

姜致秀轉頭看往學校的方向。鐵門呈現向兩側敞開的狀態。鐵門的高度約兩公尺；如果想進入學校，這不是爬不過去的高度。不過，警衛室的位置就在正門旁。若想偷偷潛入，從正門進去似乎有些難度。再加上，計程車司機也表示自己是在學校附近讓蔡多泫下車，所以他不是經由正門，而是從其他地方進入校內的可能性很大。

為什麼得偷偷進入學校？假如是回來拿東西，大可向警衛室通報一聲就好。勢必存在著不為人知的內情。

「不進去嗎？」

刑警朴仁載歪著頭說道。他是剛分發到調查科不久的菜鳥刑警。畢業於仁州大學警護系的他，不僅擁有空手道的段位，拳擊的實力也相當出色。即使在調查方面的能力尚顯不足，但調查科長還是將他派到以業績第一為榮的姜致秀那組。實際共事後，不難發現朴仁載的理解能力確實聰敏、迅速，而姜致秀至今也對這項安排沒什麼不滿。

「當然要進去。」

姜致秀與朴刑警一起進入校內。朝著警衛室而去的兩人，敲了敲門後，咔嗒一聲推開門，一名七十多歲的老人隨即探頭查看。曬得黝黑的皮膚，滿布皺巴巴的皺紋。他是在蔡多泫最後一次來學校的那天值班的黃權中。他微笑著帶領兩人入內。身穿橘色登山服的他，下半身則是搭了件棉褲，腰帶扣環上，鑲著花俏的金龍樣式。時不時抓起腰帶提拉褲子的動作，似乎是他的習慣。而在他的身後，整齊地掛著警衛的制服。

「我沒下班，就是一直在等著兩位。」

身為值班管理員的他，簡單來說就是夜間警衛。他表示自己會在下午四點三十分上班，然後在第二天早上八點三十分下班，採隔日上班制。

「七月二十五日晚上，您沒見過有學生進入學校嗎？」

照著黃權中的引導坐在緊靠著牆邊的木床上的姜致秀，邊拿出記事本，邊開始提問。黃權中將椅子拉了過來，坐在兩人面前。

「就算兩位不問，我也已經告訴其他來問過的刑警了。我沒有見過。不只是學生，只要有任何人進入學校，我都不可能當作沒看見。」

「當天還有其他人在學校嗎？」

「我也已經在警方和我聯絡的時候仔細想過了。那天晚上，金老師也在學校加班，二年級的金濬厚老師。」

由於是關於學生到過學校後失蹤的案件，警方早就已經帶回校內所有監視器畫面的影片，並且全數完成分析了。根據監視器畫面，確認過導師金濬厚與警衛黃權中當天確實在校內一事。但無法排除兩人與蔡多泫的失蹤案件無關。

「可以讓我們看一下當天的值班日誌嗎？」

聽完姜致秀的要求，黃權中立刻轉了轉原本坐著的椅子滾輪，移動到書桌邊拿出一份黑色資料夾。資料夾的封面寫著「值班日誌」。翻了幾頁後，他便將資料夾交給姜致秀。

七月二十五日，蔡多泫最後一次現身的日子。

下午四點三十分上班的他會在學生們幾乎都已放學的七點前往資源回收場打掃，並關閉正門。隨後會在八點四十分沿著校內的圍牆進行巡邏，最後會在九點剛過不久的時間回到警衛室。他表示，主要是為了清理丟棄在休息區或花圃的垃圾，才得花這麼多時間。蔡多泫下計程車的時間是八點五十三分，因此警衛有相當充足的理由看不見他翻牆。十點之後，警衛又得開始來回巡邏校內。

「扣除寫在這裡的部分，您多數時間都待在警衛室嗎？」

「當然。除了巡邏外，其實沒什麼特別的事，所以會在這裡待命，以防發生火災或其他問題。」

他說完這番話後，突然瞪大雙眼。

「兩位該不會是在懷疑我吧？我根本連那名學生是誰都不知道，況且在這裡見過的學生那麼多……」

代替姜致秀坐在黃權中身旁的朴仁載隨即搖了搖手。

「不是這樣的，我們只是在試著釐清整件事而已。畢竟也有可能有其他人躲過警衛室的看管，然後跑進校園。」

聽完這個說法後，原本挺直腰桿的黃權中才終於放鬆緊繃的腰部。姜致秀僅是不發一語地低頭看著手中的日誌。坦白說，不是完全沒有懷疑他。被判斷是回到學校後才失蹤的學生，加上校內的確有人，調查時當然不能放過對任何一個人的懷疑。

「麻煩您詳細說明一下當天發生過的事。無論是什麼都可以。不管是那天做過的事、看過的東西，請通通告訴我們。」

頓時陷入沉思的黃權中，垂下眼簾凝視著地板，然後拍了拍放在大腿上的手。

「那天……沒什麼特別的，我就像平常一樣工作，然後利用空閒的時間看看書，就那個武俠雜誌……」

他指了指書桌，桌上約莫堆放了五本封面印有武士持刀的武俠雜誌。

「我從學校圖書館丟掉的東西裡撿來的，翻了翻覺得滿有趣就繼續看下去了。後來到了正門關閉的時間，我又去巡邏學校了一圈，然後發現教務室的燈還開著，進去一看才見到金老師還在做事。」頻率逐漸減少的敬語[1]，至此已經完全消失。

「金老師經常工作到……那麼晚嗎？」

「他確實經常工作到晚上啦，就算不是每次都做到那麼晚，金老師也算是滿常加班了。畢竟他才來這個學校沒多久，又比較年輕，自然得負擔多點工作。」

黃權中像是說著什麼大祕密般聳了聳鼻子，並刻意壓低音量。等了一下發現沒人回

1 註：韓文可分為敬語與半語；半語多用於對同輩或較自己年幼的人，有時亦有蔑視之意。

應，他才繼續接著說：「所以我就進去教務室向他打聲招呼。」

「當時只有他一個人嗎？」

「當然是一個人啊，不然要和誰一起。」

教務室的書桌相當多且寬敞，假如有人躲在裡面，會不會連黃權中也沒有察覺呢？

「打完招呼出來後，我就又回來警衛室了。之後大概經過二、三十分鐘左右吧？我想了一下，如果金老師要離開的話，我不就得再開一次正門嗎？因為金老師向來是開車上、下班。所以我又去了趟教務室想問一問他打算什麼時候走。萬一他一直不走，我豈不是都不用睡了。」

他的說詞彷彿澄清著大部分的工作時間是待命，不得已才會在漫長的工時期間偶爾打瞌睡。

「然後我又去了教務室的時候……啊！」

似乎記起什麼的他拍了一下膝蓋。

「我又去了教務室的時候，沒有看到金老師。可是，燈和電腦還是開著喔……我覺得有點奇怪，所以就回到走廊上，也因為沒有看到他才繼續往上一層樓移動，結果金老師反倒是從一樓叫了我。接著，我才又重新下樓。你們問一下金老師就知道了。」

「他有說是去了哪裡嗎？」姜致秀開口問道。

「好像說是做事做到一半有點餓，所以去了趟實驗室。老師們有時候會在那裡藏一些泡麵，然後偷偷煮來吃。」黃權中笑著說道。

姜致秀瞇起了雙眼。他莫名有些在意黃權中的話，卻又不知道原因何在。察覺姜致秀神情有異的朴仁載向他使了個眼色，以眼神詢問著「有什麼問題嗎？」隨後又稍微歪著頭，再次將目光轉移至黃權中身上。

「我說我來幫他煮就好，然後就帶著金老師來警衛室了。來這裡一起煮泡麵吃……接著金老師又回去教務室，我則是在巡邏時間從警衛室拿了巡邏鐘就出去了。巡完一樓，再巡二樓……大概是在巡二樓的時候吧？金老師說他要離開了，所以我就去替他開校門，然後金老師就從那條路下班，接著我又回去繼續巡邏。去一趟行政室，那邊應該還留著我的巡邏紀錄，畢竟那種東西也沒辦法修改。」

說了一大段話的他，似乎突然意識到金濬厚老師下班後就沒人能為自己提供不在場證明了，於是才自行補充了根本沒人問過的巡邏紀錄。然而，姜致秀關心的並非這件事。

「您剛剛說『巡二樓的時候』，也就是金濬厚老師是直接上前找黃先生，拜託您幫他開門嗎？」

猶如第一次聽見有人稱呼自己「先生」的黃權中，尷尬地笑著回答：「不是。被您這麼一說，我記得金老師是從樓上走下來的……」

「從樓上走下來？」

「他本來好像在三樓的樣子。因為金老師負責的二年級教室在三樓。」

「那個時間為什麼要去教室？」

黃權中聳了聳肩。「這我就不清楚了。關我什麼事呢？兩位應該去問金老師吧？」

姜致秀點了點頭，並將目光聚焦於坐在身邊的朴仁載的記事本上。朴仁載根據黃權中的敘述，詳實地按照順序記錄下來。不需要指示就懂得仔細做筆記這點，確實令人滿意。

「謝謝您撥冗協助，也很抱歉害您不能準時下班。」

「結束了？」

「如果之後還有問題的話，還是有可能得再麻煩您。」

為了表達自己的疲憊，黃權中毫不掩飾地轉了轉脖子後，隨即起身。兩人也跟著他離開了警衛室。在警衛室前與黃權中分開的兩人，沿著通往學校大樓的梧桐小徑前行。操場就在旁邊，但空無一人。此起彼落的夏蟬鳴聲，讓人切實地感受到了暑氣。

「校內的監視器都架設在哪些位置？」

「學校正門、後門、教師停車場、商店前，以及學校大樓的一樓出入口，皆設有監視器。」聽見姜致秀的提問後，朴仁載毫不猶疑地回答。

「影片都拿到了吧？」

「是。」

「回去比對一下警衛的證詞和監視器畫面是否一致。」

「了解。」

兩人快步地走進了學校大樓。採用水泥建成的大樓建築，可以直接穿著運動鞋入內。大樓的出入口位在一樓的正中央，迎面就能見到樓梯。沿著進入大樓的方向，往左是教務室，往右則是行政室與保健室。教務室的對面是教職人員專用的廁所。原本打算前往教務室而轉身向左走的朴仁載在意識到姜致秀沒有跟在自己身後後，立刻回頭看了一下。停下腳步的姜致秀，正在注視著某處。朴仁載也隨著他的目光轉過頭。走廊的盡頭，一眼就能清楚看見實驗室的門。

「怎麼了？」朴仁載靠近問道。

「剛剛啊……」無法將目光移開實驗室的姜致秀說道。聲線裡，充滿了疑惑。「警衛有說吧？他本來想去問一下下班時間，可是原本在加班的老師卻不在位置上。」

「是金濬厚老師。他不是說自己在實驗室嗎？」

姜致秀看了看朴仁載。

「警衛本人好像也沒有察覺吧……他剛才是這樣說的『我又去了教務室的時候，沒有看到金老師。可是，燈和電腦還是開著喔……我覺得有點奇怪，所以就回到走廊上，也因為沒有看到他才繼續往上一層樓移動，結果金老師倒是從一樓叫了我。接著，我才又重新下樓』。」

姜致秀依照自己的記憶，盡可能準確地背出警衛說過的話。只是，朴仁載一時半刻間實在不明白姜致秀究竟想表達些什麼。因為再聽了這段話一次的他，依然不覺得有什麼奇怪之處。

「既然從走廊就可以直接看見那間實驗室的門，那麼假如裡面開著燈的話，警衛應該知道才對。如此一來，他自然就會走去實驗室啊，就是因為沒有開燈，他才會走到樓上。」

「可是他也說了自己是往上走到一半，才聽見老師從一樓叫他，所以才又下樓。」

「如果他原本是在樓上，然後再從那邊的樓梯下來呢？」

朴仁載的視線順著姜致秀指的方向，轉移到了位在走廊盡頭的樓梯。他歪了歪頭。

「特地從那邊的樓梯？」

「警衛不是說他巡邏校園的時候，老師在三樓嗎？會不會當時老師也在三樓呢？」

「在三樓做什麼？」

「誰知道呢……」

姜致秀轉身前往教務室。他的雙眼，閃過了一道銳利的光。

「問一問本人就知道了。」

3

刑警姜致秀除了擁有一身好看的古銅色皮膚，還有一雙犀利的眼睛。稜角分明的下巴，給人強悍的感覺。透過身穿的夏季休閒西裝外套，也能看得見彷彿述說著「這傢伙絕對是刑警」般的肌肉。雖然與他一起現身的男子自稱是刑警朴仁載，但扮演的顯然是輔助調查的角色，始終保持在距離一步之後的位置。接待兩名刑警的地方，是學生諮商室，這麼做，是來自副校長的指示。教務室是不少學生與學生家長經常造訪的地方，萬一被看到與刑警見面的畫面，可能會破壞學習氣氛，而且對學校的形象也不好。濬厚本人也偏好這種作法。在其他老師們好奇窺探的目光下陳述證詞，無疑是一大壓力，再加上還有些不能說出口的話，心情更是如坐針氈。

引領兩人坐定位後，濬厚在學生諮商室的門掛上「使用中」的告示牌。接著，關門入內準備咖啡。他能感覺到兩位刑警都在不停查看諮商室的內部，雖然嘗試著放鬆緊張的心情，卻一點也不容易。

「兩位辛苦了。」將咖啡拿過來放在桌上的濬厚，先一步開口說話，試圖讓一切看起來自然些。

姜致秀回答了句「不會」後，卻沒有立刻拿起咖啡杯。

「我們之所以會過來……」

終於開始了。

「您應該很清楚，是為了老師報案的學生蔡多泫失蹤案件。」

「還是沒有他的下落嗎？」

「我們也覺得很遺憾。話說回來，老師是在七月二十八日晚間報案失蹤，對吧？那是學生沒來學校的第四天。」

「對。」濬厚即刻回答。他心想，絕對不能顯露猶疑的態度。

「以前經常發生一、兩天不來學校的情況，當然也有過缺席三、四天的經驗。打電話過去，有時也只是得到『在睡覺』之類的荒謬答案。這名學生的年紀還小，父母也都不在了，生活確實有很多不順遂的部分，所以我想說這次大概也一樣吧。」

「連電話也沒聽吧？」

「對。以前不是沒有過不聽電話的狀況，所以我當下只是想說『又來了』。等到第四天，我覺得再這麼下去也不是辦法，一定要教訓一下才可以，但完全沒有想過孩子已經不見了。老實說，身為導師，我覺得自己做錯了。」

輕嘆了一口氣的姜致秀點了點頭，然後仔細看著記事本。看起來似乎記了一些東西，但從濬厚坐的位置看不太清楚。

「您認為有沒有發生過什麼會造成這名學生離家出走的事？舉例來說，他平常有沒有說過想成為偶像明星，或者會不會是去參加選秀。」

濬厚馬上搖了搖頭。多泫想成為偶像？自己都差點忍不住失聲大笑。多泫的世界很小，無論是偶像或遊戲等平凡孩子有興趣的東西通通不存在他的世界。多泫只是漫不經心地過著一天又一天。他曾經說過在遇見濬厚以前，自己的人生僅是被無盡的沙子填滿——既喘不過氣，也無法脫離。

只是，不可以回答「不可能」。在這份證詞裡，他只是多泫的老師而已，必須堅守第三者的立場。

「沒有聽他提過這些事。」

「也沒有其他猜測嗎？」

「沒有。」

「交友關係怎麼樣？」

「這個嘛……不知道能不能算是融洽？就我所知，應該沒什麼特別的問題啦……但多泫的性格不算活潑，所以也沒看過他和其他孩子們玩在一起的樣子。幾乎沒什麼朋友。」

「言下之意是沒有像是『好朋友』之類的同學？」刑警朴仁載訝異地問道。

濬厚將視線轉到他身上後，點了點頭。「就我所知是如此。雖然有點擔心，但孩子們也沒有欺負他，看起來也不太像有霸凌，所以我也不能做些什麼，只能靜靜觀察。」

「聽說您到這所學校三年左右了。」

「對，沒錯。多泫一年級的時候，我也是他的導師。」

「我們知道這名學生沒有監護人。」

聽見這句話後，濬厚的目光隨即低望向地板。

「對，雙親已經不在了，是由外婆一手扶養長大，但外婆也在他一年級的時候過世了。因為家中沒有可以幫忙辦喪禮的大人，當時也是由我協助處理。」

「蔡多浤同學想必很依賴老師。」

濬厚才剛說完，便後悔自己不應該提起喪禮的事。因為持續以一問三不知的態度陳述多浤的交友關係，似乎也在不知不覺中變得緊繃，為了澄清自己不是個壞老師，才會脫口說出不該說的話。他僅是苦笑著搖搖頭回應刑警姜致秀的話，內心卻擔心著這樣的表現會不會有些彆扭。

「老師有沒有和這名學生討論過他的煩惱？」

「從來沒有。」

「目前可以確認的是，失蹤當天曾經在晚上來過學校，是這名學生的最後行蹤。您沒有想到其他的事嗎？像是他可能來學校的原因之類的……」

「嗯……我不太清楚。應該沒什麼原因非得晚上來學校吧。」濬厚凝視著半空中，露出沉思的模樣。

「會不會是為了和老師討論些什麼才來學校呢？」

沒有辦法即時給予回應。他們想必已經做出「多浤確實進入校內」的推斷了。本來以為他們不可能會認為多浤是從正門進入學校，所以只要一概否認就好，但說不定這個判斷是明確根據多浤被監視器拍到進入學校的畫面。學校裡面只有兩個人，假如他是來找人的話，對象一定是身為老師的自己。因為，不可能是來找幾乎沒有交集的值班管理員。

「應該不是。如果有什麼事急需和我討論，照理會先打個電話再過來。因為我有把電話號碼告訴所有導生，而且多泫應該也不知道我當天有沒有加班。畢竟那又不是固定的工作時間。」

兩名刑警都點了點頭，看來沒有否定濬厚的說法。受理失蹤人口的報案後，有鑑於該名對象是未成年者，因此警方很快就開始著手調查，而調閱通聯紀錄是最基本的步驟，紀錄上的確沒有與濬厚相關的內容。

濬厚相當慶幸自己另外買了一部手機給多泫。多泫平常帶來學校的手機會在上學時就立刻被值日生集中收走，偶爾還會在發還時發生拿錯手機的事。在自己與多泫私底下的通話或訊息往來間，事情被揭穿的危險性極高。當初一開通專門用來與自己聯絡的手機時，多泫便開心地說「感覺像是有了專用的熱線」。這部手機，當然是在濬厚的名下。因此，無論警方怎麼調查多泫的手機，都不會出現任何與濬厚相關的東西。那部專門用來與自己聯絡的手機，早已被關機後長眠於大地深處了。猶如珍藏著專屬於多泫與自己不為人知的回憶般。

「聽說老師曾經在七月二十五日的晚上加班。」

「是。」

「下班後，做了些什麼事？」

看著濬厚目不轉睛的模樣，姜致秀澄清似的補上一句：「請不要誤會，這個問題只是為了確認一下而已。」

「下班就回家了，我住在聖文社區。」

姜致秀點了點頭。後來又問了幾個關於多泫的家庭狀況、成績等事先準備好的問題後，似乎就暫時告一段落了。刑警朴仁載輕輕闔上記錄的記事本。濬厚除了承認自己太晚報案失蹤的部分，並沒有在多泫最後一次現身的那天與他在學校相見，也沒有收到任何聯繫，更不清楚他消失的緣由，接下來應該也沒什麼好問了。

眼見差不多要結束的濬厚，思考片刻後，開口說道：「那個……多泫有沒有可能遭遇什麼不測？」

原本準備起身的刑警朴仁載看了看他。開口回應的則是刑警姜致秀。

「我們不排除一切可能性。」

「拜託一定要找到他。」

「務必找到消失的多泫」聽起來是身為導師理所當然會做的請求。然而，說出這樣請求的濬厚想知道的卻是另一件事——多泫的屍體什麼時候會浮上來。一旦到了那天，整件事就會轉換成殺人案件，刑警們會拚了命尋找殺害多泫的兇手。濬厚只希望能盡快找出兇手，讓他付出應有的代價。這是真心話。沒人有權剝奪那個孩子的未來。一想到再也見不到多泫的笑容，再也無法撫摸洋溢蘋果香的髮絲，再也不可能聞到散發溫熱體味的事實，憤怒的情緒瀕臨爆炸。究竟是誰做出如此殘忍的事，非得見到那個人的真面目不可。即使會讓處理多泫屍體的自己也陷入險境，但濬厚想要抓到犯人的想法始終不變，反正自己的不在場證明相當完美。刑警永遠不可能知道。

「我們會盡力。」姜致秀向濬厚低下了頭。

兩名刑警起身離開後，濬厚也立刻關上諮商室的燈，緊追其後走到走廊上。

「一有消息，請馬上告訴我。」

「我們會再與您聯絡。」

濬厚向兩位行完禮後，刑警朴仁載也以眼神回應。

結束了道別，朴仁載便開始移動腳步，只是，他很快又停在原地轉頭看往身後。濬厚同樣也以訝異的眼神看著相同方向。因為刑警姜致秀正站在原處注視著某個地方。當沿著他的視線望去時，濬厚頓時感覺自己無法呼吸。

刑警姜致秀目不轉睛地盯著走廊盡頭。他看的正是位在走廊盡頭，迎面牆壁上的那扇窗。窗的另一端可見一棵合抱大樹垂墜的樹葉。他只是單純地在眺望景色嗎？或是……不，不可能，又還沒人發現多泫被殺害的事，現在還不到刑警應該思考如何避開監視器移動屍體的時機。先不要緊張，濬厚按壓著自己不安地動蕩著的胸口。

「怎麼了？」刑警朴仁載走近姜致秀身旁問道。

姜致秀這才猶如結束思考般，轉頭看著他。

「沒有，只是好奇今天到底多熱。」伴隨著沙沙作響的風聲，姜致秀笑了笑。那抹笑容，感覺不到任何真心。

轉過身的姜致秀又朝著濬厚行了一次注目禮後，便與朴仁載一起沿著走廊，步出學校大樓。

濬厚站在窗邊俯瞰操場的方向。看著不知道正在說些什麼對話的兩人，一下子比手畫腳，一下又指著某處。等到兩人完全離開學校後，才緩緩轉身。

「老師好。」快速走過的兩名女學生，停下腳步彎腰行禮。

濬厚笑著接受問候。女學生們走進教室，看起來應該是一班的學生。原本在樓梯間發出嘈雜叫喊聲上樓的男學生們也在發現濬厚後，難為情地縮著身軀。濬厚露出和藹的微笑，並且伸起手指靠向嘴邊。男學生們行完禮後，便迅速經過。看著孩子們的濬厚，臉上的笑容逐漸消散。濬厚轉頭望著不久前刑警姜致秀凝視的玻璃窗方向。

那天晚上，發現多泫屍體後的濬厚驚慌失措。起初打算報案的他，花不了多久時間便想到了這麼做可能就此葬送自己的人生。就算要讓別人發現多泫的屍體，也必須在其他地方，而非學校。務必抹去任何與自己的交集才行。當然了，自己殘餘在多泫體內的精液也是個問題。

可以煩惱的時間不多，因為濬厚已經能看見為了夜間巡邏現身的警衛。夜間巡邏的時間與路線，通通寫在業務規定內。為了防止警衛沒有如實巡邏而是謊報資料的情況，每個巡邏區域都設有機器，而警衛也都會領到一個外型像遙控器的巡邏鐘。只要使用巡邏鐘感應一下設於巡邏點的晶片，機器便會自動記錄巡邏時間。所有資料會在每天早上更新至行政室，並且保存一定時間。巡邏點的晶片除了設在各個樓層外，當然也有設在頂樓。因此，警衛勢必會爬上三樓。

如果將多汯的屍體藏在教室，絕對躲不過警衛的雙眼。可是，自己要是不馬上跟著警衛下樓，對方一定會起疑。到時候警方開始調查的話，警衛說不定就會告訴他們濬厚當晚曾經獨自留在三樓，不知道為了什麼事沒有跟著自己下樓。

濬厚拖著多汯的屍體離開教室。他不是沒有想過要直接把屍體從走廊盡頭的玻璃窗丟出去。只是，當時是夜晚，再細微的聲響都會響徹寂靜的校園。況且，一樓的出入口還裝著監視器。

剎時間，映入眼簾的緩降機無疑是天大的幸運。

緩降機是為了讓人在發生火災時能安全逃離而裝設的避難器具。為防火災發生，在以所有教職員為訓練對象的安全教育課程中，濬厚早已熟習緩降機的使用方法。沒有時間多想了。狂奔而來的濬厚打開盒子取出緩降機後，又拖著多汯的屍體來到走廊上。變成屍體的多汯，身軀比想像中沉重。期間，已經能聽見從一樓傳來的哐啷、哐啷聲。警衛似乎已經打開出入口的門走了進來。本來避難的人會各自解開繩索再降至地面，但現在的情況不一樣。濬厚用力拉扯繩索，移動滑輪，多汯的身體慢慢往下移動。

確認多汯的身體觸及地面後，趕緊關上窗戶。由於繩索卡著，因此沒辦法完全關緊。仔細看的話，其實也可以看得見連結緩降機的繩索。不過，濬厚相信人類的大意。面對熟悉的狀況，人類總會變得大意。當置身在每天都是例行公事的日常時，人會傾向相信「就算不用重複確認，一切依然會維持原狀」。

果然不出濬厚所料。走上三樓的警衛感應過掛在樓梯邊的巡邏點晶片後，僅是草草打量了周圍而已，他的眼中看不見黑漆漆的走廊盡頭發生了有別於日常的事。而被迅速走近自己的濬厚吸引了目光，當然也是原因之一。

「咦？老師？怎麼會在這裡？」

「我把一些資料拿去放在教室。現在準備要下班了。」

根本沒有什麼要拿去教室放的資料。所有課程需要的資料都收在教務室，通常也都是在上課時間才帶過去。只是，警衛不可能知道這些事。當然了，也不可能知道此時此刻的學校大樓外牆掛著一具屍體。

「這樣啊？我是在巡邏啦……您現在就要下班，是嗎？那我還得去幫您開校門……」

站在通往四樓的樓梯前的他支支吾吾著。看起來應該是嫌離開又回來很麻煩的樣子。

「沒關係，我可以等。您巡邏完再過來。」

「可以嗎？」他卑躬屈膝地「呵呵」笑了笑，隨即走上四樓。

這段期間，濬厚飛快地跑下一樓，然後拿著包包前往位在學校大樓後方的教師專用停車場。由於停車場裝有監視器，因此沒辦法移動屍體。他把車開到學校大樓旁。被繩索纏繞的多泫屍體，呈現低著頭靠在地面的狀態。讓多泫的身體靠著一旁的他，解開繩索。多泫的身體就這麼傾靠在濬厚身上。那股重量，心好痛。

「對不起。」

濬厚將屍體裝進後車廂後，躲在一樓玻璃窗下，窺探動靜。不久後，他便見到返回一樓的警衛離開出入口的景象。警衛離開後，他立刻透過玻璃窗進入一樓走廊。幸好幾乎所有的窗戶都因為夏天而沒有掛上鎖。他很快回到三樓，然後將緩降機恢復原狀並關好窗戶。接著，又重新回到一樓，透過窗戶離開，順利坐上駕駛座。他就這麼開著車，朝向警衛室而去。警衛早已開好校門在等著他。

「我以為您會再多花點時間，特地等了一下。」為了讓警衛認為自己是坐在駕駛座等著他回來，所以直到現在才出現，濬厚說了這句話。

「唉唷，可不能讓工作到這麼晚的人等太久啊！我一下子就下來了。」

「辛苦了。」

濬厚就這樣成功地將多泫的屍體帶到外面了。

如果是在湖邊發現屍體的話，自然就會以那裡為中心開始進行調查。即便把屍體運到湖邊的是自己，但這些事濬厚早就都想好了。

濬厚將視線從走廊上玻璃窗上移開，然後轉身。下樓回到教務室的他，開始準備出去上課。此時，坐在鄰座的老師伸手敲了敲他的桌子。濬厚抬起頭看著他。是教英文的老師，四十歲，未婚，他揚起塗抹得豔紅的嘴唇微笑，看起來顯然是在以迷人的方式做出誘惑。但他不是只對自己這樣，對大部分的男老師都是如此，而且濬厚也很清楚對方在女老師之間流傳著不好聽的傳聞。

「副校長找您。」

想必是好奇刑警們究竟問了些什麼問題。濬厚以眼神稍作示意後，便直接起身走向副校長的座位。

這天中午，多泫的屍體浮出了三銀湖。當時，濬厚正在吃飯。

4

二十九歲的李起映之所以會到三銀湖，完全是為了舒緩絲毫不輕鬆的沉重情緒。大學畢業後，他找到了一份在伴侶動物雜誌社的工作，並在那裡任職了三年。由於是第一份工作，自然會想盡力做到最好，但始終戰勝不了時不時湧現的疑惑，最後還是選擇提出辭呈。主修攝影的他，雖然曾經懷抱成為攝影師的夢想，實際拍攝的照片卻是狗的高價衣服、玩具、飼料，而非人類的用品。為了迎合贊助廠商的口味，有時還得強迫小狗，拍一些牠們蹦蹦跳跳的照片。比起藉由攝影作品傳達自己過去學到身為一名攝影師該有的使命感或哲學，他反而老是得拍些凸顯商品性的照片。即便已經拚命壓抑痛苦，但或許辭職只是遲早的事罷了。

再也不用勉強自己拍攝，李起映心情輕鬆無比，但另一方面卻也懷著不安感，對於往後究竟該做些什麼，絲毫沒有頭緒。已經二十九歲了，不可能再依靠父母，非得找到屬於自己的路的壓力，狠狠壓在他的身上；內心也憂慮著會不會結果又選擇了一份不適合自己的職業。為了忘卻這些情緒，他下定決心擬訂了旅行計畫，探訪韓國國內不為人知的名勝景點，同時也設定了期望能將過程中累積的資訊集結成冊，出版一本旅遊書籍的目標。

位在銀波面的三銀湖，是李起映的第十五個旅行地點。雖然是偶然在部落格發現了

「三銀湖」的名字，但怎麼也找不到詳細的照片或資訊，只有幾年前從銀波面重建區搬離的人寫下「可惜離開了三銀湖」的留言而已。僅有的一張照片，成為了吸引李起映前往三銀湖的推手。碎落在湖面上的陽光很美，隨意佇立於湖邊的樹林也相當壯觀，甚至令人忍不住好奇晚霞西斜的景色。

準備進入銀波面的李起映先是前往警察局詢問了三銀湖的位置，才得以順利抵達。儘管事先知道當地會實施出入管制，但倒是沒有實際執行裁罰的人。望著在眼前展開的景象，他立刻喊了聲「不愧是……」。三銀湖恰如照片般優美，甚至美得令人不免訝異怎麼可能至今仍然不為人知。

李起映急忙拿出相機試拍幾張照片。雖然陽光有些猛烈，但也因此顯得照片清澈無瑕。暫時忘卻煩悶現實的他，繞著湖邊漫步，並且四處拍攝，纏黏著身體的濕氣，也阻擋不了他的熱情。就在此時，他的觀景窗捕捉到了不尋常的物體。李起映移開眼前的相機，定睛注視那個方向。湖泊遠處的另一端，勾著一團又大又白的東西。會不會是誰丟棄的垃圾呢？到處都有這種想法自私的人在破壞著大自然環境。李起映透過相機的拉近功能仔細看了一下，霎時間，他憋住了自己急促的喘息，然後毫不遲疑地開始奔往那個方向。

那是一個人。臉與手臂、腳，通通垂在水面下，而浮在水面上的是背部，頭髮正在湖面上漂蕩著。

狂奔的同時，李起映想到自己必須打電話到一一九報案。說不定是獨自前往游泳的人，在途中發生了意外。只是，實際接近後，他的行動卻怎麼也跟不上思緒。原因不是那個地方竄湧的古怪氣味，而是靠近後就見到腫脹得軟爛模糊的後頸肉，當下他就意識到眼前早已不是屬於這個世界的人了。

李起映本來是想探查國內鮮為人知的名勝景點。但連晉平郡的人都不太清楚的三銀湖，卻在十多分鐘後變得人群蜂擁喧嘩，這一切與他原本期望的成名似乎是不同方向。在美麗的三銀湖圍起的警方封鎖線，好不真實。

在三銀湖發現的屍體是報案失蹤的蔡多泫一事，其實不難確認。除了屍體身穿與監視器畫面裡的蔡多泫同樣衣服外，放在口袋裡的卡夾也有他的學生證。當接獲通報隨即出動的姜致秀與朴仁載一起抵達現場時，已經有為數眾多的科學搜查隊在管制現場情況。姜致秀把車停在距離湖泊入口處稍遠的地方後，徒步走進現場。他認為稍有不慎可能就會破壞兇手車輛留下的輪胎痕跡。前往湖泊的途中，沿路果不其然四處立著貼有數字的證物號碼牌。案件現場的證物，通常都會使用數字標記。

在酷熱的天氣之下仍得穿著鑑識服的隊員們，邊流著汗，邊進行採證。姜致秀走上前後，出示自己的身分證。「我是銀波警察局的巡查隊隊長姜致秀。」

「辛苦了。」原本正在替立著「七號」號碼牌的地點拍照的隊員，挺起腰桿問候。

視線打量著周圍環境的姜致秀開口說道：「有什麼發現嗎？」

「的確是有幾組輪胎痕跡……但應該超過五組。畢竟這裡是進入上村的唯一一條路。」

如同他的說法，泥地上確實留有胎痕，而且就算只是透過肉眼都能看得出完全不一樣的紋路也很多。暫時仍無法掌握蔡多泫是藉由什麼方式移動到這個地方，怎麼樣都不能輕舉妄動。姜致秀和朴仁載穿好鑑識隊員遞上的鞋套後，為了避免破壞現場，兩人小心翼翼地靠近湖泊的位置。

無人管理的湖邊長滿了茂盛的雜草，看起來是很難留下足跡的環境。

原本聽命現場鑑識調查官指揮的警察局科學調查隊班長成必景，發現姜致秀後隨即靠了過來。在科學調查隊裡羽翼漸豐的成必景，經過這些年早已與姜致秀熟識。姜致秀與走近的成必景簡單打了聲招呼。

「聽說是高中生啊？」成必景率先開口說話。

姜致秀凝視著成必景身後的湖邊，白布蓋著一具顯然是蔡多泫屍體的物體。現場可以透過肉眼確認的鑑識工作，看起來應該已經告一段落了。

「對。毀損得很嚴重嗎？」

「沒有，稱不上是很嚴重，但從皮膚狀態或膨脹程度判斷，看起來應該已經泡在水裡四、五天以上了。」

多泫最後一次被學校前的監視器拍到的畫面是七月二十五日晚上。假如以那天為基準，今天已經是失蹤第四天了，也就是說消失的那天就已經死亡。

「是自殺，還是他殺？」

「這個部分暫時還不清楚。」

成必景點到即止。他不太喜歡去談論那些不確定的事。畢竟，以前發生過幾次肉眼判定的結果被精密鑑識推翻的經驗。他認為，一切都得藉由確切的鑑定結果開口，從這份慎重的態度，可以窺見一個人對職業的堅定信念。

「話說回來……」

成必景邊引領兩人前往屍體所在的位置邊說，他跪坐在地，揭開覆著屍體的白布。朴仁載就在那一瞬間回過頭，轉移視線。腫得發脹的雙眼與肉體，嚇壞了他，到底是從何判斷「稱不上是很嚴重」？他不敢相信眼前的是曾在照片中見過的那名學生。而姜致秀的表情沒有任何變化，只是靜靜等著成必景開口說話。

成必景透過戴著橡膠手套的手小心翼翼地抬起屍體的下巴。

「頸部明顯有被勒過的痕跡，附近還有幾處刺傷。」

所謂的刺傷，指的是由刀子造成的傷口。不過，歸咎於皮膚已經被水泡得腫脹，成必景也說了「深度已經無從得知」，詳細判斷得等到驗屍之後才能說明。

姜致秀加倍集中注意力地看著屍體。輕薄的T恤與長褲，搭配一雙運動鞋。眼神相當犀利的姜致秀，雙眼聚焦在蔡多泫的雙腳。右腳的襪子稍微捲了起來，且襪子的末端是塞在褲腳之內。姜致秀指示負責拍攝照片的隊員多拍幾張那個部分的照片。這是重要的線索。

「是他殺。」用肉眼確認完屍體後，從現場走回去開車路上的姜致秀臉色僵硬地說道。朴仁載也像是沒有異議般，點了點頭。

「只要他不是勒完自己的脖子，又自己走過來湖邊跳進去的話。」

這種情況看起來確實是遭人勒完脖子後，再被棄屍於湖中。

「再加上，可以看得出曾經被人刻意穿好衣服的痕跡。當然了，是死亡以後的事。」

朴仁載低聲嘆了口氣。

「年紀還那麼小的孩子到底何罪之有？不過只是個學生，而且家裡又窮，顯然不是金錢問題，難不成會是隨機殺人？死者也沒有朋友，更不可能是仇殺吧？」

「現在說這些都還言之過早。就算是導師，也不可能百分百了解學生。無論怎麼說，那麼晚的時間還去學校，一定有蹊蹺。我不覺得是陌生人所為。」

兩人沿著來時路，走回停車的地方。道路部分的蒐證，看起來正在如火如荼地進行著，深怕遺漏了什麼被忽略的地方。戴著乳膠手套的隊員正用約莫只有手指那麼長的鑷子，夾起地上的菸蒂放入塑膠袋內，看起來年代久遠的菸蒂，有可能成為證據的機率似乎不大。

在車子前面脫掉鞋套的姜致秀，環顧了一下周圍環境後，開始沿著道路往下走。扶著引擎蓋維持平衡以便脫掉鞋套的朴仁載詢問他要去哪裡，但目光望著半空中的姜致秀卻絲毫沒有停下腳步。前往湖泊的道路十分偏僻，因此沒有架設任何監視器。不知不覺間，朴仁載也已經快步走來緊貼著姜致秀身邊。走了大約五分鐘後，在與大馬路交會處發現了監視器。

「除了這裡以外，還有其他通往湖泊的路嗎？」

「如果穿過草叢的話，基本上沒有什麼不可能的事，但我認為可能性不大。」

朴仁載舉出兩種依據。第一，假設蔡多泫是死亡後才被移動到這裡的情況，荒廢許久的此處，地形相當險峻，因此只有一個人是不可能獨力完成；就算真的是一個人獨力完成，屍體難免會留下許多傷痕，但後來被發現的屍體上並沒有這些痕跡。如果參與的人是兩個以上，不是完全沒有可能，但機率同樣偏低。如此陡峭的環境，實在很難在移動時不碰觸任何地方。換句話說，也就是在這裡移動屍體是件相當困難的事。

第二種，假設蔡多泫的死亡地點是三銀湖的情況。雖然蔡多泫可能和某人一起來到這裡，但刻意避開監視器選擇險峻的路線前往湖泊的推測，伴隨的是「為什麼」？非得這麼做的原因是什麼？

不幸中的大幸。反正進入湖泊的道路就只有這一條，無論是開車或步行進入，通通不可能不經過監視器底下。因此，大可將嫌疑犯的範圍縮窄至被監視器拍攝到的人。

姜致秀重新回到車上，並發動引擎。朴仁載在導航上輸入地址，而他手上拿著的是蔡多泫家的地址。如果是熟人所為，也就是說這個人是因為和蔡多泫相關的事萌生殺人動機，進而做出犯罪行為，那麼透過蔡多泫的日常生活或許就能找到重要的線索。

過了湖泊，即可看見蔡多泫居住的上村。村莊的入口處，有顆刻著「向陽村」的巨石。這個村莊原本決定要進行重建，便開始遷移居民，後來卻因該公司面臨破產，最終導致重建工程中斷的。居民領到補償後搬離的空房子，通通被棄置於此，狀態醜陋不堪。根據姜致秀先前聽過簡報的初步調查，目前只剩下六、七戶仍未搬離的居民住在這裡了。其中一戶，就是蔡多泫。

空屋前，除了圍繞著礙眼的「禁止出入」膠帶外，還有使用紅色噴漆鬼畫符似的寫著「預計拆除」。看起來像是沒有搬離的住戶門前，掛著寫上「市長出面解決問題」等文句的橫幅。經過顏色已經變白的組合式磚屋後，再稍微往上些，導航便響起「您已經抵達目的地」的指引。姜致秀將車子停在路旁的空地。

那是間必須彎下腰才有辦法進入的藍門房子。儘管沒有掛上門牌，依然可以透過住址確認這就是蔡多泫家。姜致秀小心翼翼地試著推一推大門。無力的大門，緩緩地敞開。門沒有上鎖。朴仁載確認了一下掛在門上的裝置，雖然是門一關上就會自動上鎖的款式，但已經故障了。至於是何時壞掉，無從得知。

當兩人正準備入內時，隔壁房子的大門恰好被打開了，裡面走出一名中年女子，一手提著垃圾袋的他，用著狐疑的眼神打量兩人。由於僅剩沒多少戶人家居住於此，因此一眼就能察覺兩人不是住戶。女子身穿人造纖維材質的寬鬆家居洋裝，腳上踩著一雙舊拖鞋，燙捲的頭髮，緊緊貼著後腦杓。既然正好住在隔壁，只要是家裡有人的時候，通常很有可能聽見不同於平常的聲音，或是目擊某些畫面。姜致秀一轉身面向該名女子，朴仁載立刻識相地出示身分證，並上前一步。

「我們是警察。有些事情想請教一下。」

確認兩人的身分證後，女子的表情稍微放鬆了些。他瞟了一眼蔡多泫家的方向。「那家是有個學生獨居啊，怎麼了嗎？」

聽完女子的問題，朴仁載像是詢問意見般地看著姜致秀。姜致秀思考片刻後，便坦白告知蔡多泫的死訊。反正等到報告出來，終究還是得公諸於世，只要不洩漏與案件調查相關的部分就好。得知蔡多泫已經死亡的消息後，女子睜大雙眼，並伸手摀住自己的嘴巴。

「怎麼會發生這種事……外婆走了之後，我還在擔心那個同學自己一個人的生活……」

「請問您在這裡住很久了嗎？」

聽著朴仁載的問題後，女子彷彿計算著數字般凝視著半空中答道：「大概十五年了。我和老奶奶關係滿好的，他是一位很好的人。雖然家裡窮，但相當熱心，偶爾會幫忙照顧我們家孩子，也會給他們糖果。只是老奶奶過世後，坦白說，我也沒能好好照顧那個孩子。」

女子的表情變得沉重，看起來充滿了愧疚。不過，在這個連照顧家人都不是件易事的世道，實在不可能單憑「鄰居」的身分盡些什麼責任。

「有沒有什麼人來找過這名學生？像是朋友來找他玩之類的？」

女子歪了歪頭。

「我不太清楚耶……不記得有具體看見過什麼，因為這個同學都很晚才回家。我們家大概都十點就睡了。」

姜致秀留意著女子說的話。雖然高中生晚回家可能是很正常的事，但蔡多泫並沒有補習。再加上，一個沒什麼朋友的孩子能去哪裡？確實有必要了解一下他夜歸的原因。

「基本上也沒什麼吵吵鬧鬧的情況。仔細想一想，偶爾會聽到一些說話聲啦，但大概就是來玩的朋友吧？啊！突然想到有個自稱是學校老師的人曾經來過。」

「大概是什麼時候？」

姜致秀的身體稍微往前傾。

「昨天。好像是在外面敲門叫那個同學的樣子。雖然有好奇過發生了什麼事，但我沒有出去看。」

女子表示，不久後便有人來按自己家的門鈴。那名自稱是學校老師的人詢問了關於隔壁人家的事，但自己僅是回答了「不了解、不知道」，也表示「仔細想想，好像已經好幾天沒有聽到隔壁有什麼聲音了」。於是，男子神情凝重地掏出手機，接著急忙回到車上。姜致秀問了問關於男子的衣著與長相，確認是金濬厚老師沒錯。

金濬厚曾表示自己因為蔡多泫已經連續幾天沒有去學校，才在昨天前往他家中，在發現學生也不在家後，轉而向警方報案。大概就是在那個時候遇見隔壁鄰居的女子。

「以前曾經見過那個人嗎？」姜致秀問。即便原本站在一旁的朴仁載投以驚訝的目光，但姜致秀卻沒有移開聚焦在女子身上的視線。

「應該沒有看過。」

「是喔……關於那扇門啊，那個自稱是老師的人來的時候，也是像現在這樣開著嗎？」

「喔，那個喔，老奶奶還在的時候就壞了。我有提醒過他要修理啦，也記得自己當時笑著跟他說『老奶奶也是女人啊，還是得小心點』。看起來是一直用到現在了。」

姜致秀點了點頭，認為已經沒有深究其他情報的必要了，於是邊說著「如果有想起其他事，麻煩與我們聯絡」，邊遞上名片。收下名片的女子轉身離開後，兩人隨即走進蔡多泫的家中。這時，耳邊傳來女子折返的聲音。

「等一下。」

停下腳步的兩人回頭看了看。

「我居然完全忘了。仔細想一想，之前有人來過。」

「您知道是誰嗎？」

「不知道，是不認識的人。約莫是兩點左右吧？當時我正好出來收衣服，然後就看見隔壁的同學站在家門口。因為從我們家可以看得見那個位置。」

女子家是在半地下的位置，所以門口大概是在一點五層樓高的地方。如同女子所言，只要站在門口前的樓梯，就能看見圍牆的另一端。

「後來大概經過十分鐘，我因為開了太久冷氣，所以打算開窗通風一下的時候，發現他還站在原地。我記得當時自己有想過『應該是在等人吧？』」

「您有見到他是在等什麼人？或是有沒有見到那個人呢？」

「有。我不是故意看的，只是車子『嘎』一聲剎車的聲音實在太大了，才被嚇了一跳。」猶如憶及當時情況的女子，將手按在胸口前，輕輕地搖了搖頭。「車子停下來後，有人從駕駛座下車，看起來應該是同學在等的人。但我那時候只想著『哪有人這樣開車？』過了一陣子，那個人竟然開始大吼大叫。」

「大吼大叫嗎？」

「不是慘叫那種……該說是吵架聲呢？還是提高音量呢？反正只有一下子。如果持續有聲音的話，我就會出來看一下了，就是因為沒有，才沒想過要出來。」

「假如見到來找他的那個人的臉，您還會記得嗎？」

「不記得了，因為我只看到背影而已……不過，是個女人，感覺大概四十多歲吧？」

隔壁鄰居大概只記得這些了。他回去後，姜致秀朴仁載和推開蔡多泫家的大門。

「會是誰呢？」朴仁載開口說。

「不知道，找看看有沒有可能會上門的親戚。」

院子很窄，其中一側設有水管，放置在一旁的紅褐色塑膠臉盆內空無一物。屋子的牆面掛著醃泡菜時使用的大型過濾籃與塑膠水瓢，蜘蛛網裹覆著看起來許久未經使用的器具，應該是外婆多泫以前用過的物品。

失去主人的家，格外冷清。

將脫下的鞋子置於屋簷下的台階後，兩人踏上木製地板。以客廳為中心的屋子，左右兩側皆有通往房間的門。廉價的門板上，磨砂貼膜搖搖欲墜。兩人通過右側的門，看了看房間內部，看起來應該是外婆使用過的主臥房。牆上掛著小孩子的幼稚園畢業照，貌似蔡多泫，旁邊還有未經裱框的大大小小照片貼在牆面——年輕女子抱著孩子在溪谷的照片、老人家在合抱大樹前漫不經心地望著某處的照片、在花前面拍的照片、動物園的照片……幾乎所有的照片裡都有孩子。只是，大概從孩子十歲左右的最後一張照片後，便再也沒有成長過了。他們的幸福，似乎也就停在那裡了。

戴著乳膠手套入內的朴仁載，打開了櫃子的門，裡面空無一物。仔細一看，坐地式化妝台上也沒有任何東西。通風不良，使得屋內飄散著隱約的霉味，想必是在外婆過世後，便沒再使用過這個房間了。打開房間內側的另一扇門後，可以見到浴室，必須經過房間才能抵達浴室的設計，看得出來是年代久遠的建築。

藏汙納垢的馬桶與斑駁的鏡子、掛在牆上的不鏽鋼收納架，已是浴室的全部。看起來必須使用臉盆才能洗臉的樣子。臉盆裡聚積了約莫一半的髒水，不鏽鋼收納架上井然有序地擺著盥洗用品，插在杯子裡的牙刷只有一支。浴室的地板上則放著大容量的洗髮精與潤絲精。

「這應該是營業場所使用的產品，想必是因為大容量比較便宜。」

聽見朴仁載說話的姜致秀僅是點了點頭，沒有任何回應。

沒有值得懷疑的物品。兩人離開浴室後，經過客廳前往另一個房間，一眼就能看得出是蔡多泫使用過的房間。除了牆上掛著學校制服外，移動式掛衣架上也掛著為數不多的便服。課本整齊地插在坐地式書桌上，棉被方正地疊在房間的角落。書櫃僅是由兩組三層的彩色箱子堆疊而成。如實呈現了何謂貧窮與簡樸生活的房間。

姜致秀指示朴仁載將所有物品檢視過一次後，便自己坐到了書桌前。書桌的牆面，貼著幾張用列印機粗糙印刷出來的圖片，是紅鶴漂浮在江面上的圖片。體型大得驚人的紅鶴們，成群結隊地展現著粉紅色的體態。此外還有展翅的圖片，以及為了覓食而將鳥喙放入江水裡的圖片。在另一張圖片中，可見兩隻並肩而立的紅鶴正在望著某處，豔紅的色澤圍繞著下彎的鳥喙末端，雙眼也是一片通紅。雖然全身都是粉紅色，但踩踏在地的雙腳卻像是穿了長靴般烏黑。

姜致秀移開目光，看往插在書櫃上的書籍。幾本曾經風靡一時的暢銷小說，以及題庫、寫完的筆記本。取下筆記本翻閱，卻不見任何看起來像日記的內容。

書櫃的下層插著三本相簿。他拿出一本翻閱，全都是很久以前的照片。雖然大部分是童年時期的照片，但就像掛在外婆房間的一樣，沒有某個時期之後的照片。或許是因為疲憊不堪的生活，讓人再也沒有拍照的閒情逸致了。每當翻過一張張幾乎失去黏著力的照片時，照片都會應聲掉落。

讓他的手指停下來的，是一張看起來像是國小畢業照的照片。身穿厚實冬季派克大衣的蔡多泫和一名貌似好朋友的男孩手牽手看著鏡頭。站在後排的母親們，輕搭著各自孩子的肩膀。男孩的母親留著一頭短髮，身上穿著一件黑色西裝外套。燦爛的笑容，給人爽朗的感覺。雖然蔡多泫的母親也笑得很開朗，但花俏的飾物與妝容更是搶眼。姜致秀重新翻回之前看過的照片進行確認，仔細比對後，才發現前面也有幾張看起來和這家人一起拍攝的照片。孩子們在水裡勾肩搭背的照片中，同樣可以見到母親們的身影。兩家人的關係應該相當親近。

他注視了照片好長一段時間。雖然是小時候的照片，但也不過五、六年前的事而已。即便沒有義務因為素來親近就得在父母過世後幫忙照顧留下來的孩子，但蔡多泫幾乎沒有朋友。那麼這個朋友又是怎麼回事？說不定是被分發到其他學校了？那天來找蔡多泫的人，會不會是這個朋友的母親呢？姜致秀不停思考著。

他拿起手機，拍下了這些照片。

5

人心就是這樣，當貼上「禁止出入」的告示牌後，就會更加想要進入。不過，三銀湖倒不是讓人非得違背諸如此類的告示入內的地方。廢棄的湖邊滿是源源不絕的飛蟲，到了夏天情況更是嚴重，附近的居民不堪其擾，但也多虧於此，對濬厚與多泫而言，再沒有比這裡更好的地點了。

有時，濬厚會把車停在這裡，為了和多泫好好相處。尤其是到了晚上，只要關掉車燈，便什麼也不必擔心了。發現這個地方以前，他完全沒有可以與多泫放鬆相處的場所。他沒辦法帶多泫回自己家，那是個很小的社區，根本不可能不在意他人的眼光。而雖然多泫獨居，但也不可能去他家，畢竟鄰里都很清楚那戶人家只剩多泫一人。再加上，如果經常開車上去，免不了會引人注目。因此，這裡是兩人珍貴且唯一的地方。

因為不能經常見面，所以濬厚在這種時候總更用力地緊擁多泫入懷；因為在學校會刻意避開視線，所以濬厚也在此時更深地凝視多泫，只為將他收藏在自己雙眸之中。濬厚會傾盡全力佔有多泫。但他越是將多泫囚禁在自己懷抱，越是感覺空虛，滿溢的渴望甚至就像病入膏肓一樣。而多泫同樣像是不想錯過濬厚的身體般，將指甲深深嵌入他的背部。猶如要補償忍耐與自制的時間般，兩人粗暴而自由。

只是一旦過了這段時間，他們依然得回到逃避不了的現實。如此一來又想重回夢幻時光的濬厚，會更使勁緊擁多泫。同樣盼望著能擺脫現實的多泫，偶爾也會說出彷彿永遠實現不了的夢話。

「有個島叫作『阿魯巴』。」

那是多泫第一次提起關於紅鶴的事。

「這個地方在荷蘭。據說只要去了那裡，就能看見紅鶴。雖然其他地方也看得見，但是那裡不只可以親手餵紅鶴，還可以摸牠們。」

「紅鶴？」

「對。」

多泫伸手拿起手機，翻身面向濬厚。即使兩人已經面對面，濬厚依然擁抱著多泫。多泫便以被濬厚緊擁的姿勢，打開手機搜尋。儘管濬厚對此不太感興趣，但被多泫的頭髮搔癢自己下巴的感覺很好，所以他決定再維持一下子。搜尋完成後，多泫向濬厚展示手機畫面。是紅鶴。

「每次去海水浴場之類的地方時，不都可以看到粉紅色的鶴型大游泳圈嗎？也有人說是 flamingo。女生們很喜歡坐在上面的那種，就是模仿紅鶴做出來的。」

「是喔。」

「很美吧？」

「對啊。」

「我想去，一起去。」

濬厚將多泫摟進懷裡。掙扎的多泫，被緊緊擁抱著。

「走嘛！一起去。」

濬厚以環抱著多泫腰部的使勁力道，代替回答。猶如一出生便是兩位一體的他們，緊緊纏繞著彼此好長的時間。多泫就像是為他的懷抱量身打造一樣恰到好處。滿足感充滿了他。濬厚溫柔地輕撫多泫的背。

頓時，濬厚意識到一股濕漉漉的感覺。或許是多泫流汗了，但他很快就發現自己的想法錯誤。涔涔滑落的水，從多泫的頭髮流過背部，轉眼間，全身都濕透了。不太對勁……濬厚移開胸前的多泫，看了看他的臉。瞬間，濬厚停止呼吸。

多泫的雙眼就像洞穴般凹陷成了兩個窟窿，而源源不絕的水仍不停從他眼中流出來。曾經深愛的嘴唇腫脹不堪，曾經柔順的秀髮東禿一塊、西禿一塊。牙根袒露在外的多泫，笑著。他用隆起的手指關節，抓緊濬厚試圖推開自己的雙臂。無窮無盡的力量。

「走嘛！一起走。」

啊。

濬厚狠狠吸了一口氣後，睜開雙眼。重複深呼吸了一陣子後，才終於意識到那是一場夢。他躺在自己房間的床上，全身大汗淋漓。直到穩定自己的呼吸後，鬧鐘聲響才衝進了耳裡。濬厚深深地吐了一口氣，坐起身關掉手機的鬧鐘。

掛在床尾牆面的電視，映著自己的模樣。筋疲力竭的臉龐，深深凹陷的雙頰，墜成了陰影。自從多泫的屍體被發現後，濬厚再沒有好好吃飯、好好睡覺，變成這副德性也是理所當然。即便好不容易睡著了，也是惡夢纏身，甚至已經到了對睡眠產生恐懼的程度。而千萬要保持不動聲色的壓力，更是不在話下。打從警方開始進入調查後，壓力便已經到達了極限。

另一方面，無法解決的憤怒也在糾纏著他。究竟是誰把多泫變成這樣？究竟是誰從自己身邊搶走了那個寂寞的孩子？忽然間，濬厚低頭望著自己的雙手，是這雙手水葬了那個孩子。這股煎熬，或許就是一種刑罰。

從床上起身。兩腳踩踏的地，有些晃動，眼前變得暈眩，頭昏眼花。大概是因為沒有好好吃飯吧。只是，他也沒有因此想要吃些什麼。

打開房門，走向客廳。二十坪的小公寓，狹窄的客廳裡，除了擺著一張三人座的合成皮沙發和玻璃桌外，沒有其他家具。簡陋的生活，冷清無比。他快步橫越客廳，離開家。

濬厚驅車前往的地方，是住處附近的男性專用桑拿。他取下掛在後座把手上的西裝衣架後下車。他打算在這裡洗完澡，立刻去上班。幾天來，一直維持著這樣的生活模式。在一樓付完錢後，濬厚拿著置物櫃的鑰匙走上二樓。三三兩兩的男子坐在置於正中央的木製平床看電視，有些人將大大的浴巾圍在腰間，有些人則是全裸地張開雙腿坐在那裡。他拾起兩條堆疊在入口處的毛巾，找到與鑰匙貼著對應數字的置物櫃後，隨即入內。

「就在昨天，銀波面失蹤的高中生屍體在鄰近的湖泊被人發現後，居民們受到極大的衝擊。連線嚴在哲記者。」

濬厚停下腳步。是多泫的新聞。主播唸完新聞稿後，立刻將畫面切換到人在現場的記者。三銀湖就在記者的身後，現場除了拍攝到一些身穿鑑識服的警察外，螢幕上緊接著出現覆蓋白布被抬離現場的屍體畫面。

「這一帶居然會發生這種事。」、「小孩子何罪之有？居然要承受這種事……」有人有感而發。

這些都是自己想說的話，濬厚內心的憤怒，恰似野火般翻騰著。他站在原地，視線離不開新聞畫面。原本待在涼床上的男子之一，感覺到有人在身後後，立刻驚訝地轉頭看了看，但濬厚依然不為所動地凝視著新聞。背景畫面跳到警察局。

「根據警方發現的證物……」

畫面中，眼熟的物品映入眼簾，像是多泫的衣服和錢包之類的東西。此外，有把刀就放在這些物品的最後。尺寸約莫等於水果刀的那把刀，看起來銳利得嚇人。整個刀柄鑲著閃閃發亮的珠子，而橘色的珠子則是形成漩渦狀的波紋，相當特別。這是發現多泫的屍體時，掉落在他身旁的刀。雖然當時濬厚一心想著要救多泫而隨手撿起那把刀切斷繩索，但不久就想到有可能因此留下自己的指紋。反覆擦拭那把刀，已是回到自己車上後的事了。

後來，濬厚將多泫的屍體和那把刀一起丟進了湖裡。他本來想藏起那把刀，沒有這麼做的原因是因為那把刀的模樣太特別了。過於罕見的設計，可能反而讓警方追查到他。把刀丟進湖裡，雖也存在著沉到水底而找不到或被沖走的風險，但總比把刀放在多泫身上太過不自然來得好。總之，他只希望警方最後能找到那把刀。幸好，韓國警方一點也不馬虎。

「我們會盡全力將犯人緝拿歸案。」穿著白色高爾夫短袖上衣的男子，神色穩重地接受採訪。他不是來過學校的那兩個人，看起來應該是案件調查的負責人。同時，他也懇請目擊民眾協助調查。

濬厚離開桑拿後，立刻前往學校上班。開車進入操場時，被正準備走進學校大樓的兩名男子吸引了目光。儘管兩人穿著輕便的西裝，但其中一名身上背著很大的相機袋。想必是記者。

在停車場停好車後，濬厚前往教室。教務室亂成一團，不見記者的蹤跡。在沒有收到任何指示前，他們遇到這種情況通常就是保持沉默。記者可能因為一直糾纏著要採訪而被趕了出去，也可能已經被帶進校長室了。濬厚將包包放在桌子下後，坐進自己的位置。

「看過新聞了吧？」

就像一直等著他的到來才伺機靠了過來的，是教體育的林哲英。二十七歲的他，是這間學校最年輕的老師。活潑、開朗的性格深受男學生喜歡；相反，卻也意外地不受女學生歡迎。資深老師們給他的評價是「太輕浮了」。

「您沒有從警方那邊聽到什麼故事嗎？」

他那雙充滿好奇心的眼睛，破壞了濬厚的心情。攸關一條人命的事，對某些人而言竟是趣事。即便想假裝不動聲色，但濬厚怎麼也藏不住僵硬的表情。

「沒有。」他僅簡短回應，接著便打開電腦迴避視線。

「聽說是與人結怨耶？」

「誰說的？」

這句話，徹底觸動了濬厚漸趨尖銳的神經。濬厚皺起眉頭，凝視著對方。或許是沒有察覺濬厚的神情變化，依然興奮的林哲英並未就此闔上張開的嘴巴。

「我看底下留言寫的啊！他媽可不是什麼簡單人物，而且受害的人也不只一、兩……」

「林老師。」

濬厚正打算開口說話。只是，就在他開口前，忽然聽見某個插話堵住林哲英嘴巴的人聲。濬厚轉頭看往發出聲音的方向。教務主任趙美蘭神情凝重地站在桌子對面，超過五十五歲的他，全身上下皆散發著為人師表的威嚴。

「不要再亂說話了，學校是最適合散播謠言的地方。」

「是的，對不起。」

林哲英難為情地低下頭，然後逃也似的起身走向茶水間。濬厚以眼神向趙美蘭稍微打了個招呼。趙美蘭開口說：「既然新聞已經出來了，孩子們應該也全都知道了。請盡量用孩子們可以理解的方式，好好安撫他們的情緒。」

「老師，我了解。」

沒有針對任何人的趙美蘭，轉身對著所有在教務室的老師們說：「短時間內應該會有來自四面八方的質問。雖然各位都已經很清楚了，但還是請大家盡可能留意自身言行，並且避免發生洩漏學生個資或校名之類的事。」

雖然該知道的人應該都知道了，但學校的名稱重複被新聞提及，又是另一個層級的問題。總之，就是要大家慎言。想必剛才的記者已經被趕走了。

「學校收到警方要求協助的通知，看起來應該是想詢問關於蔡多泫同學的事。可能也得詢問其他同學，所以我們會以學校的立場進行通知，但麻煩各位好好解釋，避免讓家長們產生誤會。」

警察似乎又來了。是叫姜致秀隊長嗎？濬厚想起自己見過的兩名刑警。緊張的感覺，再次勒緊了他。他不由自主地握緊拳頭。刑警們不可能從多泫的死找到自己的存在，自己不可能被納入他們的調查範圍。這一切都是在自己嚇自己，根本不需要緊張。

「了解。」

校長破例參加了當天的早會。他簡單說明狀況後，再次公開告知包括老師在內的全體職員「務必謹慎面對媒體的採訪」。這段話背後的含意是，多泫不僅是冤枉的受害者，假如他的死亡參雜著亂七八糟的私生活，那就更不宜提及學校。絲毫沒有任何要為多泫哀悼的意思。

6

蔡多浤的驗屍報告，在發現屍體的第二天完成。負責驗屍的是法醫申徹圭。姜致秀在隸屬於國科搜[2]的晉平調查研究所的地下驗屍室走廊上，焦急地等著結果。正式通知的驗屍結果報告必須等一個月的時間，但如果在這裡等的話，就可以聽到口述的第一次驗屍結果。

經過大約兩小時後，驗屍室的門被打開了，申徹圭從裡面走了出來。他拉下覆蓋至雙眼正下方的口罩，以目光尋找著姜致秀的身影。姜致秀倏地起身，申徹圭帶著他前往一間小辦公室。

「兩邊的手掌都有撕裂傷的痕跡，但大概只有這種程度。」

他用鉛筆在紙上畫了一條線。他接著說，還有數個寬度不到一公分的繩痕重疊在一起。

「因為氣體的緣故，導致腫脹的情況，所以才會讓傷口看起來變得很大，但實際上並不是太大的傷口。大概就像表皮被磨破的程度吧？」

2 註：國立科學搜查研究院，簡稱國科搜，是韓國負責科學搜查、鑑識、法醫解剖等法醫學研究單位。

申徹圭又補充了一句「簡單來說，差不多就像破皮」。會不會是因為在和想要勒他脖子的兇手打鬥的過程中抓過繩子？

「死因如同預料。嘴和鼻孔周圍有白色泡沫，耳朵有血液流出。肋骨明顯有輕微骨折。如您所知，頸部有一些刺傷，傷口共計是八處，同時也有被繩子勒過的痕跡。雖然現在是夏天，但幸好水溫偏低，屍體也因此腐爛得沒那麼快。」

申徹圭進一步說明了屍體的腐爛狀態。目前肺部的確有檢驗出浮游生物，但確切的種類還得等待詳細的分析報告。

姜致秀全神貫注地聆聽申徹圭的話。他認為，最重要的部分是死亡時間。面對姜致秀的提問，申徹圭先從判斷的根據開始解釋。屍體的腐敗狀態、肺部檢驗出來的浮游生物量等，都是相當重要的參考資料，但判斷死亡時間最關鍵的影響因素，是從蔡多泫的胃裡找到的食物。在蔡多泫的胃裡，發現了蘿蔔、蔬菜、堅果類等粥狀物。因此，法醫判斷受害者應該是在最後一次進食後的四到六小時內死亡。

回到警察局的姜致秀，重新讀了一遍蔡多泫當天的行蹤調查表。

七月二十五日，蔡多泫沒有去學校上學。單憑監視器畫面判斷的話，他在搭乘計程車出發前往學校的晚上八點四十一分前，只有過一次短程的外出；也就是約莫在晚上六點時，曾經在便利商店買過便當。他想必是吃了那個便當作為晚餐。接著，經過大約不到三小時後，八點四十一分，蔡多泫就從村莊下來搭乘計程車。經過計算，蔡多泫的死亡時間落在晚上十點至十二點之間。假設九點多從計程車下車的蔡多泫是為了與某個人見面，意即他至少就是在那之後的兩個多小時內遭到殺害。

蔡多泫去了學校。學校附近那麼多部監視器，卻完全找不到蔡多泫的身影。既然如此，蔡多泫最後消失的地方會不會就是在學校內部呢？

姜致秀關注的另一個部分，是屍體的狀態。申徹圭認為，蔡多泫的屍體最少浸泡在水中四到五天。倒回去計算的話，就是消失的那一天。蔡多泫就是在那一天被丟進水裡。一切都是發生在七月二十五日那一天。

「體格的部分，顯然是比蔡多泫佔有更多優勢的人。」

一把劃破思緒的聲音，讓姜致秀抬起了頭。這句話出自坐在會議室對面座位聽著自己轉述第一次驗屍結果的朴仁載。姜致秀點了點頭。屍體發現了肋骨骨折，手掌有撕裂傷，頸部也有八處刺傷。除了滲血處外，沒有任何瘀青。如果有肢體衝突或暴力行為，理應會有挫傷才對。既然沒有這些傷勢，意謂著存在單方面受到壓制的可能性。儘管曾經為了擺脫而用力抓住繩子，但或許在實際打鬥前就已經被勒住脖子了。

姜致秀認為，一定是蔡多泫認識的人所為。這一切都是根據客觀的事實判斷。手機調查結果顯示沒有任何相約見面的聯絡內容，是第一個證據。既然沒有在手機內留下痕跡，代表不是使用近來十多歲青少年經常使用的聊天軟體或遊戲等媒介的即興見面。蔡多泫那天是獨自搭上計程車前往學校，也就是說只有可能是事先面對面說好的約定。

刑事小組內有人稍微提到另一種看法：犯人可能不是蔡多泫認識的人，而是偶然發現準備與另一人見面的蔡多泫，進而犯下罪行。只是，這個意見很快就被否定了。假如約好見面後，蔡多浤卻沒出現，對方自然會聯絡蔡多浤才對；至少也會在蔡多浤的屍體被發現後，主動向警方舉報當天的行蹤。由於沒有發生這些事，因此判斷的方向依然朝著蔡多浤當天是與熟人相約的情況推演。

基於諸如此類的推斷，他們首先要開始調查的是蔡多浤周圍的人。在今天的會議上，姜致秀明確地認為一定要從這點下手。即便蔡多浤的學生身分曾經讓他顧慮過調查對象絕大多數會是青少年，但這件事非做不可。就算老師說過蔡多浤沒有朋友，但作為導師不代表就百分百了解孩子們的世界。哪怕得冒著學生家長們的抗議聲浪，也必須實際聽聽其他孩子們的說法。

正當思考著這些事時，有人打開了會議室的門。神色凝重的調查組組長帶頭帶了一群組員進入會議室。姜致秀與朴仁載隨即起身，靜待調查組組長坐上主席的位置。

與校長協商後，他們決定將蒐證鑑識的時間訂於晚上八點。校方將全面取消所有社團活動與運動績優生們的訓練，要求所有學生通通必須在這個時間前離開學校。晚上七點左右，姜致秀已比與刑警朴仁載一起的國科搜隊員們早一步抵達學校。這是想先確認一些事的姜致秀的提議，至於想確認的是什麼事，他並沒有告訴朴仁載。姜致秀有著不想在確定任何事前，就先說出來的習慣。明明是團隊卻不肯分享自己想法的行為，或許會令人感到有些不是滋味，但還是得慎防受到先入為主的想法影響的可能性。朴仁載似乎可以理解他的意思。當朴仁載將車子停進學校大樓後方的停車場期間，坐在副駕駛座的姜致秀一直在操作著手機。朴仁載悄悄瞄了一眼，發現是從校方手上取得的監視器畫面影片。那是蔡多泫行蹤消失的七月二十五日晚間的校內監視器影片，而他看的是昏暗的停車場畫面。

「下車吧？」

聽見朴仁載的話後，姜致秀不發一語地從副駕駛座下車，而影片依然維持在播放中的狀態。雙眼專注地盯著手機螢幕的他，繞過學校大樓，朝著操場方向而行。為了不打擾姜致秀的思緒，朴仁載僅是安靜靜跟在他的身後。姜致秀忽然停下腳步，站在原處陷入沉思。接著，又點下另一段影片。那是同一天從正門監視器拍到的畫面。一輛自用小客車正經過學校正門，而朝著車子揮手致意的則是警衛黃權中。姜致秀將影片停在那個畫面，然後用食指撓了撓下巴，發出了一聲「嗯……」這是他苦惱時的習慣動作。

「怎麼了？」好奇的朴仁載問道。

「二十五日晚上，蔡多泫的導師開車離開停車場的時間是二十二點〇八分，然後……」

他把手機遞給朴仁載。金濬厚老師的車子離開學校後，畫面就停在那一秒了。這是朴仁載重複觀看並確認過好幾次的影片，畫面中相對清楚地拍到了金濬厚的臉，而且無論是副駕駛座或後座都沒有人。

「他離開學校的時間是二十二點二十四分，中間有將近十五分鐘的時間，人在哪裡？」

朴仁載歪了歪頭，因為他不是沒有發覺過這個部分有些奇怪。開車離開停車場前往校門，理應不該花費這麼長的時間，而且向監視器業者詢問的結果也是得到「機器沒有問題」的答覆。只是，這個疑問很快就被警衛黃權中解開了。當天正在巡邏學校的黃權中在進入大樓後，是在三樓遇見了金濬厚老師。當時的金濬厚正準備下班，而他也告訴原本表示要先下樓替自己開門的黃權中，可以先上樓繼續完成巡邏工作後再回來開門。基於金濬厚的體諒，黃權中則是繼續走上四樓巡邏；此時，黃權中也確實看見金濬厚走到了一樓。等到黃權中巡邏完畢，重新回到警衛室的不久後，金濬厚便開車朝著校門而來。他表示，自己是把車暫停在學校大樓旁，等待黃權中回到警衛室。在學校大樓的監視器影片中，確實存有金濬厚和黃權中分開後走出大樓的畫面，以及黃權中結束巡邏後重新走出大樓的畫面，完全沒有拍到兩人之中有誰鬼鬼祟祟折返或是其他人出現。這些情況也已經向姜致秀報告過了，朴仁載實在不明白他在意那個時間差的原因。

「關於這個部分，警衛大叔不是陳述過了嗎？」

「換作是你，已經留下來加班到那麼晚、那麼累了，可是卻因為幫忙開門的人不在位置上，必須再多等一下才行，那你會在哪裡等？」

朴仁載眨了一下眼睛。思考片刻後，朴仁載的臉上也滲透著像姜致秀一樣疑惑的神色。「校門前？」

「沒錯。沒理由從停車場把車開出來後，還非得留在離校門那麼遠的大樓旁邊等。」

突然停下腳步的姜致秀，注視著眼前的景象。朴仁載也跟著看往那道目光延伸的方向。朴仁載很快便知道他想說些什麼了。姜致秀停下腳步的位置，正是當晚金濬厚聲稱自己停車等待警衛回來的大樓旁。警衛室位在對角線的地方。朴仁載皺起了眉頭。被警衛室旁的合抱大樹遮蔽的這個位置，根本看不清警衛室的門。

朴仁載轉頭看向學校大樓。但如果要從大樓的出入口走到校門口，要不是得下樓梯橫越操場，就是要通過操場兩側的梧桐小徑。由於梧桐樹是沿著學校的圍牆種植，因此無論走哪條路，都可以從這個位置看到人。

「從這裡當然可以看得見警衛大叔離開大樓。可是，他是在警衛回到警衛室後，又過了一陣子才把車開到校門。人不可能比車快，也就是說那個老師明明已經見到警衛了，卻還是過了一段時間才開到校門。」彷彿看穿朴仁載在想什麼的姜致秀說道。

「學長是在懷疑那個老師嗎？」朴仁載接著說，姜致秀凝視著他。

「我們不是問過蔡多泫同學的隔壁鄰居有沒有見過那個老師嗎？然後學長也確認過老師去找學生的時候，家裡的門是不是也維持在壞掉的狀態。所以學長是認為那個老師有可能會知道鑰匙的位置，或是身上有鑰匙吧？」

姜致秀苦惱了一下子後，點了點頭。「我一直很在意那天的證詞。我有說過那個老師聲稱自己是去實驗室，但實際上是待在三樓的事吧？」

朴仁載點了點頭。

假設金濬厚本來是待在三樓，但他為什麼要說謊？而且根本沒有去空教室的明確原因。

「從搭上計程車的蔡多泫說了目的地是去學校，但附近監視器都沒拍到人的這點看來，他應該是真的進入學校了。」

「然後消失。」

「他到底在學校見了什麼人？發生了什麼事？蔡多泫的死亡地點是三銀湖？或是其他地方？他用什麼方法離開學校？還有很多需要確認的部分。」

看著朴仁載點頭的姜致秀，忽然轉頭往上看。大樓壓迫地俯瞰著兩人。彷彿這麼做就能讀懂藏在大樓內的祕密般，姜致秀仰望著眼前的建築好長、好長的時間……

迎接進入學校的姜致秀與朴仁載的人，是金濬厚。怎麼說也是身為死亡學生的導師的他，理應負責接待的工作。但面帶微笑向兩人打招呼的金濬厚，表情卻僵硬得不自然。起初以為，或許是因為自己的學生經歷了命案才會有那種表情，但姜致秀注視著他那樣的表情好一陣子。

「今天就麻煩了。」朴仁載代替沒有回應的姜致秀接受問候。

「學生家長們滿擔心的……希望今天就可以告一段落。」

雖然沒有直接提及校名，但只要是晉平居民都能一眼看出被馬賽克遮住的是銀波高中。昨晚的新聞報導，驚動了學生父母們。參雜不安與憂慮的電話紛紛湧入學校，湧入導師金濬厚。除了出現在新聞裡那具蓋著白布的屍體照片外，和屍體一起被發現的刀子模樣也被赤裸裸地報導出來。由於刀柄的樣式相當特殊，應該會出現警方期待的舉報。不過，刀的出現無疑同樣意味著是殺人案件，因此關注與不安也隨之攀升。

「我們也希望如此。」朴仁載難為情地笑了笑。雖然他們會優先在校內蔡多汯最熟悉的地方「教室」進行鑑識，但萬一那裡沒有發現任何痕跡的話，鑑識的範圍就會擴大到整間學校。或許是讀懂了他的內心話，所以金濬厚僅是露出為難的表情，沒有再說任何話。

三人走上位在三樓的教室。由於校方早就已經要求孩子們返家，走廊因此相當寂靜。眼前的玻璃窗外，樹木搖擺不止。一整天吸收了透過玻璃窗進入的盛夏豔陽後，走廊顯得潮濕而悶熱。負責引導的金濬厚，先一步上前握住教室門把。等到轉頭的瞬間，才發現正專注地盯著那扇玻璃窗的姜致秀，他隨即露出訝異的表情。

「有什麼問題嗎？」

「沒有。」姜致秀帶著一抹微笑，轉向金濬厚。

金濬厚再次轉身面向教室的門，姜致秀則是靠向站在自己身後的朴仁載，並且在他耳邊細語了幾句話。儘管金濬厚轉身時見到了這個畫面，但他沒有開口詢問是什麼事。

金濬厚推開門的時候，教室內並非空無一物。在所有人都已經回家的教室內，某張靠近中央位置的書桌邊，一名坐在椅子上滑手機的女學生驚嚇地抬起頭。

「崔娜希！老師不是說過所有人都要在下課後離開學校嗎？聽不懂嗎？」

「知道了，我會離開。」女學生用著不耐煩的聲音回答後，便從座位起身。將原本擺在書桌上的鉛筆盒和錢包收進書包內的手法，十分粗魯。最後收進書包的東西是小說。是在家不能看小說嗎？一臉稚嫩的崔娜希把書包背上一側肩膀後，沒有將拉開的椅子推回原位就走向教室的後門。金濬厚嘆了一口氣，並搖了搖頭。

「同學，請問……」

站在門前的崔娜希轉過身。叫住他的人，是姜致秀。神情和善的姜致秀，對著崔娜希問：「你和多泫……熟嗎？」

「嗯？」

「或是他有沒有和哪個同學比較好？」

崔娜希眨了眨眼睛後，先是瞟了金濬厚一眼，接著才又轉過頭面向姜致秀。大概是想先觀察一下導師的臉色，再決定能不能回答。

「他沒有跟哪個同學比較好。」崔娜希說。

「總有會偶爾說說話的同學吧？」

「可能有吧……但我不知道。因為就算他偶爾開口了，也只跟男同學說話。」

在最後一句話裡，絲毫感受不到任何對同學過世的憐憫或遺憾，只有「與我無關」的態度。再怎麼不熟，也是在同個班級裡見過面的關係，更何況這個同學已經死了……

眼神滿是心灰意冷的姜致秀，望著彷彿再也沒有其他話要說似的崔娜希那僅是微微點了點頭致意便揚長而去的背影。

崔娜希離開之後，科學調查隊的隊員們隨即抵達現場。根據他們開會的結果，首先打算追蹤教室內的血跡——原因在於蔡多泫頸部的刺傷。

當科學調查隊隊員們在三十多名學生上課的寬闊教室內展開地毯式搜索時，姜致秀與朴仁載則是朝著教室後方而去。那裡有著由十個橫列與四個直行堆疊而成的置物櫃。由於置物櫃上分別貼著所有學生的姓名，因此很快就能找到蔡多汯使用的櫃子位置。蔡多汯的姓名被貼在第三行、第二列的櫃子上。上鎖的置物櫃，怎麼樣也打不開。

「沒有由校方保管的備用鑰匙嗎？」

聽見朴仁載的問題，金濬厚搖了搖頭。「一來是因為牽涉鑰匙保管的問題，二來則是物品遺失的問題，所以除了配發給學生的鑰匙外，沒有其他鑰匙。」

朴仁載與姜致秀討論後，決定敲碎置物櫃的鎖。基於蔡多汯沒有監護人的緣故，因此改向擔任導師的金濬厚取得同意。金濬厚站在一旁觀看著朴仁載拿著鋸弓鋸斷鎖頭。帶著乳膠手套的姜致秀打開櫃門，專注地檢視著裡面的物品。

置物櫃算是整理得相當乾淨。主要插著的幾本課本與筆記本，通通按照尺寸大小整齊排列；透明塑膠製成的圓柱型筆筒內，插著五顏六色的筆；另外還有一條摺得好好的手帕。有別於他們期望或許會出現的東西，櫃內並沒有任何寫有隨筆的筆記本或日記本。朴仁載戴上乳膠手套，將書本一一取下來迅速翻閱。這個動作，是為了或許會出現在書內的隨筆或塗鴉。然而，卻沒有任何值得引起他們注意之物。

原本正在細看著櫃內物品的姜致秀，把手伸往櫃門的方向。置物櫃門的內側，貼著五張圖片。與其說是圖片，看起來倒更像是從雜誌之類的地方剪下來貼上去的樣子，通通都是紅鶴的圖片。

「家裡也有貼這個東西吧？」

姜致秀對著朴仁載的話點點頭。

「可能很喜歡吧。」

朴仁載邊將取下來的書本擺回置物櫃，邊說著。當姜致秀全神貫注地盯著貼在門上的圖片時，忽然發現了某個吸引目光的地方。在沒有貼圖片的位置，留有沾附著一些東西的痕跡。四角形的邊框，是在撕除長時間使用的膠帶時殘留下來的黏著劑痕跡。這個位置也貼過類似的照片嗎？為什麼撕下來？姜致秀伸手摸了摸黏著劑的痕跡。

就在此時，投入鑑識經過一段時間的隊員之一大喊著：

「找到了！」

姜致秀從位置上彈也似的跳起身。

7

「找到了！」

當本來正在進行鑑識的某名隊員大喊時，濬厚的心臟驟然陷落。即使是預料之內的事，卻始終難以保持平靜。原本還在細看多泫置物櫃的姜致秀與朴仁載，即刻起身朝著聲音的方向而去。為了表現得不動聲色，濬厚拚命讓自己的神情維持穩定，以及控制呼吸的頻率。稍微冷靜下來後，他才緩緩轉身。

隊員們聚集的地方是教室的中央處，也就是多泫曾經懸掛的位置下方。眾人壓低重心坐著，地上顯現出藍色的光。亮光處，即是出現螢光反應的地方。既有滴落成一點、一點的部分，也有破碎成手掌大小的部分。濬厚大概知道那些代表的是什麼意思——關於血跡反應的調查。

那天，多泫的頸部受了傷且正在流血。雖然濬厚在收拾屍體的過程中曾經擦過地板，卻無法完美地消滅到得以躲過警方調查的檢驗。因為，根本不存在可以容許他那麼做的時間。既然犯下罪行的人不是他，血跡反應本身對濬厚來說並非什麼具威脅性的狀況，但問題是事實證明了整起案件是在教室發生。他站在稍遠處，專注地盯著警察們的一舉一動。

拿著紫外線燈的現場調查官，繼續仔細地照射著四周。即使在破碎成手掌寬的血跡周圍仍可見數個血滴痕跡，卻沒有其他血跡出現在比這些更遠的地方了。姜致秀從調查官手中接過紫外線燈。他照射的位置，是擺放在出現血滴痕跡之上的一張椅子。他打量著椅腳，卻不見任何螢光反應。一推開椅子，血跡的模樣完好無缺。姜致秀又看了看書桌的桌腳後，彷彿想到什麼似地，猛地站了起身，並將桌椅通通推倒在地。姜致秀開口說道：

「血是在沒有桌椅的狀態下流下來的，至少，是像現在這樣全被推到一邊的情況。」

「有發生過肢體衝突嗎？」朴仁載歪著頭問。

對此似乎持反對意見的調查官屈膝說道：「這是滴落的血跡。」

姜致秀和朴仁載抬頭看著他。調查官開始解釋。滴落的血跡，指的是血液由靜止的物體垂直墜落時生成的痕跡。由於是垂直墜落，因此會呈圓形，且血液濺得凹凸均勻。他說，也有其他可以證明是藉由滴落方式留下來的血跡，這些稱為伴隨血滴。伴隨血滴意味的是當大血滴碰撞到地板時，產生的小血滴。最後，調查官又補充了一句「在現場檢驗出的數個伴隨血滴，可以證明血液是從一定的高度滴落」。

一定的高度。聽見這句話的姜致秀與朴仁載就像約定好一樣，同時仰頭注視著天花板。他們的頭頂正上方天花板，裝設著一部嵌入式空調。濬厚口乾舌燥，他可以感受到自己的心臟宛如被擰捏著的壓迫感。一點小小的血跡就能得知這麼多事？懷疑自己是否無法成功地從多泫的死亡案件全身而退的憂慮，令他深感恐懼。緊咬下唇的他，心不在焉地看著前方。

恰巧與姜致秀四目相交。

看起來應該是姜致秀一直盯著濬厚仰望天花板的表情。濬厚繃緊了神經，他有種不祥的確信——警察已經懷疑到自己身上了。

「把書桌搬過來。」

不知不覺間已經將視線從濬厚身上移開的姜致秀，對著朴仁載下指令。當朴仁載將書桌拖過來後，姜致秀便脫掉自己的鞋子站在書桌上。他從其中一名調查官手中接過手電筒，然後小心翼翼地照射空調內部。濬厚的全身上下無意識地使勁。嵌入天花板的空調四周的出風口，曾經懸吊著多泫的脖子。沉默了好長一段時間後，姜致秀關掉手電筒並從書桌上下來。

「就是這裡了。堆積的灰塵上有繩子的痕跡。」

聽見這番話後，調查官也站上姜致秀站過的書桌上。他似乎立刻就找到姜致秀提及的地方，隨即開始拍照與採集周圍的指紋。隊員們又忙成了一團。

特意讓出位置的姜致秀和朴仁載，從眾人之中往後退了一步。

「是在那裡上吊的。」

「可是，就血跡反應來看，底下應該沒有桌子或椅子才對。」

「嗯，所以說是有人先刺了他的脖子，然後才把他吊上去。之後，又把他丟進水裡。」

「刺脖子、吊上去、丟進水裡……為什麼需要做到這種程度？」

「這就不得而知了。只是，代表這一切不是偶發的殺人，而是有計畫的謀殺。」

「有必要對一個高中生做到這樣嗎……對年紀這麼小的孩子，就有這樣的深仇大恨？」

「人心難測，任何人都猜不到的。」

說出「任何人」的那一剎那，姜致秀目不轉睛地望著濬厚。或許是因為濬厚說過多泫沒有朋友的緣故吧。然而，基於濬厚是否存有其他意圖的不確定性，自己始終無法消除對他的懷疑。

說不定警方已經認為自己是嫌疑犯了……只是，事實並非如此，濬厚心想。他只有移動屍體而已，從頭到尾既沒有介入過多泫的死，也沒有希望發生這種事。如果趁現在坦承自己只有移動屍體呢？事到如今才開口，絕對不可能行得通吧。當警方已經鎖定自己就是犯人，顯然就不會再額外做其他調查。當下，濬厚下定決心——永遠不會讓真相大白。

現場的調查工作持續進行至深夜。結束教室內的部分後，他們立刻開始搜索走廊。再也無法待在那個地方的濬厚，下樓前往教務室。就算他也十分好奇警方究竟找到什麼東西、討論過什麼話，但深知自己絕對要保持不為所動態度的濬厚，實在沒辦法繼續留在現場。再加上，一直與刑警姜致秀有眼神交流一事，著實讓他感到相當不自在。

教務室空無一人。濬厚關掉所有空位的燈光，僅點亮自己桌面上的燈。坐在昏暗的教務室裡，沉浸於寂靜之中，更加劇了不適的情緒。他只要闔上雙眼，就能隱約見到不久前調查官們照映的螢光色斑斑血跡。這一切，喚出了多泫死亡那天的景象。他搖著頭，隨便從桌面的書架上取出一本書。那是教育廳出版的《學生危機援助指引》，內容關於及早發現面臨經濟困難或霸凌等危機的學生們所提供的方針。只是，根本無法專心。他完全看不懂自己閱讀的文字內容。於是，他蓋上書本，深深地嘆了一口氣並撥了撥自己的頭髮。

確認了一下時間：十點半。心裡恨不得馬上回家，但只要調查還沒結束，自己就不可能回家。雖然可以請警衛在一旁等到調查結束後稍作整理，可是自己若獨留刑警們待在校內，對校長也不好交代。還要很久嗎？思考片刻後，他便從座位起身。處在戰戰兢兢的緊張狀態已經不知道經過多少個小時，感覺身心俱疲是理所當然之事。

濬厚踏上樓梯，前往三樓。一心想著要去詢問調查工作究竟還需要多少時間的他，卻在走到三樓走廊的瞬間，嚇得全身僵硬。猶如自己踩踏的地面頓時崩塌般，雙腳癱軟。一不小心就差點失去重心，應聲跌落在地。

調查官與警察通通聚集在走廊的盡頭。他們看的東西，正是緩降機。緩降機的盒子開著，調查官們正使用厚實的刷子在盒子的表面與繩索、掛環上塗抹東西。即使是對調查相關工作一竅不通的濬厚，也能一眼看得出他們在做什麼——採集指紋。

竟然連緩降機都知道了？刀已經架在脖子上了。

那天，濬厚利用緩降機搬移多泫的屍體，其目的是為了躲過警衛的雙眼。想起緩降機的當下，他甚至慶幸得覺得這一切是老天的幫助。然而，事到如今再想起時，或許並不然。那天的他是徒手觸摸緩降機的繩索，因為根本沒有多餘的時間去找手套之類的東西。滑動緩降機時，也是一樣。他後來不是沒有擔心過自己留在緩降機上的指紋，但也不可能無緣無故做出拆解緩降機，然後把它擦乾淨的奇怪舉動。只希望刑警們的目光不要過度執著在緩降機上。

當他從旁靜觀著這一切時，原本也一起待在現場的姜致秀忽然抬起頭。當兩人的目光交會的瞬間，濬厚隨即移動腳步走近姜致秀。瞟了正在採集指紋的調查官們的方向一眼後，他對姜致秀說：「那裡應該會有我的指紋。」

「什麼？」

太輕率了嗎？看著姜致秀瞪大雙眼的表情後，他就後悔了。只是，也來不及了。

「那個緩降機啊……負責管理的人是我。教職員們都有固定負責的設備，所以每個人都有各自管理的設備，而緩降機就是由我負責的。每個月都需要檢查一次能不能正常啟動。現在看起來好像是在採集指紋的樣子，所以才說可能會出現我的指紋。」

姜致秀平靜地點了點頭。

「原來如此。」他直勾勾地注視著濬厚。「既然這樣，老師一定很熟悉緩降機正確的使用方法吧？」

彷彿有人緊掐著自己的心臟般。姜致秀揚起嘴角，露出微笑。至於夠不夠自然，就不得而知了。

「對，這是當然。」

姜致秀又點了點頭，示意自己「明白了」。只是，他並沒有下令停止採集指紋。

「調查完指紋後，緩降機的繩索與掛環好像也要帶回去。」

「為什麼？」

「因為上面可能留有犯罪的痕跡，像是基因或其他細微的證據。關於物品的補償作業，我們警局的相關處室會再與您聯繫。」姜致秀一臉訝異地回答濬厚的提問。

「了解。」

後來，調查工作又持續了三十分鐘左右。濬厚站在不遠處，靜待一切結束。與其獨自一人等待，倒不如親眼看著，心裡還比較自在。待到最後的刑警姜致秀與朴仁載，一直盯著現場的調查官們離開。確定現場通通整理完畢後，兩人才從樓梯走下來，前往學校大樓後方的停車場。原本跟在離開三樓的他們身後的濬厚，在步出大樓的瞬間不由自主地長嘆了一口氣。

在停好的廂型車前，兩人轉身面向濬厚。

「老師剛才應該也看見了，從各種證據顯示，蔡多泫同學的案件推測是熟人所為。因此，我們必須針對蔡多泫同學進行更進一步的調查。再怎麼說都可能牽涉到其他學生，所以我們會特別小心。加上，目前沒有鎖定特定學生，因此不得不採取大範圍的問卷調查形式，到時候必須麻煩老師協助。造成不便，請多包涵。」

朴仁載微微點頭致意。「我有聽副校長說過這件事了，請不用擔心。」

為了不干擾學生們的學習氣氛，最終才會選擇這個最適合的方式；當然了，也有考慮到學生家長們的抗議。既然這已經是最適合的方式了，校方也沒有理由再拒絕。雙方皆同意的結論是：學校負責進行問卷調查，資料由警方彙整，假如出現需要與該名學生面對面對談的特殊陳述，會在取得監護人同意後，前往警察局進行不公開的面談。

「明天會再聯絡您。」

道別後，朴仁載便坐上駕駛座。姜致秀也以眼神在向濬厚致意後，隨即轉身面向副駕駛座。忽然間，姜致秀停下腳步，轉頭看往身後。他堅定地注視著濬厚的雙眼。

「話說回來……老師，那個二十五日晚上啊，根據警衛先生的陳述，您曾經為了要找泡麵去過實驗室吧？」

「嗯？對，沒錯。」面對突如其來的提問，濬厚的聲線霎時間有些顫抖。他拚命想要掩飾自己的慌張。

「可是警衛先生又說沒有見過實驗室的燈開著耶……」

「是嗎？我記不太清楚了，但的確有可能沒開燈就進去教室裡。雖然當時是晚上，不過外面有路燈的光會透進去，而且我也知道泡麵放的位置。如果有泡麵的話，我應該會開燈，但裡面已經沒有泡麵，所以就直接離開了。」

聽完濬厚的回應後，姜致秀咬了咬嘴唇，似乎在思考些什麼的他目光低垂。濬厚奮力壓抑著撲通、撲通狂跳的心臟問：「這件事很重要嗎？」

「沒有，只是確認一下才問您。」姜致秀露出溫和的笑容，而濬厚卻沒辦法跟著笑出來。

「請問您是在懷疑我嗎？」

姜致秀的眼神滿是驚訝。他邊露出尷尬的笑容，邊搖搖手。

「這倒不是啦，就像我剛才說的，只是想確認一下當天現場發生過的事而已。萬一犯人當天就躲在校內，勢必會躲開老師與警衛先生的動線活動。如果我的問題讓您覺得被冒犯了，還請見諒。」

「我不是這個意思。畢竟我那天確實曾經待在學校，被懷疑也是在所難免的事。再怎麼不方便，我也會盡力配合，請您不必介意。」

「謝謝老師這麼說。還有那個啊……」

「請說。」

「您會不會知道有什麼中年女性可能會去蔡多浤同學家找他呢？目前為止，除了老師之外，完全找不到任何比較了解蔡多浤同學的人。」

不明白對方在說些什麼的濬厚，沒有即刻回答。

姜致秀接著解釋：「在我們調查的過程中，蔡多浤同學似乎曾經與一名去過他家的中年女性發生口角。既然老師協助過蔡同學辦理外婆的喪禮，說不定也有見過這個人？有沒有想到可能的人呢？」

沒什麼好考慮的。濬厚立刻搖了搖頭。「沒有。在多浤外婆的喪禮上，連一個來追悼的人都沒有。中年女性……我也沒有聽他說過。」

「這樣啊……如果之後有想起可以告訴我們的事，麻煩隨時與我們聯絡。任何事都可以。」

想必是連細微末節的地方都不想放過。

「了解。話說那個……」思考片刻後，濬厚才終於開口。就算會因此被懷疑，也沒辦法了。非知道這件事不可。「多汯的驗屍程序結束了嗎？」

「暫時只有第一次驗屍的結果出來而已，但很快就要移交屍體了。由於這名學生沒有監護人，所以一切會依照地方政府訂定的標準完成流程。」

姜致秀認為濬厚是在擔心屍體的處理方式。哪怕只是為了多汯著想，濬厚也不曾想過隨便處理這件事。或許自己能以監護人的身分，親自送多汯最後一程。他認為，這是自己與多汯道別的禮儀。只是，濬厚此刻冒著風險想知道的事並不在此。

「多汯是被刀刺死的嗎？」

聽見這句話的姜致秀嚇得瞪大眼睛。濬厚下意識地迴避對方的視線。不過，很快又抬起頭，澄清似的說：「剛才進行調查工作的時候，我在旁邊聽到的。他們說，多汯的脖子曾經被吊在天花板的空調。至於頸部有被刀子刺過的傷口，是我從新聞報導得知的。用刀子刺傷孩子還不夠，竟然還要勒他脖子？到底是哪個殘忍的混帳？光是想到這裡，我都氣得咬牙切齒。當時的他，該有多害怕、多痛啊？所以我就在想，假如在被刀子刺傷的當下就立刻死去，或許才更慶幸吧？」

這是真心話。多汯總是帶著一副無動於衷的表情，就算沒有朋友、沒有可以說話的人，他也無所謂的那種表情。不認識他的人，或許會因此認為這樣的多汯很冷漠又強悍。於是，誰也不再主動與多汯說話，不再擔心他，最後棄之不理。然而，事實卻非如此。他再清楚不過了——多汯是個孤單至極的孩子，脆弱得彷如隨時會崩解的孩子。正是因為連受到細微傷害都深感畏懼，才會笨手笨腳地披上偽裝的外皮罷了。一想到這樣的多汯死去時該有多麼寂寞、害怕，濬厚的身體就不自覺地蜷縮難受。

他心想，只要自己可以洗脫嫌疑，只要多浤和自己的關係不要被揭穿，只要自己的生活不要解體，就好了，即使這麼做會對不起多浤，但若因此抓不到犯人也是無可奈何。然而，他只想知道這件事：多浤是怎麼死的？如果是當場死亡，自己的心裡似乎能好過些。

濬厚等待著刑警姜致秀的答案。然而，一抹困惑的光掠過刑警姜致秀的臉龐。濬厚雖然慶幸對方沒有懷疑自己，但姜致秀的表情卻令人訝異。濬厚沒有錯過刑警姜致秀與坐在車內望著車外的刑警朴仁載交換了一下眼神的景象。究竟是什麼事？沒來由的不安感，焚燒著胸口。恰如不知從何處響起了「不要聽答案」的警告般。

過了一會兒，刑警姜致秀下定決心似的凝視著濬厚。

「蔡多浤同學的死因是……」

為表遺憾，他微微低下頭，語氣沉重地說：

「溺死。」

8

姜致秀去交通科的頻率算是頻繁。因為自從發生事件後，最基本的調查工作就是調閱監視器。姜致秀一入內，彷彿一直在等待著他到來的金巡警隨即從座位起身。姜致秀與舊識的其他職員們一一交換眼神簡單打過招呼後，便跟著金巡警一起走進調閱室。

由於這只是間用來擺放播放監視器影片的螢幕，以及調閱時需要的幾項機器的房間，因此空間十分狹窄。金巡警攤開一張鐵椅放在桌子前，然後朝著姜致秀揮了揮手。姜致秀一坐下，他便挪開其他椅子跟著坐好。金巡警滿臉倦容地握著滑鼠，做了一些操作後，用著如同他神情般死氣沉沉的語調說：「我已經找出您提過的所有影片了，量多得不得了。」

聽見充滿著不悅的語氣，姜致秀無言地笑了。他很清楚分析官們時常在抱怨工作量過大的事。假如有辦法縮小嫌疑犯的範圍後再進行調查，的確可以大大減輕工作，但問題是「縮小範圍的標準」。一旦設錯標準，因而產生漏洞的話，隨時都有可能讓嫌疑犯脫逃。為了縝密地填補可能讓嫌疑犯成為漏網之魚的「那一個漏洞」，壓榨人力是唯一途徑。

「這是您提過的二十五日晚上至二十六日二十四時為止的三銀湖鄰近區域的監視器畫面。不過，沒有發現您說的車牌號碼。」

「沒有？」

姜致秀緊皺眉頭。對此感到不可置信的他，專注地盯著螢幕上的影片。影片的畫面飛快地播放著。有些徒步路過的人，也有些駛過的車輛。金巡警將一份使用釘書機固定的資料交給正在看影片的姜致秀。

「這是所有經過車輛的清單。」

接過資料的姜致秀快速翻閱清單。如同金巡警所言，沒有他想找的號碼。

金巡警冷淡地說：「真的沒有。」

調閱三銀湖入口通道的監視器畫面，是為了找出將蔡多泫丟進湖裡的嫌疑犯。蔡多泫的最終死因是「溺死」。只是，法醫說過當時的蔡多泫不是處於正常狀態。身上除了有刺傷外，還有頸部被勒過的痕跡，所以存在陷入「假死狀態」的可能性。根據肺部檢驗出的浮游生物與溺死時會在鼻腔發現的白色泡沫、耳朵出血等典型現象，因此才判斷最終死因是溺死。只是，量卻不多。也就是說，雖然水是在仍有呼吸的情況下進入肺部，但這是當時呼吸量不大的證據。

先在學校勒完蔡多泫的脖子後，再將已經失去意識的人丟進湖裡，意味著「沒有車子不可能辦得到」，所以才會首先鎖定車輛的部分。事實上，姜致秀內心早已有了嫌疑車輛——金濬厚的SUV車。不過，這個車牌號碼卻不在清單上。

想錯日期了嗎？可是，法醫也根據皮膚狀態做出過「蔡多泫頸部遭勒的時間點與被丟進湖裡的時間差距不大」的判斷。

「我拜託過的車輛追蹤已經完成了嗎？」翻動著資料的姜致秀說。

金巡警點了點頭後，開口答道：「是，已經完成了。不過，看不出有什麼疑點。」

他迅速地操作著鍵盤，然後轉動旋鈕倒轉影片。不久後，便可見到他播放的畫面中出現學校的前方。姜致秀緊盯著駛離黑漆漆校門的車輛車號「四〇五四」，是金濬厚的車。

「離開校園的一分鐘後，銀波十字路口。」

喀喀、喀喀，金巡警用食指響亮地敲擊鍵盤。隨著影片的切換，畫面中也出現了十字路口。金巡警又按了一下鍵盤後，影片隨即暫停。畫面中可見車牌號碼被拍得一清二楚的金濬厚車輛。

「接著……三分二十秒後，MH儲蓄銀行前。」

影片經過金巡警的操作後開始切換，同樣也能見到金濬厚的車輛。金巡警以這種相隔大約三至四分鐘的方式，連續播放了幾段影片。金濬厚停車的地方是聖文社區，他的住所。恰如他的陳述，當晚離開學校後便立刻返家。當影片播放到金濬厚走進社區大樓內的那一秒，金巡警停下了手邊的動作。

「姜隊長和我也不是認識一、兩天了，我很清楚您的性格，所以已經事先申請了聖文社區的監視器畫面。很可惜，他們說平面停車場沒有架設監視器，只有架設在電梯內與各棟大樓的出入口而已，而那個人住在一樓。因為沒有調閱電梯監視器的必要，所以我們只取回了各棟出入口的部分。四〇五四的駕駛進入大樓後，直到隔天上班時間為止，不曾外出過。進入大樓時，也只拿了一個小公事包。這個畫面我也會一併交給您。」

姜致秀愣愣地點了點頭。混亂的思緒，難以釐清。金巡警又緊接著解釋，隔天下班後的金濬厚依然是直接返回位在聖文社區的住家，同樣沒有在翌日的上班時間前外出。生活如此規律的金濬厚的車輛經過三銀湖一事，是發生在七月二十八日傍晚。那是金濬厚為了蔡多汯連日缺席的事前往學生家中，確認多汯真的不在家才向警方報案失蹤的那天。金濬厚的陳述與行蹤完全一致。

金濬厚不可能是犯人。以往解決過不少案件的姜致秀，就像一把歷經千錘百鍊的利刃，始終維持著靈敏的直覺。被他懷疑的人，大多數都能在後來藉由證據證明是犯人。然而，他實在無法承認自己只有這次錯了。

姜致秀凝視著手中的文件：案發當日經過三銀湖監視器前的車輛。其中，真的存在自己意想不到的犯人嗎？

從最後一次捕捉到蔡多汯蹤影的二十五日起，至隔天的二十六日間，經過三銀湖入口處的車輛總共只有十五輛；而進入三銀湖後，可以抵達的地方也只有向陽村。由於此處是居民剛開始遷移的重建區，自然沒什麼訪客。調閱過車籍資料後，確認十五輛車之中有十三輛都是當地居民。即便當地居民沒有理由先把蔡多汯叫到學校後再進行殺害，卻依然不能排除「萬一」的可能性。因此，決定扣押搜查居民的十三輛車。沒有任何人拒絕此事。

獲得居民們的配合後，扣押搜查的工作於村內的空地進行。前往視察的姜致秀坐在稍遠處的路邊，緊盯著空地的作業情況。他神情凝重，絲毫不認為有辦法從眼前的十三輛車裡發現什麼有力證據。

值得注意的車子有兩輛。兩名駕駛各是世川市與晉平美賢面的居民，皆與住在向陽村的居民有親戚關係。這些人不是為了與親戚見面，就是回來拿忘記帶走的行李。假如這些人與向陽村的居民是親戚，那麼就不能排除在過去往返的期間曾與蔡多泫相識。向兩名車主說明完事情的來龍去脈後，他們也同意扣押搜查。至於兩輛車的扣押搜查作業，則已經向居住地所屬的警察局申請協助。

當鑑識工作正如火如荼地進行時，電話忽然響起，是刑警朴仁載打來的電話。上次發現姜致秀懷疑金濬厚的結果並不正確時，朴仁載其實反倒覺得慶幸。因為朴仁載相當清楚連外婆都過世後，與蔡多泫一起處理喪禮的金濬厚老師，是完全沒有家人可以依靠的多泫的唯一依靠。信任的結果若換來的卻是殺害，實在是太過悲慘的不幸。因此，朴仁載反而衷心希望蔡多泫是遭到陌生人殺害。

在想著這件事的同時，姜致秀接起了電話。

「學長，蔡多泫的手機分析結果出來了。」

失蹤當時，蔡多泫將手機放在家中後才出門。單憑這點就很奇怪，現在的孩子們一旦少了手機，根本沒辦法做任何事。這是就算不小心忘記了，也會即刻回頭拿的重要物品。假設他是去見某個人，那就更奇怪了。因此，調查蔡多泫的手機使用明細絕對必要。

手機分析是由二〇一九年才在永仁市地方警察局新設立的數位鑑識分析中心處理。這個單位可以復原大部分已被刪除的檔案或通話紀錄。

「有找到什麼嗎？」

「大概可以分成兩種。」

「兩種？」

「對。一種是封鎖騷擾電話的紀錄，除了行銷廣告的電話號碼之外，還有幾個被封鎖的電話號碼。另一種則是復原了被刪除的訊息，這個部分可能得要學長親自看一下才行。總之，和老師的說法不太一樣，他應該有被霸凌的情況。」

朴仁載讀了幾則比較具代表性的訊息：

「休想不再來上學！你以為那樣說就可以擺脫我嗎？我絕對要親眼看到你的不幸！」

「你知道今天是什麼日子嗎？你給我到永仁銀行來！不來就死定了！」

「接電話！不想死的話！」

「居然還敢跟我說教？你以為到此為止了嗎？走著瞧！我總有一天撕爛你的嘴！」

最後一則訊息是七月二十五日晚上六點四十分左右接收的，也就是蔡多泫消失的當天。

「看起來是學生。」

「應該是。」

「好。先確認一下被列入騷擾電話的號碼持有者，然後再調查一下這些人和蔡多泫的關聯性。順便查一下訊息的發送者。」

姜致秀做出「先不要聯繫訊息發送者」的叮囑。既然是蔡多泫消失當天收到的最後一則訊息，對方與失蹤案件勢必相關。萬一警方事先聯絡了，對方說不定就有時間擬定脫身的對策。基於訊息發送者有可能是學生，姜致秀下令一併掌握該名學生的監護人的相關資訊後，才掛斷電話。

姜致秀輕嘆了一口氣，並搖了搖頭。看見車主紛紛依照鑑識組人員的指示將車輛移動到另一處停好，顯然車輛的搜查作業應該已經告一段落了。另一邊的鑑識組人員則是正在整理蒐集到的證物。數量相當可觀。儘管每次都得經歷一樣的事，此時的他卻感覺自己猶如站在迷霧瀰漫的迷宮之中。

調查過被封鎖處理的電話號碼持有者後，竟發現年齡層多樣得令人驚訝。大多是住在永仁市的居民，其中只有兩名分別住在奉天市與鎮面郡。暫時無法推測出這些持有者與蔡多泫的交集。負責分析手機的分析官也表示不清楚這些電話號碼會不會真的是行銷廣告，因為隨著近來出現了很多有辦法自動過濾騷擾電話的服務，為了防止這種情況，越來越多公司也轉而使用一般的手機號碼撥電話。所以說，不是沒有這種可能性，但一切都得先經過確認。

為了調查，朴仁載開始聯繫被封鎖的號碼持有者。原本以為如果是行銷電話，接電話的人應該是對電話行銷訓練有素的業者，或是廣告文案的錄音檔，萬萬沒想到話筒另一端傳來的竟是一名中年男子的聲音。朴仁載表明身分後，便詢問對方是否認識蔡多泫。

「蔡多泫？誰啊？」

感覺不是在說謊。難道只是打錯電話嗎？只是，沒有人會將打錯的電話號碼一一列入封鎖清單。

「是一名住在晉平郡的高中生。根據通聯記錄，您好像在兩個月前曾經打過電話給這名學生。您不認識他嗎？」

一聽見「晉平郡」三個字，男子立刻發出「喔……」的聲音。不過，他的聲調也隨之變得警戒。

「怎樣嗎？」是「不過是打個電話有什麼問題嗎？」的語氣。

「他死了。目前正在進行調查中。」

話筒的另一端，剎時間聽不見任何聲音。顯然是因為聽見意想不到的事，而受到了衝擊。隨後便回過神的男子，又重新用著似乎在防備些什麼的聲音說：「怎……怎樣嘛？關我什麼事？」

朴仁載開始詢問對方與蔡多泫的關係。聽到名字卻沒辦法立刻想起這個人是誰的男子，為什麼要打電話給蔡多泫？而蔡多泫又為什麼要把男子的電話加入拒絕接聽的封鎖清單？男子的答案，很快就解開了這一切。

「他媽就是毀掉我人生的那個賤女人。」

「嗯？」

「我說那個騙我的婊子！」男子發出咬牙切齒般的聲音。

朴仁載憶起一開始處理蔡多泫失蹤案件時的初步調查內容——蔡多泫的母親曾因詐欺案入獄，最後在獄中自殺。想必是那個案子的受害者吧？這下才總算看出其他封鎖電話的共通點。

蔡多泫過世的母親姓名是「宋仁淑」，認識了在晉平市場從事私人借貸的趙尚賢後，才開始參與詐騙行為。本來靠著每天收回的錢作為生財工具的趙尚賢，忽然向市場的商販們談起關於投資的提議——募集眾人的投資款項後，投入經營私人融資，最後再平分期間獲得的利潤。由於經過他計算出來的預期收益率遠高於銀行利率數倍之多，因而引起不少人的關注。當時，從旁搧風點火的人，正是宋仁淑。期間，宋仁淑展現了獨有的親和力與妙語如珠的說話技巧，大多數商販都是基於對宋仁淑的信任而參與投資，且起初幾個月高於預期收益率的利潤也確實令他們相當滿意。完全沒有察覺到這一切都是經過計算的商販們，甚至還送了很多日曬辣椒乾、米、水果等禮物到宋仁淑家中表達謝意。一再強調投資利潤高於銀行借貸利息這點的宋仁淑，不停誘導商販們投入更多金額投資。有些商販真的因此拿了自己的房子去銀行抵押，再用換來的貸款進行投資；有些商販則是介紹自己的親戚給宋仁淑認識，從中牽線促成更多投資。

當商販們意識到一切都是詐騙時，已經是趙尚賢逃往菲律賓以後的事了。至於逃往全羅道一座人跡罕至的島上的宋仁淑，則是遭到逮捕。由於所有資金都早已被趙尚賢轉移了，因此被害人們根本連一毛也拿不回來。雖然宋仁淑辯稱自己同樣遭到欺騙，但根據他積極出面誘導投資的行為來看，實在不可能不知道這是詐欺，所以這個說法並沒有得到採納。最後，宋仁淑被判處有期徒刑六年；同年，於獄中自殺身亡。

被害人之中，除了有五名也曾經實際或試圖自殺外，還有十多個家庭因此訴請離婚等而走上破碎一途。確實是個遺憾的事件。

明明是早已結束的事，為什麼還要打電話給蔡多泫呢？男子聽完這個提問後，用著五味雜陳的語氣說：「那個賤女人說自己『一毛也沒有』、『真的什麼都不知道，也沒有得到任何好處』，我一點都不相信，所以才打電話過去。小孩子以後鐵定會拋棄繼承那個賤女人欠下的債務，但我怎麼可能看著他拋棄繼承後，再把藏起來的錢拿出來吃香喝辣？我做不到！」

他恐嚇蔡多泫不能拋棄繼承。每當過去八年間積累的憤怒竄湧而上時，他都會像發作一樣打電話給多泫。光是想到碾碎自己人生的那個女人的孩子正過著安穩生活時，自己簡直就快因罹患火病[3]而病倒。不過，他說實際上只有打通過一次而已，顯然是不知道自己的電話號碼被封鎖一事。同時，也聲稱自己不曾直接上門找過蔡多泫。

解釋完畢後，男子暫時閉上了嘴。話筒另一端在一陣沉默之後，傳來一聲低沉的嘆息。

「是自殺嗎？」

從他的語調，可以感受到深沉的愧疚——「會不會是因為自己的威嚇才害一個孩子失去性命？」儘管在案件調查尚未結束前，大部分的情況下都會回答「一切都還不確定」，但在經過思考後，朴仁載決定告訴對方「他不是自殺」，只希望對方不必為自己的行為感

3註：文化結合症候群，大多因日常累積的煩惱無處發洩，而出現胸悶、頭痛、焦慮、失眠等症狀，為好發於韓國人的精神疾病。

到自責。子女固然無辜，但站在被害人的立場，也不是全然不能理解。而且，即使怨恨的對象錯了，可是男子的確沒有想過要置蔡多泫於死地。

掛斷電話後，朴仁載又撥了電話給所有被封鎖的其他號碼。一通又一通……每掛斷一次電話，他的心情也跟著越來越沉重。其他號碼與第一通電話的男子都經歷過相同的事，通通都是詐欺案件的被害人。他們和第一通電話的人一樣，要不是強迫蔡多泫不准拋棄繼承，就是追究著他是否有偷偷藏起來的錢。扣除第一通電話的男子外，大部分不曾在近期打過電話。持續了八年的騷擾電話，想必他們在蔡多泫的記憶中就是一種恐懼。

他們的不在場證明大多相當確實。有些為了償還韓幣數億的金額從事代理駕駛；有些與家人分開後，在外縣市找了提供食宿的餐廳工作；有些則是在工地當夜間警衛。基本上都是兩份工作起跳，甚至也有人同時兼職三份工作。儘管有些部分仍待確認，但就現在而言，實在看不出這些人有什麼嫌疑。

確認完畢後，朴仁載舉起手搓了搓臉。這對被害人而言、對蔡多泫而言，都是一件憾事。而且，這些也不是一個孩子該經歷的事。

朴仁載將封鎖電話的清單推到一旁，搖搖頭舒緩情緒。這時，刑事組的門被打開了，姜致秀走了進來。朴仁載喜出望外地從座位起身。看著姜致秀快步走向自己的位置後，朴仁載也立刻跟了上去，向他報告不久才確認過的資料。

「那些訊息的發送者呢？」臉色沉重的他，點著頭問。

「向電信公司發出公文後，已經收到回覆了。經過確認，手機的持有者確實是與蔡多泫就讀同間學校的學生。」

朴仁載將拿來的文件擺在姜致秀的桌面上。姜致秀低下頭閱讀文件。持有者是「鄭恩誠」，與蔡多泫同齡。父親已經過世的他，目前與母親同住。既然是死者蔡多泫生前收到的最後一則訊息，一併調查鄭恩誠當天的行蹤顯然是必要之務。由於對方是未成年者，調查時須先通知其監護人，並取得同意才行。取得聯繫的工作，由姜致秀負責。鄭恩誠的母親雖有些驚訝，卻也表示只要確保兒子能在自己的陪同之下進行面談，他們願意協助警方調查。看著資料的姜致秀總覺得好像在哪裡見過鄭恩誠的母親的名字……直到看見前來面談的兩人後，才總算恍然大悟。

趙美蘭，銀波高中的老師。

9

餐廳老闆正用著令人感覺不適的眼神瞅著大白天就坐在餐廳角落的座位，開著第四瓶酒的濬厚。滿不在乎的濬厚將倒滿酒的酒杯一飲而盡。苦澀的酒擦過喉頭，灼熱了軀體。明明好想大醉一場，神智卻隨著時間變得越來越清醒。

濬厚昨天也是立刻奔向布帳馬車[4]裡灌酒。睜開眼睛之際，早已是超過上班時間好久以後的事了。打了通電話給副校長，騙他說自己身體不舒服要請假一天。無緣無故的休假自然不可能受歡迎，但生病也是無可奈何的事，因此副校長只說了「保重」，便掛斷電話。原本今天他該上的課，想必會改由其他科目代替。這是他擔任教職以來，從未發生過的事。

握緊燒酒瓶的他，收回了原本正準備重新倒滿酒杯的動作，轉而把酒倒進擺在桌上的不鏽鋼杯。一口氣乾掉半瓶燒酒。酒入愁腸，愁更愁。

「是溺死。」

刑警姜致秀的聲音清晰地在腦海中盤旋著。起初，他以為自己聽錯了；若不是自己聽

4註：韓國的路邊攤，即小型帳篷餐車，販售辣炒年糕、各式炸物等小吃。

錯，就是刑警講錯了。只是，刑警姜致秀並沒有更正「溺死」這句話，便直接離開。不可置信。

濬厚想起了自己一開始發現多泫的情景。多泫死後，他只要一閉上眼就會立刻浮現那個畫面，顯然是自己太過刻意想忘記這件事。多泫的脖子懸吊在天花板上搖搖晃晃的身體……明明已經失去意識了。否則當脖子被勒住時，理應會為了掙脫繩子而做出極大的反抗。難不成是當時才剛失去意識不久嗎？將多泫從繩子上放下來時，既沒有呼吸，也沒有心跳，所以他才做了心肺復甦術。就算當時沒有醒過來，但只要心臟機能恢復一點點的話……

濬厚瀕臨崩潰地抓著自己的腦袋。這一切意味著如果當下他就把多泫送到醫院，說不定就能救回一命。刑警姜致秀說最終死因是「溺死」。結果，是自己殺死了多泫。

「**真正理解我的人，只有老師而已。**」

想著多泫的聲音，濬厚搖了搖頭。是自己背叛了那份信任。

「不好意思。」

濬厚沒有即時意識到耳邊傳來的聲音是在呼喚自己。他又一次填滿酒杯。此時，忽然有人搖晃他的肩膀。濬厚嚇得轉過頭，皺著眉頭的餐廳老闆正盯著他。

「電話不是在響嗎？從剛才就一直吵……」

看見濬厚像個聽不懂的人一樣露出驚訝的眼神後，老闆馬上用下巴指了指手機的方向。手機被丟在餐桌的角落。直到此時，濬厚的耳朵才終於聽見手機鈴聲。就在他的手伸向手機之際，鈴聲停止了。餐廳老闆搖著頭，轉身走向結帳櫃檯。

濬厚看了一下手機，總共有三通未接來電；撥打的人有兩名，全都不是此刻想聽見的聲音。當他正準備將手機收進口袋時，收到了一則訊息。

「電話不通耶……我來晉平了。」

他的妻子，瑛珠。

濬厚的車停在大樓的停車場。原本坐在副駕駛座的他連車子熄火了都沒有察覺，依然把臉埋在靠著窗框的手上。

「先生，到了。」或許是認為喝醉的他已經睡著了，因此打算先下車的代理駕駛小心翼翼地輕晃濬厚的肩膀。

稍微打起精神的濬厚抬起頭，接下司機給的車鑰匙。代理駕駛離開後，他仍呆呆地在座位上坐了好久。經過一陣子後，才下車走回家。

聖文社區是竣工迄今至少超過二十年的走廊式住宅。由於走廊沒有裝玻璃窗，因此只要一下雨，雨水就會直接下在走廊上。每次到了雨季，走廊積滿雨水的景象，早已是見怪不怪的日常。即使已經在住戶代表會議上討論過是否全面加裝玻璃窗一事，但贊成人的很少，最後依舊淪為空談。這棟大樓的所有單位皆是二十坪的兩房一衛房型。對三人以上的家庭而言，生活空間偏窄。雖然房價因屋齡老舊而沒有上漲，但經過安全性能評估後，也尚不足以列入需要重建程度的級別。對於重新油漆的提議，自然也因「沒必要浪費這種錢」而不被贊成。隨著房價日漸下跌，整個社區瀰漫著一股貧窮的氣息。因此，這裡的住戶大多是一個人生活的低收入老人，或是像濬厚一樣不在意房價的獨居人士。

身穿藍色制服的警衛正拿著竹掃把在大樓入口處掃地。一見到濬厚，他隨即將帽沿稍微往上推了推，露出笑容。

「今天比較早回來喔？」

勢必是沒有想到濬厚從一大早就在布帳馬車灌酒，甚至還叫了代理駕駛送他回來。

「對，上次真的很抱歉。」

「沒關係啦，老師又不是常常發生這種事，我會再跟對方好好說一下。」

「謝謝。我以後會注意。」

靠近大樓入口的地方，有個被指定用來作為身心障礙者專用車位的區域。濬厚有次把車停在那個位置，深夜下班回家的住戶見到濬厚的車後，便立刻向警衛室提出抗議。假如警衛能早一步發現這件事，其實就不會出問題，但因為是先被住戶看到了，所以也有聲音質疑是不是警衛的失職。警衛當時好不容易才攔下了邊拍照存證，邊氣得嚷嚷著要檢舉的該名住戶，趕緊連絡濬厚。但始終沒有接電話的濬厚，直到隔天才移走車子。期間連累管理員飽受住戶的抗議所苦，他愧疚得無地自容。

「話說回來，老師家好像有客人喔？」

聽見警衛的話後，濬厚看了看自己住家的方向。由於住家位在一樓，所以他很快就能見到該單位的門牌「一〇二號」。

正是因為社區小，動不動就會引來旁人的注目。因此，他才無法帶總是說想來自己家的多泫回來。多泫只有來過這個家一次而已。妻子則是因為不喜歡南下，所以也不常來。結果，最後的結局依然是自己沒能帶真正想來的多泫回家。

以簡單的致意代替回答的濬厚，走進一〇四棟的出入口進入大樓內。以各棟的大廳為準，左、右兩側各有兩個單位，而一〇二號即是在緊鄰著出入口右側的位置。從走廊往家門前的他，將手靠在設置於門上的電子門鎖，亮起的電子門鎖上，出現了數字鍵盤。正打算按密碼的他，馬上就知道屋內有人——按完密碼前，門已經開了。單手推開門的瑛珠，對著他展露笑容。

「按電鈴就好啊！」

濬厚出神地注視著他。化著白淨妝容的臉蛋，充滿著活力。整齊紮起的捲髮，女人味十足。脖子上圍著白色圍巾，搭配濬厚結婚時送他的項鍊。瑛珠身上穿著圍裙，屋內滿是不熟悉的食物氣味。

「習慣了。」

濬厚掠過瑛珠，朝著客廳而去。把門關好後的瑛珠，緊跟在濬厚身後。

「喝酒啦?應該是和老師們聚餐吧?」

瑛珠的聲音，聽起來比平常高了八度。他凝視著瑛珠，看起來似乎是沒有意識到現在還不是下班時間，而且身上的衣服也不像是從學校回來的穿著。突然要對向來沒興趣的人假裝有興趣，自然不可能說出正確的話。無所謂。

「嗯，就那樣。」敷衍回應後，濬厚便走回房間。

瑛珠再次以高了八度的聲調說：「看起來好像打掃得很乾淨耶？浴室裡連一點水漬也沒有。沒想到你這麼勤勞？你有照我教的做嗎？我不是有跟你說過要把排水孔的蓋子打開，然後連內側都擦乾淨嗎？你有季節性過敏鼻炎，所以要打掃得徹底一點才行。」

不期待回應、試圖掩蓋尷尬、連珠炮似蹦出來的話。濬厚猛地停下腳步。他轉頭看了瑛珠一眼後，便不發一語地回到房間。關上門時，聽見了從縫隙間滲入的低聲嘆息。念著多浤的他，關上了門。

上一次與瑛珠面對面坐在餐桌吃飯，甚至已經久得記不起來了。雖然瑛珠不斷地以高八度的語調侃侃而談著無數件事，但濬厚的腦海裡卻怎麼也揮不去多浤的身影。嘴裡的味道，苦苦的。瑛珠費心烹調的石鍋飯，吃在嘴裡卻只覺得粗糙乏味。連一半也沒吃完的他，最後索性放下了湯筷。

當他看完晚間新聞後，回到臥室時發現床上整齊地擺著兩個枕頭，並且更換了全新的枕頭套。就在他愣愣地凝視這個景象之際，跟在身後一起進房的瑛珠關上了房門。穿著一襲白色連身睡衣的瑛珠，默不作聲地上床躺平。

濬厚關上燈後，躺了上床。他端正地躺著，仰望著昏暗的天花板。窗外透入的路燈微光，貫穿了天花板的一片漆黑。寂靜而孤單。此時，瑛珠在棉被裡的手臂放上了濬厚的胸膛。擁抱了濬厚一陣子後，瑛珠的手緩緩地在他的上半身輕滑著，掠過他的肚子，瑛珠的手伸入濬厚的運動褲裡。濬厚抓住了那隻手。

「我累了。」

他轉過身。即使仍能感覺到瑛珠的目光，但他迴避似的闔上雙眼。雖然他期盼著自己能趕快入眠，但瑛珠卻不打算就此放棄。濬厚粗魯地甩開瑛珠的手。

「老公……」

有別於剛才，瑛珠的聲調輕柔了許多。「我想再努力一下，我們一起努力嘛？」濬厚緊握著瑛珠手腕的手，力道漸漸放鬆。瑛珠坐起身，好讓濬厚能再次見到自己的模樣。瑛珠捧著濬厚的兩頰，吻上他的雙唇。毫無熱度的吻。渾身不自在。即便如此，他依然動也不動地接收著攀到自己軀體之上的瑛珠。頓時，憶起了多泫曾經問過的話——「不相愛，也可以做愛嗎？」一想到多泫對此感到無法理解的表情，實在覺得好對不起他。濬厚心想著，「對不起，因為我就是這種人」。

急切地回憶著那天晚上與多泫共度的時光、多泫的肌膚、多泫的體味、多泫的動作後，濬厚才終於有辦法射精在瑛珠的體內。對於瑛珠，沒有絲毫歉意。

凌晨五點時，最後還是放棄入睡的濬厚，從床鋪起身。拿起脫掉的衣服與手機後，打開了房門。

「這麼早就要出去了？」剛睡醒的慵懶聲音。

「我最近都去桑拿洗澡，然後直接從那裡去上班。」濬厚頭也不回地答道。

「老公……」瑛珠叫住了準備離開的他。「你知道自己一次也沒問過我們的濬瑛嗎？」

短暫停下過腳步的濬厚，就這樣離開了房間。

到了學校後，濬厚立刻去副校長的座位報到。副校長一見到濬厚，便開始打量他的臉色。原本還在擔心著是不是因為自己身上有酒味，但好像不是這個原因。副校長僅是笑著詢問：「年輕人，感冒啦？是不是為了學生的案件太操心了？」他一臉擔心的樣子。

這句話也不全然錯誤，但他的心與副校長所想的，質量截然不同。副校長憂心的，是他會不會因身為教職的敬業精神而飽受煎熬。至於濬厚究竟是為了什麼問題所苦，對方絕對想像不到。

「還好啦。昨天沒什麼特別的事吧？」

濬厚刻意謹慎地提問，以免被發現自己對案件的好奇。其實，他早就在上班前用手機瀏覽過關於案件的新聞了。近來，連地方報紙的全部報導內容都已經可以透過網路搜索。沒什麼特別的報導，看起來應該沒有新的消息。不過，倒是有點想知道刑警們會不會再來學校。千萬不可以讓刑警們知道自己在得知多泫是溺死的消息後，就立刻沒有來上班一事。

「昨天沒什麼特別的事。金老師已經把問卷調查發給學生了，你只要負責整理一下就好。警察說他們下午會過來拿。」

「了解。」

「啊，對了……」

正準備行個禮後離開的濬厚，繼續望著副校長。

「教務主任今天會晚點上班，你記著就好。反正他第一節也沒課，不需要找人頂替。」

教務主任，是趙美蘭。副校長說出這句話的同時，濬厚的腦海裡立刻浮現趙美蘭一板一眼、冷漠的形象。自從濬厚轉到這間學校後，從不曾見過趙美蘭遲到的模樣。有時，甚至會覺得他好像是個沒有私生活的人。只要是人都有可能遇上生病或是家裡有事等，為了私人因素而無法如常工作的時候。只是，趙美蘭從未如此。這種人遲到，著實讓人感到好奇。

「生病了嗎？」

「不是啦……」副校長含糊其辭。

神情分明是知道遲到的原因，卻難以啟齒。因此，才更令人好奇。不過，濬厚倒也不至於想要繼續追問，使對方為難。回答了句「了解」後，隨即返回自己的座位。

濬厚看了一下時間，七點四十分。八點的早自習開始前，得先進行朝會。由於昨天沒有上班，傳達事項一定很多。他從趙美蘭的空位上，拿起桌面上的教職人員會議紀錄。確認過昨天究竟討論了什麼內容後，才能傳達給學生。他迅速地檢視文件。

「老師……」

聽見戰戰兢兢地呼喚著他的聲音後，濬厚隨即抬起頭。一名不知道什麼時候出現的女學生，站在濬厚的桌子旁邊——是班長申國希。國希站在那裡，雙手捧著一大疊厚重的紙張。

「這是問卷調查。」

「啊，謝謝。」

濬厚收下問卷調查，然後擺在桌邊。原本打算繼續閱讀會議紀錄，但國希卻沒有離開。抬頭看了一眼，才發現他欲言又止的扭捏模樣。兩人的目光一接觸，國希立刻轉而望著周圍說：「這個……」

國希指著問卷調查。「老師也會看嗎？」

無法即時意會對方想表達些什麼的濬厚，僅是睜大雙眼望著國希。

「就是……老師們都會看這個問卷調查嗎？」

「不會，警方會來拿走。」

「我在裡面寫的東西，不會給其他人看吧？」

雖然名義上是問卷調查，但基於案件性質特殊，因此問卷早已事先標記了填寫人的學號與姓名。如此一來，警方才能在發現有用的證詞時，要求進行面談。校方在進行這次問卷調查的期間，同時也得到了警方會徹底確保學生人身安全的承諾。

「不會有那種事，放心。」

「那……我想寫一些東西。」

國希用手指指了一下那疊問卷調查。「想寫一些東西」，意味著他有些關於多泫的事想對警方說。是什麼？難道他知道自己與多泫的關係嗎？或許是自己的心理作祟吧，總覺得國希看自己的目光好像哪裡不太一樣。不過，濬厚馬上搖了搖頭。不可能知道。為了避開他人的注意，他向來都是極度謹慎。多泫也不可能會跟周圍的人說些什麼。假如真的知道些什麼，大可不必向濬厚坦白自己在問卷調查裡寫了什麼內容。想太多了。濬厚趕緊將問卷調查歸還給國希。

「我會馬上交回來。」

「是什麼事？」濬厚小心翼翼地詢問。

原本打算離開的國希，看起來先是苦惱了一陣子，接著又掃視了四周後，才低聲地說：「其實，我有看過多泫被打。」

多泫被打？濬厚第一次聽到這件事。

「什麼意思？你知道發生什麼事嗎？誰打他？」

「那個……」

正當國希準備開口的瞬間，教務室的氣氛卻已然改變了。一到朝會時間，所有老師們紛紛開始起身動作。國希思考了片刻後，尷尬地笑著拿起問卷調查。

「我很快就會寫完再交回來。」

好奇到了極點的濬厚，也只能無奈地說聲「好」。朝會期間，一直掛心著國希的濬厚，完全無法專心。等到那天的第一節課結束後，他回到座位時，國希繳回的問卷調查已經擺在自己桌上了。快速瀏覽的他，皺起了眉頭。他實在無法輕易相信。

內容除了提到目睹過多泫被打的情景外，還一併寫上了加害人是其他班的學生「鄭恩誠」。濬厚也有教那一班，而且因為鄭恩誠成績很好，又是眾所皆知的模範生，自然也很熟悉這名學生的模樣。濬厚從不知道多泫與恩誠認識彼此，甚至也不曾見過兩人一起出現的畫面。在這樣的關係之間，發生過什麼事？況且，恩誠在學校向來是格外留意自己一舉一動的孩子——因為他的母親，是教務主任趙美蘭。

總算知道趙美蘭今天為什麼遲到了。為了再確認一次，濬厚翻開一班的點名簿。恩誠的姓名欄旁邊，沒有「出席」的標記。

顯然是警方發現了恩誠與多泫的交集，才會要求他到案說明吧。因為警察尚未得知問卷調查的內容，所以勢必已經掌握了兩人間的某些事。真好奇警察知道的是什麼事。

警方應該不是懷疑恩誠。站在警方的立場來看，不會開車的恩誠根本不可能是有辦法將多泫移往三銀湖的人物。然而，濬厚心知肚明。雖然將多泫移往三銀湖的人是自己，但殺害多泫的是另有其人。即便最終死因是溺死，可是確實有人蓄意殺死了多泫。是恩誠嗎？他不停重複地盯著「恩誠」的名字。

10

姜致秀一打開偵訊室的門入內後，已經預先被帶來這裡的鄭恩誠與其母親趙美蘭便同時抬起頭。儘管這裡不像電視劇或電影的情景般，是個在昏暗的辦公室空間裡，僅掛著一盞日光燈的肅殺之地，但或許名為「警察局」的地方本身就給人莫名的壓迫感，因此兩人完全沒有任何對話。從鄭恩誠的臉上，不難看出他緊張至極的情緒。姜致秀稍微點頭致意後，隨即坐到兩人的對面。咕嚕——鄭恩誠的喉頭動了一下。

姜致秀說了一下自己的職稱與姓名，但這顯然不是兩人在意的事。「今天的面談，只是單純協助調查而已」這句話的力量，似乎不怎麼樣。

他從自己帶來的檔案中，抽出一份文件遞給兩人。趙美蘭把紙張挪到自己面前，閱讀文件上的內容。然而，鄭恩誠好像不用讀就已經知道內容是什麼了。姜致秀沒有錯過鄭恩誠的神情出現劇烈變化的那一幕。

「這是你傳給蔡多泫的訊息，記得吧？」

趙美蘭臉色僵硬地看著鄭恩誠。完全不敢正眼看媽媽的鄭恩誠，僅是慢慢點了點面向著地板的頭。

「你和多泫的關係很差嗎？」

這個問題當然不是單純地在問兩人究竟熟不熟而已。無論是從「休想不再來上學！」或「走著瞧！」的訊息態度來看，都讓人不禁聯想到可能是常見的霸凌方式。

「不算太好。」

「你們好像不同班吧？」

「反正就認識了。」

生硬的語氣。姜致秀心想「他在戒備」，定睛注視了鄭恩誠一陣子。因陌生的沉默而抬起頭的鄭恩誠，目光一與姜致秀接觸後，又立刻低下頭。

「如果是偶然認識彼此的關係，為什麼要傳這種訊息？」

鄭恩誠緊閉雙唇。姜致秀凝視著趙美蘭。不知道是否已經心中有數的趙美蘭，並沒有催促孩子回答，神色雖然有些驚慌，但感覺好像也不認為這是意料之外的發言。其實他就在同間學校工作，說不定早就知道這件事，既然如此，更是令人百思不得其解了。如果自己的孩子對其他人施暴，為人母親會眼睜睜漠視一切發生嗎？況且，他還是老師。

鄭恩誠沒有回答。

姜致秀將雙臂放在桌上，十指交扣。他以盡可能溫柔的語氣說道：「無論是『休想擺脫』或是『走著瞧』，這些都不是會無緣無故說出口的話吧？我希望你可以稍微放輕鬆，然後盡量坦白說出來。究竟你們兩個人之間發生了什麼事？」

鄭恩誠眨了眨那雙大眼睛。姜致秀打算從容地等到聽見答案為止。似乎已經明白沉默再無法解決問題的鄭恩誠，終於緩緩地開口：「我們從同一間小學畢業。然後……是有欺負過他……」

「繼續這樣下去，你也不會過得快樂。你難道就不能為了你自己，不要再找我麻煩了嗎？」那天不知道吃錯什麼藥的多泫，曾經直視著鄭恩誠的雙眼說。

鄭恩誠怒火瞬間竄湧。他失去理智地揮動雙臂，應聲跌坐在地的多泫，臉頰立刻發紅腫脹。至此仍未完全洩憤的他，瘋也似的胡亂踩踏著從多泫書包撒落的書本。當下的心情，比被潑了一身髒水還要更糟。直到回家後，怒火依然絲毫未減。

「竟敢反過來教我？」一想到這裡，他實在忍無可忍。所以，隔天鄭恩誠直接去了多泫的班級。缺席。想到對方居然逃跑了，更是火上加油。於是，他決定打電話叫多泫出來。只是，多泫並沒有依約前往指定的地方。鄭恩誠表示，自己是因為上述種種事情的累積，才會在一氣之下傳送那些訊息。

「『你知道今天是什麼日子嗎？』這句話是什麼意思？」

聽見姜致秀的問題後，鄭恩誠瞟了一眼媽媽的臉色。顯然是不想連這件事都被媽媽知道的樣子。有別於不久前的模樣，趙美蘭臉色鐵青地瞪著鄭恩誠。四目相交的瞬間，鄭恩誠馬上蜷縮著肩膀，再次垂下頭。慢慢發出的聲音，微弱得幾乎聽不清楚。

「錢。」

「你……！」

「媽……」

眼見提高音量的趙美蘭準備起身的動作，姜致秀趕緊搖了搖手示意。瀕臨崩潰的趙美蘭，屁股重新坐回了椅子上。現在不是向鄭恩誠追究是非對錯或行為合法與否的場合，釐清多汯那天究竟發生過什麼事才更重要。

根據鄭恩誠的說法，他一直在霸凌蔡多汯。期間，也搶過對方的錢。當蔡多汯表示自己沒錢時，就會叫他二十五日當天直接到銀行。鄭恩誠相當清楚蔡多汯的低收入戶生活補助金入帳的日子。鄭恩誠表示，和蔡多汯在學校相遇的那天，當自己叫他「這次也要準時把錢交出來」時，對方卻開始說教。隔天正好就是二十五日，因此他又提了一次要求對方出面把錢準備好。不過，蔡多汯沒有現身。

清楚蔡多汯究竟過著什麼生活的姜致秀，在聆聽陳述的過程中，熊熊的怒火一直燃燒著胸口。只是，他的臉上不可以表現出絲毫的責難或嫌惡。一旦流露情緒，就會即刻汙染了鄭恩誠的陳述。他決定壓抑痛心疾首的情緒，繼續聆聽陳述。否則，對方說不定會因此閉口不談。

姜致秀點了點頭。偵訊室內持續了好長一段時間的沉默。最後，他開口說：「我看過訊息的紀錄，你傳送『不出現是想死嗎』的訊息時，是六點四十分。之後的時間，你做了什麼事？」

「喂！」原本一直保持沉默，僅是從旁靜觀的趙美蘭，忽然發出銳利的聲音。瞪大的雙眼，正是對著姜致秀表達的抗議。

蔡多汯死亡以後……此刻問的問題，與「交出不在場證明」、「你不就是犯人嗎」沒有兩樣。

「鄭媽媽，基本上我們會對所有參考證人提出這個問題，希望您不要太敏感。」姜致秀的語氣沉穩而堅決。

儘管不悅的感覺沒有因此消失，但少了抗議的依據，趙美蘭也沒辦法再說任何話。姜致秀盯著鄭恩誠，以眼神示意著「現在輪到你回答了」。

「睡著了，回家以後。」

「一次也沒再外出嗎？」

「沒有。」

「你不用去補習班嗎？現在哪有高中生不補習？」

「要。但只有那天沒去而已，因為太生氣了。」再次留意著趙美蘭臉色的鄭恩誠說。

姜致秀的視線轉向趙美蘭。

「鄭媽媽那天幾點回家？二十五日那天。」

彷彿翻找著記憶似的趙美蘭，凝望著桌子一旁的半空中一陣子。「因為不是什麼特別的日子……我到家的時候，應該差不多六點。」

「當時鄭恩誠同學在家嗎？」

這個問題一說出口後，鄭恩誠突然大叫：「不相信的話，大可調電梯的監視器來看啊！」

姜致秀犀利的目光立刻固定在鄭恩誠身上。似乎對自己不由自主做出的行為感到有些慌張的鄭恩誠，一臉不安地迴避了視線。自己被懷疑了，生氣也是在所難免。鄭恩誠住在公寓，因此若想確認他的返家時間，當然可以透過調閱監視器的方式。雖然不是不可能懂得準確地提出確認電梯監視器的事，但這種情況並不常見。就犯罪心理學的基礎邏輯而言，通常只有心裡有鬼的人才會為了自己的不在場證明提供過量的情報。從鄭恩誠動搖的神情讀出其中一定隱藏著些什麼的姜致秀，注視了他一段時間。趙美蘭的插話，終止了姜致秀的注目。

「他在家。」

姜致秀將視線移向趙美蘭。

「我回家的時候，他的確在家。當時他正在讀書，好像也有在和誰講電話……」

「我在和家教老師講話！」似乎記起些什麼的鄭恩誠，猛地抬起了頭。「因為有些問題不懂，所以我當時正在和家教老師講電話。為了和那時候回來的媽媽打招呼，我還暫停了一下，老師應該也有聽到。」

又補上一句「拜託確認一下」後，鄭恩誠才閉上嘴巴。姜致秀向趙美蘭詢問家教老師的姓名與聯絡方式後，隨即寫進自己的筆記。

「之後呢？」

「繼續讀到晚上就睡了。」

或許是認為自己依然被人懷疑，鄭恩誠的語氣滿是不悅。

趙美蘭開口說：「我們家雖然有兩個房間，但實在是窄得讓人看不下去。多虧了孩子死去的爸爸把錢花得一乾二淨，讓我們至少還可以因此申請教師貸款。一間是光放衣櫃都已經把空間用得差不多的房間，但因為孩子怎麼樣也得有張書桌，所以比較大的房間是恩誠在使用，小房間就用來當作衣帽間。至於我則是睡在客廳。因為我會失眠，而且又比較敏感，所以我連恩誠去廁所的時候也都聽得一清二楚。假如恩誠真的曾經在晚上外出過，我一定會知道。但他沒有出去，一次也沒有。」

緊閉雙唇的姜致秀，點了點頭。這是來自母親的證詞，不是什麼閒雜人等。即便不能排除作假的可能性，但這不是此刻需要討論的問題。正如鄭恩誠所言，只要進行過確認的程序就知道了。姜致秀又問了幾道基本的問題後，便結束參考證人的調查作業。

他邊闔上時不時做紀錄的記事本，邊說道：「如同我剛才告訴過兩位，這次只是參考證人的調查而已，請不要太在意。」

「我知道。那個叫多泫的孩子，雖然不是我的導生，但怎麼說也是我們學校的學生，我很遺憾。希望可以快點解決這件事。」

相對於平心靜氣說著話的趙美蘭，鄭恩誠僅是表情僵硬地坐在母親身旁。看著那樣的鄭恩誠，姜致秀以輕鬆的語調問道：「我想問一件與調查無關的事。」

原本一直注視著某處的鄭恩誠，雙眼轉向姜致秀。

「為什麼要霸凌他？」

聽見這句話的鄭恩誠先是睜大雙眼，然後又重新看往地面。接著，稍微皺起眉頭，冷笑了一聲後答道：「因為他很討人厭。」

姜致秀送走趙美蘭與鄭恩誠，一離開偵訊室回到自己的座位時，彷彿已經等待很久的朴仁載立刻靠了過來。他將拿在手上的一份資料放在姜致秀的桌面上。那是一張字跡清秀的問卷調查。姜致秀抬頭看著朴仁載。

「這是銀波高中的問卷調查。」

姜致秀的目光馬上停在問卷調查上。既然只給了一張，代表裡面寫了自己非看不可的內容。他開始仔細閱讀問卷的內容。姜致秀第一個確認的題目是「是否曾在校內目睹過校園暴力？」

「內容提到曾經見過鄭恩誠打蔡多泫。」

姜致秀長嘆了一口氣後，靠坐在椅背上。這是自己不久前才確認過的事。

「其實光從訊息內容，心裡大概就已經有個底了，加上本人的陳述也沒什麼不同……」

朴仁載歪著頭說：「如果鄭恩誠平常是一直都在霸凌蔡多泫的話，照理說應該有很多同學看到才對。可是，只有一份問卷調查提到關於鄭恩誠的事。」

「大概是假裝不知道吧？」

孩子們為了怕自己被莫名捲入麻煩事，或是一不小心成為報復對象，因此就算是匿名問卷，大多還是選擇沉默。

「總之，是一些關於舉發的內容，不過這名學生也寫了自己只有見過一次……我有打過電話去學校稍微打探了一下。」

鄭恩誠是典型的模範生。雖然有幾個比較親近的朋友，但從來不會成群結黨吵鬧或製造問題。沒有明顯發生過違反校規的情況，成績也算優秀。只是，這一切也有可能是他的假面，可能只在老師們面前假裝的形象。不過，除了班長之外，鄭恩誠也曾經被推舉為全校學生會長。基於母親是任職於同間學校的老師，所以他每次都會推辭。同學們若不是信任他，根本不會這麼做。

姜致秀以食指的指尖貼著眉毛，然後不停地往上輕撫。這是他在整理混亂的腦袋或陷入沉思時的老習慣。

「不管是打一次或打兩次，都是打。不過，也不能因為這樣就斷定鄭恩誠和本案有關吧？從一開始到現在發現的情況來看，死者應該是先在某處被勒脖子後，才被丟進三銀湖。鄭恩誠沒有移動死者的方法，所以應該與他無關。除非他可以背著蔡多泫飛來飛去。」朴仁載聳了聳肩說道。

即使在朴仁載說話期間，姜致秀也沒有停過往上撫動眉毛的動作。隨著思緒越陷越深，手指的速度也變得越來越快。

「我是說假設……」坐在椅子上的姜致秀，抬頭看著朴仁載。眼神銳利地閃動著。

「假設殺害死者的人和移動死者的人，不是同一個人呢？」

朴仁載瞪大雙眼。視線從朴仁載身上移開後，姜致秀的手指又重新放上了眉毛。朴仁載也同樣陷入沉思。

計程車司機不停透過後照鏡偷看後座。儘管那樣的眼光讓美蘭感到不適，但他並不打算干預。與身穿學校制服的學生一起在警局前搭上計程車，對方一定認為是闖了什麼禍。為了丈夫的債臺高築，美蘭不得不連自用車都變賣。雖不到買不起中古車的程度，但實在不能只考慮買車的費用。一想到油錢、保險、修理費之類的養車費用，車子對他來說無疑是一種奢侈品。不過，遇上今天這種日子，就會很後悔沒有買車。

美蘭看了看坐在身旁的恩誠。手臂倚著窗邊的他輕托著自己的下巴，似乎在思考著什麼。他面向窗外，卻不像在看著地面。低垂的目光，無從得知究竟聚焦何處。稜角分明的下巴，令人陌生。儘管每天都能見面，美蘭卻每每都能切膚地感受兒子的成長。丈夫死後，孩子突然長大了許多。開始會默默幫忙做家事，也懂得自己處理家裡的小事；有次，美蘭甚至過了幾天才發現兒子用自己的零用錢去買新燈泡回家換掉故障的舊燈泡。雖然比較寡言，但在大多數的同齡男孩身上都能見到類似的轉變。即使在失去一切後，自己只顧著傾注所有心力與這個世界奮戰，但美蘭始終認為自己依然是這個世上最了解兒子的人。然而，在警察局聽見的調查內容，卻是自己完全不認識的恩誠。

「現在的社會要照顧孩子，不容易吧？」

後照鏡中的計程車司機露出假惺惺的笑容，一副「我都懂」的表情。在他的腦海裡，恩誠顯然已經成為整天跟著媽媽進出警局的不良少年。短暫抬起頭的恩誠與對方一對視，便立刻避開他的視線。無以名狀的不安感，勾在心窩間顫動著。

沒有得到美蘭任何回應的司機，一臉尷尬地直視前方。

關於從小就堪稱是「摯友」也不為過的兩個孩子，後來斷絕往來的事，美蘭其實也很清楚；確實不是天真地用一句「朋友間應該好好相處啊」的建議就有辦法化解的關係。美蘭充分理解其中的原因為何，也認為這就是段已經畫下句點的關係了。他又轉頭看了恩誠一眼。剎那間，就像一個不認識的孩子。

「麻煩靠邊停。」當計程車一左轉往銀波高中的方向時，美蘭隨即開口說道。司機瞄了後照鏡一眼後，便緊靠著人行道停下車。美蘭付計程車費的期間，恩誠先一步下車。美蘭下車後，一關上門，計程車立刻駛離。恩誠靜靜地停在原地，美蘭則是先邁開前往學校的步伐。

「對不起。」

美蘭停下腳步，轉頭看向身後。站在原地的恩誠對著他低下了頭。

「對不起什麼？」美蘭問。

猶如犯下什麼罪行的恩誠，再也抬不起頭。此刻的恩誠似乎還沒有意識到一件事——自己的這種態度只會加倍助長媽媽的不安。

「關於你打了那個孩子，還有搶他錢的事嗎？還是……」

哇——學校圍牆的另一側，傳來叫喊聲。應該是位在操場盡頭的體育館內正在上體育課。

「還是關於那天晚上出去的事？」

恩誠像是反彈的彈簧般抬起了頭。睜大的雙眼，劇烈地震盪著。美蘭曾經以為，再也不會有什麼比聽見丈夫的死訊來得更震驚的事了。然而，他到了此時此刻才真正頓悟到自己已經被丟進了更加巨大的漩渦之中。

「是你殺的嗎？」

11

直到接近午餐時間才上班的趙美蘭老師，一邊放下手中的包包，一邊簡單地向周圍的其他老師們打聲招呼後，即刻前往副校長的座位回報自己來上班一事。重新回到座位的他，馬上瀏覽起放在自己桌面上的工作日誌，並開始進行批閱。與平常毫無分別的表情，根本看不出他在警察局知道了關於鄭恩誠的什麼事，也不知道究竟說過什麼話。感覺到有人在看自己的趙美蘭抬起頭，濬厚趕緊避開他的視線，轉而緊盯著電腦螢幕。螢幕上顯示的是下個月的課程計畫表，但佔據腦袋的其他事，著實令人無法專心。

恩誠打多泫，是最讓人疑惑的部分。確實有些孩子會把自己的父母是老師，或是藉由優秀的成績得到老師們的信任視作一種權力。只是，多數的老師往往一眼就能看穿這種孩子的心思。表面上看起來好像不明白，但其實只是裝作不明白罷了。只要不引起問題，自然就不成問題。

只是，恩誠鐵定不屬於這種類型。就算不談成績優異的部分，他也是個認真、有禮貌的學生。身邊也有不少朋友，幾乎沒有做過什麼強出頭或搶風頭的事。撇開成績，他就是個符合模範生標準的極度平凡孩子。這樣的孩子和多泫之間發生過什麼事?兩名孩子既不同班，多泫也不曾提過關於恩誠的事。

濬厚瞥了趙美蘭一眼，他依然用著毫無變化的表情在閱讀文件。濬厚關掉螢幕上開著的課程計畫表，然後打開教育行政資訊系統，開始調閱恩誠的紀錄。絕對與多泫存在交集。

他首先確認的是畢業學校。一見到校名的瞬間，立刻皺起了眉頭。銀波國小、銀波國中，通通和多泫同校。由於都是同個集團的私立學校，因此也不是太不自然的事。這間高中，大部分也都是來自銀波國小與銀波國中的學生。接著又馬上確認了一下年級與班級。不僅國小五年級、六年級，直到國中二年級，兩人都同班。他們難道是朋友？顯然是發生過什麼爭執才會演變成互不理睬的局面。因為兩人的糾紛，恩誠才會打多泫嗎？既然如此，其中的原因是什麼？警方勢必也會追查這件事。濬厚想起來過學校的兩名刑警。他們是否已經掌握了些什麼？

濬厚以食指敲擊著桌面，沉思片刻後，確認了一下擔任過兩人導師的老師姓名。「文伊瑩」，不是個眼熟的姓名。他將這個姓名寫在手邊的便條紙上後，立刻起身離座。直到他離開教務室前，趙美蘭依然埋首於公務之中。

繞過學校大樓，在教職人員停車場旁的休息區長椅處找了個位置。正值第四堂課的時間，放眼望去不見任何人影。

「你說文伊瑩老師嗎？嗯——」手機另一頭傳來池慶碩陷入思考的聲音。

池慶碩是晉平郡教師會的總務，濬厚剛調任到這裡時，曾經在跟著同事們前往參加聚會時，收過對方的名片。腦海中浮現出池慶碩說著「任何困難都可以隨時聯絡我」，然後用那張格外大的嘴巴露出燦爛笑容的面孔與聲音。

「是的，因為我們學校想請教一些關於校園暴力的事。」

「這樣啊……看來是文伊瑩老師以前帶過的學生吧？」

「目前是還沒有呈給校園暴力委員會處理的案件，只是想先確認一下關於孩子們的事。」

就像深怕這件事會傳到趙美蘭耳裡一樣，才又多補上一句話加以澄清。池慶碩似乎沒什麼懷疑，只是猶豫著該不該未經同意就透露私人資料。後來，池慶碩表示自己先問一下文伊瑩再回覆後，便掛斷電話了。收到寫有文伊瑩電話號碼的訊息，是濬厚正在吃午餐的時候。隨便吃了幾口飯的濬厚，又回到長椅處打電話給文伊瑩。這個地方本來是老師們的吸菸區，但因為現在校內全面禁菸，所以就算是休息時間，也幾乎沒人會過來這裡。不過，即使沒有禁止老師們到這裡來休息，但濬厚不想給人什麼瓜田李下的印象。學生們的眼睛和學生父母們的眼睛，終究是一體。這個時間想必也是對方的午餐時間，因此濬厚得抓緊時間打這通電話。

「喂？」

文伊瑩的聲音聽起來感覺和趙美蘭差不多年紀。希望兩人間沒有什麼太特別的情誼，希望不是那種會談論「你們學校的老師打過這種電話」的關係。

「您好，我是從池慶碩老師那邊拿到您的電話。我是銀波高中的金濬厚。」

「是，池老師有提過了。聽說是為了校園暴力的事？您想知道的是誰？」

「是您在二〇一八年擔任銀波國中二年級導師時的學生，鄭恩誠和蔡多泫，不知道您還記得嗎？」

「喔……」

顯然記得相當清楚。不過才經過幾年的事，自然有可能記憶猶新。然而，從他的輕聲嘆息，不難猜出不是什麼值得留在記憶裡的好事。

「恩誠把多泫打得很嚴重嗎？」

聽見這句話的瞬間，濬厚就知道自己的推測正確。光是聽到兩人的名字就知道是誰打了誰，代表著他們曾經發生過類似的事，而且如果連當時的導師都知情的話，意味著不是小事。文伊瑩似乎還不知道多泫的死訊。雖然已經有新聞報導了，但暫時還沒有公布真實姓名。濬厚打算先不告訴對方這件事。

「不算是很嚴重啦，但……他們不願意說明原因。因為他們現在不同班，也沒什麼值得爭執的事，所以才會冒昧打這通電話給您。想了解一下他們同班的時候是不是發生過什麼事。」

「您說那裡是……銀波高中吧？趙美蘭老師不就在那裡任教嗎？」文伊瑩謹慎地詢問。

既然是導師，自然不可能不知道學生父母也是教職人員的事。再加上這一帶這麼小，文伊瑩清楚學生父母是哪個學校的老師很理所當然。因此，這句話的意思其實是「關於恩誠的疑問，為什麼不直接問學生家長趙美蘭呢？」

濬厚鎮定地回答：「對。我們知道恩誠是趙老師的兒子，但因為目前還處在考慮要不要召開學校暴力委員會的階段，所以怕情況會有點敏感。我身為導師，好像應該先了解一下兩個小傢伙間到底發生過什麼事，才會打電話給您。」

「是，了解……」

他以稍微拉長語尾的回答方式，示意自己理解。文伊瑩彷彿整理好思緒似的深呼吸一口氣後，向耐心等著的濬厚說出像是炸彈爆炸般完全意料之外的答案。

「您知道關於多泫母親的事嗎？」

多泫的母親是在獄中以自殺的方式結束生命，這件事，發生在他因詐欺罪坐牢之後。後來歷經艱困生活的多泫，幸好還能在外婆手中順利長大一事。雖然不明白對方為什麼提起這件事，但濬厚還是先表明了自己知情。

「其中的被害人啊……也就是恩誠的父親，後來因為那件事自殺了。」

被直擊後腦勺的衝擊，震撼無比。腦海瞬間一片空白。他雙唇微張，剎時發不出任何聲音。睜得大大的眼角，不停顫抖著。

「我知道兩個孩子從國小開始就是好朋友，所以雙方父母的關係自然也不錯。整件詐欺案，就是從那樣的關係發展出來。經過那個案子後，趙美蘭老師也是很辛苦才養大恩誠。」

恩誠的父親完美地落入多泫母親宋仁淑的詐欺陷阱。除了原本的儲蓄之外，甚至連退休金都全數投了進去。由於當時仍處在對退休金給付沒有任何規定的時代，途中要辦理結算一點都不困難。原本居住的公寓，也一併拿去申請了最高限度的貸款。如果只有這樣，事情還勉強算是不幸中的大幸，偏偏全盤相信宋仁淑的恩誠父親，又把他介紹給自己的公司同事，甚至老同學們。直到一切被揭穿都是詐欺後，所有人也連帶控告恩誠父親是共犯。朋友的背叛、被詐欺的絕望、自我否定、失去所有財產的空虛、對家人的歉疚，於此同時還得證明自己的清白，以及背負著將他人推落懸崖的自責，真的讓他覺得好無力。結果，他選擇了死亡。

這一切發生在二〇一八年，也就是孩子們國二那年。這個案件的規模之大，是連地方新聞都曾經報導的程度。但對於調任至此不久的金濬厚來說，不知情也是在所難免。再加上，多泫對這件事也是隻字未提。

「**真正理解老師的人，只有我而已。**」

這是多泫常講的話。濬厚也很認同，只有在多泫面前，他才能展現最誠實的自己。這個角色，甚至連妻子也辦不到。但將多泫的這句話解讀成「我們很了解彼此」的，顯然只有濬厚自己而已。他根本一點都不了解多泫。匆匆忙忙掛斷電話的濬厚，甚至記不得自己最後是怎麼結束這通電話。

就算只是發生在父母間的事，恩誠與多泫在那之後也不可能繼續當朋友了。父親的死，觸發了恩誠的怒火。從此以後，他開始霸凌多泫。

上課鐘聲恰巧在思緒陷入混亂之際響起，濬厚不得不先返回教務室。他第五節有課，卻沒有能好好上課的自信。回到教務室時，其他老師們正忙著準備上課的教材。忙碌的趙美蘭，看起來第五節也有課的樣子。濬厚回到自己的座位後，有樣東西吸引了他的注意。在桌面上堆疊的課本與工作日誌間，插著一張被摺成正方形的紙條。濬厚抽起那張紙條。即使沒有攤開，也能從外面看得見稜角被壓摺得尖刺無比的紙上似乎寫了些什麼東西。當濬厚歪著頭攤開紙條的瞬間，襲來的衝擊頓時將他推落無底深淵。

我有你殺死蔡多泫的證據。

濬厚不停在上課期間發呆。叫學生唸完題目後，卻沒有任何回應的他，好幾次都是靠其他學生的叫喚才終於回過神。講解題目的時候也一直因為不停浮現的想法，而沒有察覺自己早已失神地停止說話。因突如其來的暈眩而失去重心的他，甚至還被班長詢問「老師，還好嗎？」那天的課，猶如漂流者墜落茫茫大海的絕望般，漫長得彷彿沒有盡頭，絲毫無法集中注意力，折磨至極。

好難猜出究竟是誰。看完紙條後打量周圍時，完全沒有疑似在觀察自己反應的人。雖然教務室主要是只有老師們使用的地方，但協助倒垃圾的清潔阿姨、送公文的行政室人員、為了設備相關問題進來的設備組人員、警衛，以及學生等來來往往的人太多了，根本沒辦法鎖定特定的人；甚至說教務室的門是二十四小時開放也不為過。

我有你殺死蔡多泫的證據。

想知道的話，今晚十一點，三銀湖。

他沒有殺死多泫。只是，將失去意識的多泫偷偷移動藏起來的人，的確是他。當時，顯然有人目睹了這一幕。單憑藏匿屍體與保持沉默，都讓濬厚擺脫不了背上「殺人犯」的烙印。

如果是目擊者，為什麼要留下這樣的紙條？就算是那天沒有發現濬厚移動的東西是屍體，而是後來看了新聞才意識到這件事的話，大可直接報警。假如手上真的握有證據，更是沒有必要多說。用這種方式留下紙條，怎麼看都是勒索的意思。想要錢的目的，不言自明。

教務室來來往往的人再多，卻很少會有完全空著的時候，因此無論是把紙條放在桌上，或是在濬厚的座位附近晃來晃去，也很有可能會被其他人看見。只是，濬厚也不可能直接詢問鄰近的其他老師是否見過什麼人出現在他的座位。

濬厚思考了一下。究竟該把這張紙條悄悄收進口袋裡，抑或是一臉不悅地撕毀呢？不知道該讓此刻或許正在盯著這裡的勒索紙條的主人，見到自己露出什麼樣的表情才對。

如果悄悄收進口袋裡，紙條主人勢必會暗自竊笑——更加確認是濬厚殺死多泫的事實。若是對方所謂的證據根本不是什麼了不起的東西，到時反而讓自己變得難以抽身。

最後，宛如早上上班時撕走貼在車上的中古車商的廣告貼紙般，始終保持鎮定的濬厚自然地揉爛紙條，將它丟進垃圾桶。如果對方此刻真的正在看著濬厚，勢必會因此開始變得焦急。

「我先走了。」雖然仍有不少老師們留在教務室做最後整理或加班，但怎麼也坐不住的濬厚索性從座位起身。

「金老師難得這麼早下班喔？」面帶微笑的趙美蘭說道。

濬厚轉頭看著他。清楚資歷較久的其他老師們向來會把大部分關於電腦的工作交託給濬厚一事的他，說出這樣的話其實再正常不過了。濬厚也不是第一次聽到他說這種場面話。但是他的聲音，今天聽起來卻格外不一樣。不知道是否察覺到濬厚正注視著他的表情，趙美蘭的雙眼瞪得好圓。濬厚稍微點了點頭致意後，隨即離開教務室。

難不成是趙美蘭？濬厚認為，恨多泫恨到想要殺死他的人，正是恩誠。因為是多泫的母親摧毀了自己父親的人並逼他走上絕路。只是，趙美蘭憎恨多泫的情緒不是應該更強烈嗎？就像自己之前不知道恩誠與多泫間發生過什麼事一樣，趙美蘭與多泫間可能也有過自己不清楚的糾紛或衝突。

那天晚上，多泫出現在學校不是預料之中的事。雖然曾經想過會不會是趙美蘭叫他來學校，但濬厚很快就打消了這個可能性。假設多泫早就知道自己會與趙美蘭見面，他根本不可能還會在學校的教室裡和濬厚發生關係。而且，趙美蘭要知道多泫家的住址是再簡單不過的事，就算再怎麼想殺死他，也不可能會把學校當作舞台。

假如趙美蘭是為了有話要對多泫說，才直接去他家呢？當時時間那麼晚了，又會不會是趙美蘭見到多泫外出才一路尾隨？即便學校的正門完全關閉了，但如果多泫能躲過警衛的眼睛偷偷潛入學校，那麼對趙美蘭來說也並非不可能之事。濬厚忽然想起刑警問過自己是否知道有名中年女子曾經去過多浤的家。

勒索自己的人真的是趙美蘭嗎？濬厚想到文伊瑩提起趙美蘭曾經有過一段苦日子的事。雖然趙美蘭已經因為丈夫的死拋棄了繼承相關債務，但由於死前早就花光了所有財產，因此現在的生活也不可能有多寬裕。既然如此，是為了錢？反正是恨之入骨的蔡多浤，他出於什麼原因被什麼人殺死都無所謂。只要可以利用這件事換取金錢就夠了？

濬厚發動停在教職人員停車場的車。此刻的他，整個腦袋已經百分百認定趙美蘭就是留下紙條的主人。假設趙美蘭要的是錢，金額大概會是多少？濬厚稍微想了一下自己目前可動用的錢。調任到這裡時，已經將大部分的錢用來準備住所，因此手上根本沒有什麼現金，不過倒是可以透過抵押房子的方式申請信用貸款。瑛珠目前在永仁居住的房子同樣是登記在自己名下，或許也可以考慮抵押那間房子。說不定好好解釋一下自己不是殺人兇手一事後，可以稍微減少一些金額。如果很難商量的話，乾脆就強硬地叫對方直接去報警。與其連一毛錢都撈不到，以閉嘴作為換得一大筆錢的代價，對趙美蘭才比較有利。

或許是比較早下班的緣故，操場裡還可以見到許多準備放學或正在進行課後活動的孩子們。留意著孩子們的濬厚，刻意放慢車速。

嘎吱——

他猛地踩下煞車。就在途經的孩子們露出驚訝眼神地停下腳步後又繼續往前走的期間，濬厚的目光卻只固定在操場旁的小徑上。他注視的是正在專心掃地的警衛黃權中。怎麼會一直沒有想到這件事——那晚最有可能目擊自己搬移多浤的人，正是黃權中。

似乎意識到有輛車停在操場中央的黃權中，隨即停下掃地的動作並挺直腰桿。他看往這個方向，然後稍微往上推了推頭上的帽子行禮。坐在駕駛座的濬厚雖然也回以眼神致意，卻怎麼也藏不住眼神中對黃權中的肅殺之氣。不過，他馬上就把車緩緩地駛離學校。

反正到了今晚十一點就知道紙條的主人是誰了。

回家後一開門時，聽見輸入電子鎖密碼聲音的瑛珠已經走到玄關了。就像扮演著電視劇會出現的那種愛家妻子的角色般，邊用圍裙擦乾浸濕的雙手，邊問著「怎麼現在才回來？」

家裡滿是濃郁的大醬鍋氣味。這是他來晉平前，一次也沒見過的畫面。瑛珠是一個極度討厭家裡有任何味道的人。即使是新婚期間，餐桌上擺的也都是直接從小菜店買回來的乾式小菜，後來甚至索性不買了。家裡能吃的東西，僅剩下牛奶或堅果類。

對於瑛珠在打什麼算盤心中有數的濬厚，對此一點興趣也沒有，反而還覺得很厭煩。他不發一語地脫下鞋子，走向客廳旁用來作為更衣間的小房間門把。因為待在臥室的話，瑛珠顯然又會跟著進來。

「飯還是得吃吧？」瑛珠的語氣裡充滿焦急。

濬厚手握著門把，轉過頭望著那哀求的眼神，只是冷笑了一下後，便頭也不回地打開房門入內。砰地一聲關上房門。進房後，可以從瑛珠的拖鞋聲聽出他在自己關上門後，又過了一段時間才離開。

濬厚解開襯衫上的每一顆鈕扣。受到年輕老師們的影響，他已經好久沒有繫領帶了。但在甩開襯衫後，脖子被勒緊的感覺依然存在。濬厚可以感知那就是所謂的壓迫感。躺著的他，舉起手確認了一下時間：下午五點五分。無論是從這股壓迫感中解脫，或是從此被某種東西束縛，至少得再堅持六個小時才能見真章。

而緊閉的門扉之外傳來碰碰撞撞的聲響，卻怎麼也不像是瑛珠用餐的聲音。

12

「基地台連接用戶明細的調閱結果出來了。」

當手拿著文件的朴仁載以急促的步伐走近時，姜致秀正在重看從交通科取得的監視器畫面。由於一開始已經掌握了蔡多浤是自行離家前往學校一事，因此這段影片本來一點都不重要。只是，現在的重要性已經不能同日而語了。如果殺死蔡多浤的人與移動屍體的人不是同一人的假設成立，自然就得深入追查蔡多浤身邊的人。當然少不了得釐清失蹤之前曾前往蔡多浤家找他的那名中年女子的身分。事到如今，實在不得不懷疑趙美蘭的可能性。此外，也不能輕易放過鄭恩誠的部分。

從聽見有人出現在蔡多浤家的聲音的時間點，到蔡多浤離開家那一刻的所有影片，姜致秀通通仔細地檢視。除了將經過的車輛製成清單外，連徒步移動的行人樣貌也一一確認。由於沒有在蔡多浤的手機內發現任何與人相約的內容，因此存在某人直接與他面對面約定見面細節的可能性。

可惜的是，拍攝到的影片因監視器過於老舊，所以畫質非常不佳。除了畫質很差以外，也因為不是使用紅外線鏡頭，因此別說是五官了，就連衣服的顏色也沒辦法辨別。不得不依靠或許有可能透過影片認出其他居民的同村鄰居了。

這時，出現了一名吸引姜致秀目光的人物。不過很遺憾的是，既無法分辨年齡層，也因為戴著帽子的關係，連究竟是男性或短髮女性也難以判斷。事到如今雖有辦法藉由數位鑑識取得相關資訊，但也得要先有對照組才能準確鎖定特定對象。基於這個原因，姜致秀才會向相關單位申請當天蔡多泫住家附近的基地台連接用戶明細。透過綜合頻率信息系統，可以得知任何人在蔡多泫家附近使用手機時接收過電波的基地台。只要向各大電信公司申請明細紀錄，就能在指定的時間範圍內調閱曾在基地台半徑五百公尺內使用過手機的電話號碼。假如能在紀錄內找到不尋常的號碼，再將號碼的主人與影片中的人物一一進行比對，自然就有機會列出對照組。

「有什麼值得一看嗎？」

姜致秀邊接下朴仁載手上的文件，邊問道。經過數次翻閱的文件，質地早已不再僵硬。朴仁載一臉得意地指著清單中的某個電話號碼：「有趣的事出現了。」

螢光筆畫過他手指指著的電話號碼。姜致秀彷彿等待著答案似的抬頭望著朴仁載。

朴仁載開口說：「是鄭恩誠。」

姜致秀的眼眸閃過犀利的光芒。他將目光重新移回文件之中。註記為「鄭恩誠」的電話號碼旁，寫著連接過基地台的時間。二十五日二十一點〇七分。這個時間，應該是蔡多泫搭乘計程車前往學校之後。雖然無法單憑這點斷定鄭恩誠殺害蔡多泫，卻可以證明鄭恩誠聲稱自己一直待在家裡沒有去補習班的陳述是謊言。所有謊言，皆其來有自。姜致秀拿起話筒。

銀波國中位在距離銀波高中約五分鐘車程的地方。男女同校的銀波國中，是由銀波財團經營的私立學校。雖然事先用電話聯絡過後讓兩人得以一進到教務室就被帶往諮商室，但刑警姜致秀與朴仁載想見的文伊瑩老師卻因為有課，所以得等待三十分鐘之久。

文伊瑩是蔡多泫與鄭恩誠國中二年級的導師。既然兩人同班，身為導師的他應該很了解蔡多泫與鄭恩誠的關係。即便老師不太清楚，至少也可以介紹幾名可能清楚兩人關係的同學。由於下課鐘聲響完一段時間後，文伊瑩始終沒有現身，朴仁載於是看了一下手腕上的錶。

「修養還不太夠啊……」瞟了朴仁載一眼的姜致秀噗哧一笑。

當刑警的這些日子以來，姜致秀得到最大的領悟是，世事從不如人意。有些案件，即使從現場或初步調查的內容看起來都預期可以很快逮捕犯人，結果卻以懸案作結；有些案件，明明已經經過深思熟慮，卻因為錯誤計算犯人可能逃脫的路線，而在車上虛耗了好幾天的時間埋伏。正當朴仁載對著姜致秀露出難為情的笑容時，伴隨著兩聲簡短的敲門聲後，有人打開了諮商室的門。一名看起來年約五十歲出頭的女性走了進來，身穿著一件印有幾何圖案的洋裝。應該就是文伊瑩老師了。

姜致秀與朴仁載隨即從沙發上起身。進入諮商室的文伊瑩老師關上門後，走向兩人身旁。長時間站立的工作，使他走路時看起來有些內八。

「我是之前聯絡過您的銀波警局刑警朴仁載。」朴仁載遞上名片。

用雙手接下名片的文伊瑩專注地看了看後，抬起頭。「我是文伊瑩。兩位是為了恩誠的事過來的嗎？」

「是。」

文伊瑩伸手示意兩人坐回原位。朴仁載與姜致秀坐下後，原本正打算坐在兩人對面的文伊瑩這才察覺到桌面空空如也，於是又匆匆起身。

「怎麼連杯茶也沒有，真是抱歉。」

應該是以為接待兩人進入諮商室等待的人會先幫忙倒杯茶。雖然朴仁載已在第一時間婉拒了，但文伊瑩早已按下桌上緊貼著牆面的熱水壺開關，並拿出杯子。

「咖啡，可以嗎？」

「可以。」朴仁載不得已地答道。

文伊瑩從擺在桌上的籐籃裡拿出條狀包裝的即溶咖啡，然後將咖啡粉倒入杯中。接著，他邊將熱水壺裡加熱完成的水倒出來，邊說：「我也沒有想到恩誠會變成那樣。」

聽見這句話的姜致秀，眼神立刻變得銳利；而朴仁載則是疑惑地發出了一聲「嗯？」

文伊瑩於是歪了歪頭。「兩位不是為了恩誠和多泫的校園暴力案來的嗎？」

兩人間有過暴力衝突一事，確實已經透過問卷調查略知一二。只是，整件事尚未被定調為「校園暴力案」。原因在於，蔡多泫已經死亡。因此，文伊瑩理應還不知道這件事才對。而且，他似乎連蔡多泫已經身亡的事實都不知情。

「老師怎麼會知道這件事？」

文伊瑩對於姜致秀滿是疑惑的語氣顯然有些慌張。擔心著自己是不是說錯話的文伊瑩來回看著兩人的臉，並且表現出若有所思的模樣。「嗯……因為孩子們現在就讀的那間學校的老師有打過電話給我……問了一些關於孩子們以前關係如何之類的問題，所以我才會知道。」

姜致秀與朴仁載稍微交換了一下眼神。

「我是不是做錯什麼了？」

「沒有，不是這個意思。我們也是為了了解這件事才過來的。不好意思要麻煩您說兩次，但能不能再說一次給我們聽呢？關於他們以前關係如何的部分。」

一見到朴仁載帶著溫暖的微笑解釋後，文伊瑩才終於露出安心的表情。姜致秀心想，來這種地方，只要帶著朴仁載準沒錯。畢竟自己再怎麼努力，也擠不出那種油嘴滑舌的嘴臉。

「起初，我不知道他們早就認識彼此了。雖然性格都很好，但不是和全班同學都很親近的那種類型，所以我一直以為恩誠和多泫不是玩在一起的同一群。直到那個案件後，我才知道兩個孩子間的孽緣。」

「那個案件？」

「兩位不知道嗎？」文伊瑩睜大雙眼。至今仍以爲一切是校園暴力案的他，似乎認為刑警們應該早就知道這些事了。

究竟是什麼案件？望著彷彿渴望著解答的兩人凝視著自己，文伊瑩又接著說道：「兩位知道多泫的母親已經不在了嗎？」

「是，我們知道這件事。」姜致秀答道。蔡多泫的母親是因為涉嫌詐欺遭到收押後，在獄中自殺身亡。這是早已透過死亡登記掌握到的部分。

「恩誠的父親是那個案件的被害人。據我所知，他是所有被害人之中，受騙金額最多的一位。」

姜致秀與朴仁載的眼睛同時瞪得又大又圓。兩人以熾熱的目光注視著彼此，毋需交談，也已經明白彼此想的是同一件事。假如蔡多泫的案件存在共犯，而其中之一是鄭恩誠的話，根據目前已知的事實可以猜到一件事。

殺人動機。

「恩誠的父親因為這件事徹底一蹶不振。他是在我擔任導師的期間過世的，最終是選擇了極端的方式。處理好喪禮後回來的恩誠，一見到多泫就直接出拳了。因為這件事，我才知道兩人間的關係。當時多泫對恩誠說『節哀順變』，但這句話對恩誠來說實在太刺耳了。確實不能怪他，怎麼可能有辦法節哀順變？換作是我，我大概也會做出一樣的行為。就算是大人間的事，對方再怎麼樣都是間接殺死自己父親的人的小孩，怎麼可能像沒發生過任何事一樣繼續把對方當作朋友？」

對此深感遺憾的文伊瑩伸手輕觸著臉頰，然後輕聲嘆了口氣。「話雖如此，但實在沒想到恩誠會一直霸凌多泫……」

姜致秀邊點頭，邊在記事本上寫下簡短的兩行字——「從蔡多泫母親的詐欺案後，開始霸凌？」他打算先約略了解一下當時的案件後，再調查鄭恩誠的霸凌行為是否從那時候開始持續至今。

「有沒有當時清楚兩人關係的同學？」

「嗯……」文伊瑩思考了片刻。輕咬下唇的動作，似乎是他的習慣。接著他「啊！」了一聲後，抬起頭。

「有。當時有個孩子向我說明了關於恩誠和多泫的事。我聽說，他們是從同間幼稚園畢業。還記得他說恩誠和多泫那時候還是很好的朋友。不過，確切的名字……畢竟都過了四年……其他老師幾乎都能記得自己學生的名字，但我怎麼……」他聳了聳肩，沒再繼續說下去。

雖然文伊瑩對於自己不記得學生的名字一事很是羞愧，但姜致秀倒覺得這件事再正常不過了。為了進行確認，文伊瑩隨即起身表示自己必須前往教務室一趟。他說，教務室裡有以前的畢業紀念冊，只要看一看學生的臉，自己就能記起來了。

一邊說著「只要知道姓名，就能輕易查到聯絡方式」的文伊瑩，一邊快步離開諮商室。

門一關上，姜致秀立刻低聲說道：「等那位老師回來，你就問問看是誰在調查他們的事。」

「好。」似乎也正有此意的朴仁載答道。

沒有即時提問，也是一種調查手段。文伊瑩是在與刑警們見面後不久便主動提起有人曾問過關於兩名學生的事。就他所陳述的內容來看，顯然是在沒有確認對方身分的情況下就坦白以對。這種情況，往往會因為擔心自己的失言惹禍上身而有所保留。當知道有人在追究兩人關係這件事是個問題時，人的心理難免就會開始有些膽怯。如此一來，對姜致秀和朴仁載一點好處都沒有。

文伊瑩拿著教務手冊走了回來。在他攤開的手冊上，大大地寫著一個電話號碼。

「是徐永善啦，找了一下畢業紀念冊就想起來了。」文伊瑩像是在澄清著自己不是完全忘記學生名字似地說。

「那時恩誠是班長，這孩子是副班長。」

朴仁載抄下文伊瑩寫在教務手冊上的號碼後，在一旁寫下「徐永善」。接著猶如示意提問大致上結束般點了點頭，並闔上自己的記事本。坐在身旁的姜致秀伸了伸腰桿。

「對了，最後還有一件好奇的事。」朴仁載展露銷售員般的笑容說：「剛才老師提到有人曾經為了校園暴力的問題，打過電話來詢問關於恩誠與多泫之間的關係吧？」

「對。」

「請問您知道對方是誰嗎？」

「他說是現在的導師。」

「誰的導師？恩誠的嗎？還是多泫的？」

文伊瑩眨了眨眼睛。目光開始變得有些飄忽，彷彿沒有聽見問題似地。

「對了！我有錄音。」文伊瑩拍了一下手，然後立刻從口袋掏出手機。他往下滑動通話記錄，只要按下不在通訊錄內的電話號碼，就會出現顯示錄音帶圖示的錄音檔清單。應該是使用了電話一接通，不需要其他操作就會自動錄音的功能。

當按下按鍵並調高音量後，文伊瑩便將手機放在桌面上。「喂？」

是文伊瑩的聲音。

「您好，我是從池慶碩老師那邊拿到您的電話。」從手機傳出來的那把男子聲音，朴仁載與姜致秀都相當熟悉。那聲音在兩人討論意見前搶先一步說道：「我是銀波高中的金濬厚。」

「去調查一下金濬厚老師。無論是蔡多泫或鄭恩誠，所有他和這兩個人之間的一切關聯。」

「了解。」簡短回答後，朴仁載隨即跑向校外。搭上計程車的他，立刻趕回警局報到。姜致秀則獨自坐上兩人一起開來的車子，打算去見一見那個名叫「徐永善」的學生。藉由文伊瑩老師的協助，已經事先向徐永善同學的監護人取得任意陳述的同意。恰巧碰上放學時間，因此姜致秀決定直接到補習班門口與這名學生見面。

姜致秀發動車子後，開車出發。透過文伊瑩得知了兩件事：其一，兩人間的不幸事件。一聽到這件事，他對當天出現在蔡多泫家的那把中年女子的聲音是否是鄭恩誠母親趙美蘭的疑心又變得更強烈了。如果要說是直接的仇恨，趙美蘭無論如何都比鄭恩誠來得多更多。

其二，是金濬厚也牽涉其中的部分。他為什麼要調查兩人間的關係？雖說身為蔡多泫的導師確實有可能對此感到好奇，但謊稱是為了校園暴力一事，卻怎麼樣也說不過去。沒有人會基於好奇調查到這種程度。假如真的有什麼疑惑，正常來說應該是直接詢問警方才對。

抵達約定好見面的補習班門口時，夜幕已悄然降臨，補習班前的商家亦紛紛點起明亮的燈光。由於是鄉下地方，因此雖稱不上是多厲害的鬧區，但市區怎麼說也託這些商家的福得以增添幾分朝氣。有名身穿學校制服的男學生正慢吞吞地走向補習班門口。姜致秀一靠近身邊時，男學生立刻轉頭。制服胸前的口袋上，別著寫有「徐永善」的名牌。

「我是打過電話給你的刑警姜致秀。」

「真的是刑警嗎？」與其說是起疑，更像是因為實際見到刑警而感到新奇。姜致秀向對方展示從口袋掏出的警察人員服務證。徐永善噘起了嘴，並發出細微的驚嘆聲。

姜致秀開門見山表明來意——關於兩名孩子在詐欺案發生之後的關係。徐永善似乎早已知道蔡多泫死亡的消息。儘管新聞報導沒有提及姓名，但孩子們蒐集情報的能力倒是相當神速。

「那天恩誠確實不知道為了什麼事衝過去打了多泫一頓，但之後就沒再見過恩誠打他了。不過，恩誠對多泫的糾纏倒是表現得很冷漠。」

「糾纏？」

「『乾脆殺了我吧！』、『可不可以原諒我？』之類的，我不記得到底是要原諒還是不要原諒啦……反正，這些不就是糾纏嗎？」

總之，鄭恩誠的不共載天之仇似乎沒有轉而以暴力的方式宣洩在蔡多泫身上。再加上，徐永善表示蔡多泫在這件事過沒多久後就開始缺席，兩人也幾乎沒再見過面。從他說「後來好像是幸好有把缺席的課補完才順利畢業」這句話看來，徐永善應該也是在那件事後漸漸遠離蔡多泫。徐永善知道的事，大概就只有這樣了。

看著徐永善走上位在二樓的補習班後，姜致秀轉身走向車子停放的位置。手機鈴聲響起，則是在他剛坐上駕駛座時之際。是朴仁載。

「我正在調閱金濬厚老師的身分資料……」他活力十足的聲音，顯然是找到了什麼必須即時傳達的重要事項。「然後重新看了一次基地台連接用戶明細結果的清單，發現了兩個學長知道後一定會覺得很有趣的電話號碼。」

「什麼？」姜致秀握著手機的手，不由自主地使勁著。

「一個是010-1308-XXXX，除了案發當天以外，平常也很常用的號碼。」

這不是記憶中的那個號碼，顯然不屬於蔡多泫。如果是常用的號碼，有可能是鄰居之一。儘管姜致秀沒能立刻意會這個號碼的有趣之處，但他仍然選擇默不作聲地等待朴仁載的下一句話。

「問題在於這個號碼的持有人。」

「誰？」

「是金濬厚老師。」

瞬間，姜致秀用力咬緊了下唇。雖然一切尚未明確，卻能感覺已經捕捉到了整件事的蛛絲馬跡。據他所知，這不是校方提供的教師名單上的金濬厚的電話號碼。換句話說，金澯厚擁有第二部手機。

還來不及思考這個手機號碼為什麼有經常在蔡多泫家附近使用的紀錄時，朴仁載又接著說：「另一個號碼是010-6666-XXXX。這是案發當日只被基地台記錄過一次的號碼，所以打從一開始就被排除在需要留意的對象之外。不過持有人可不是普通人。」

姜致秀心想，無論號碼的主人是誰都不可能比剛剛聽到的那個名字來得更令人震驚。只是，自己卻也在不知不覺間屏住了呼吸。這是一種本能。

「說吧。」

「是金澯厚老師的妻子。」

13

三銀湖與濬厚記憶中的模樣相距甚遠。實在無法相信造訪三銀湖，不過才是幾天前的事。原本長得亂七八糟的茂密雜草，早已被大批為了找尋證據而進進出出的搜索隊的雙腳踐踏得幾乎全數躺平。無處不見被翻挖的泥土，湖邊也仍圍著警方的封鎖線。儘管如此，吞噬多泫身軀的烏黑湖水依然再再震懾著他。從來沒有想過自己會再來這個地方，也根本不想來，只是不得不來。悄然無息間，自己已經被某人的鐵鍊緊緊鎖喉。

「真的是警衛大叔嗎？」濬厚回想著黃權中的面容。多泫的屍體被發現的那天之後，自己也曾經遇見過他幾次。嘗試回想一下他看自己的視線與表情……雖然記不太清楚，但他的神情看起來與平常沒什麼不同，卻又莫名令人感覺意味深長。濬厚使勁嚼咬著自己的下唇，試圖拚命壓抑忐忑的情緒。

啪。

突然傳來的聲響，嚇得濬厚繃緊全身的神經，他屏息環視四周。空無一人。皺緊眉頭的他，用著惶惶不安的雙眼，匆忙地查探前後左右。會不會有人躲在樹的後面？一想到此，剛剛的聲音聽起來確實很像移動腳步時的聲音。他俯瞰自己的腳下，腳底盡是粉碎的枯枝。聲音應該是這自己從這裡發出來的。明明不是什麼多可怕的聲音，自己竟然嚇成這副德性？看來是真的太緊張了。

「不要太敏感。既然對方沒有向警方報案，顯然就是有想要的東西。先聽聽看對方的說法，再對症下藥解決就好。」濬厚心想，然後闔上雙眼，緩緩呼吸。

他點開手機，確認時間。距離約定好的十一點，已經超過五分鐘。難不成是惡作劇？如果真是如此，似乎把自己的秘密掌握得太透徹了。

據濬厚所知，當天留在校內的人只有自己和黃權中而已。不，加上多泫，總共三個人。雖然不能排除有人從校外翻牆進來的可能性，但當時確定在校內的人只有三個；其中一個已經死亡，而自己正是丟棄多泫屍體的人。那麼，只剩下一個人——最有可能的那一個人。

濬厚利用緩降機將多泫的屍體移到校外的那時，正好是黃權中上樓巡邏的時間點。他載著屍體離開校門時，黃權中則是待在警衛室內。只是，黃權中有沒有可能是因為察覺到自己的神色有異，所以才又返回教室查看？

如果他想要勒索自己，勢必不可能沒有任何證據。證據是什麼？倒也不全然沒有掛心的部分。因為濬厚發現吊在天花板上的多泫時，精神狀態幾乎完全錯亂。隨手拿起原本就丟在一旁的刀子，割斷了纏繞在多泫脖子上的繩子。隨後又立刻將桌椅恢復原狀，並將多泫的屍體移到外面，當然也一併帶走割斷繩子的那把刀。令他掛心的部分，是連結天花板的那截繩子。由於濬厚割斷的是繩子的中間，因此連結天花板的那截繩子依然留在原處。面對意料之外的狀況，自然驚慌失措，光是能記得帶走刀子和整理桌椅，已經相當了不起了。當時也因為黃權中的緣故，害自己又變得更加著急。等到意識到那截繩子還留在教室的瞬間，已經是載著多浤離開一段時間以後的事了。

然而，濬厚不可能再回學校。原本留在學校的自己已經成為嫌疑犯了，警方絕對會針對他開車離開後的行蹤展開調查。一旦回頭，說不定還會因此破解他千方百計讓自己從多浤的命案完美脫身的方法。迫於無奈，他沒辦法重返學校。

隔天清晨，濬厚比任何人都更早抵達學校。他一心只想著要趁早取回留在現場的那截繩子。反正他的眼前總有堆積如山的工作量，就算提早點上班，也不是什麼怪事。

然而，踏進教室的瞬間，他卻一臉茫然。原本應該留在天花板上的那截繩子，不見了。當下不是打掃教室的清潔工阿姨工作的時間。尚存一絲希望的他仔細地找過教室各處，連垃圾桶也翻遍了，但就是不見那截繩子的蹤跡。他開始思考，「難不成自己當時已經解開那截繩子了？」濬厚只記得自己曾經嘗試割斷繩子，但說不定在多浤的身體掉下來的那一刻，也一併解開了繩子。他無法百分百確定這個部分，甚至根本記不得了。但由於後來又相安無事地經過了幾天，認為「繩子應該早就解開」、「整件事就是這樣了」的濬厚，於是索性將這一切忘得一乾二淨。

如果真有證據，大概也只有這個吧？或許有人認為濬厚以某種方式殺死了多浤，且手中就握有那截繩子。繩子上可能留有濬厚的指紋或痕跡，而對方勢必就是要用這點來勒索他。

果然，始終只有黃權中。

假如黃權中親眼目睹了濬厚搬移多泫屍體的畫面，還有可能有錄影存證。否則，這種程度的勒索等於什麼也沒看見，僅是拿著根本不知道有沒有留下指紋的一截繩子妄自揣測罷了。倘若那天黃權中曾經察覺自己慌亂的模樣，那麼手中握有偶然發現的那截繩子的他，應該會在多泫死亡的消息一公開時，馬上就意識到整件事的關聯。

濬厚再次確認時間。距離約定時間，已經過了十分鐘之久。他心想，黃權中一定是故意遲到，試圖讓自己更加心急。平常工作時總是笑咪咪地假裝表現得相當感激、謙虛的模樣底下，其實藏著如此歹毒、骯髒的心機。在機會面前，人類往往就會顯露猙獰的面貌。事到如今，濬厚已經確信勒索紙條的主人就是黃權中。

濬厚又多等了十分鐘。為了不中紙條主人的計，拚命地不讓自己流露出緊張神色的他，卻怎麼樣也壓抑不了忐忑不安的心。時間經過越久，各式各樣的念頭越是不斷湧現。其中最讓他感到焦慮的部分，是這件事會不會是個陷阱？說不定打從一開始就沒有什麼證據，一切只是捏造出來的陷阱罷了。假如是與多泫的死毫無關聯的人收到這張紙條，會是什麼結果？想必是會立刻向警方報案。而偷偷藏起紙條並現身在指定場所，根本就是在親自證明自己就是犯人。

「這是陷阱！」

一想到此，濬厚便決定必須立刻離開現場。

他趕緊轉身，匆匆忙忙地爬上湖堤，彷彿被籠罩在隨時有人會出現抓著他肩膀的恐懼之中，但這件事絕對不可能發生。上車後，濬厚立刻發動引擎，打開車燈。雖然一舉一動都不能太過顯眼，但這條路實在不寬，稍有不慎，搞不好還會掉落湖堤底下。況且，如果碰巧遇上沿著這個方向而上的居民或車輛的話，不開車燈的車才更惹人懷疑。

他將開著車燈的車子調頭，一道亮光劃破了漆黑的空間。就在車頭沿著道路轉向下坡路的剎那，濬厚粗魯地踩下煞車。

因為車燈映照之處，停著另一輛車。

那是輛老舊的黑色中型車，車子沒有發動。他抵達時，這輛車顯然還不在這裡。濬厚心臟跳得飛快，瞇著雙眼注視著那個方向。方向盤上的那一團東西，不是陰影，而是人頭。有人把頭埋在方向盤上。瑟瑟發抖的手好不容易才拉起手煞車，濬厚下車，慢慢走近那個方向。當下，他的腦海完全沒有浮現出「這是陷阱」或「裝作不知道直接經過就好」的想法，腦海一片空白，只有一種自己必須去那裡看看的感覺，猶如被什麼東西附身般的他不假思索地移動著。

濬厚靠近駕駛座旁。駕駛座側的窗戶緊閉。他屈膝，仔細查探車內。車內那個人披頭散髮的狀態也遮不住濬厚眼前男子的臉。雖然他只看得見男子的側面，雖然男子平常總是對人露出和藹微笑的嘴角下垂著，濬厚依然能認出這個人。

是黃權中。

濬厚火速打開車門。當濬厚的手一搭上黃權中的肩膀，他的手臂便在瞬間無力地垂落。濬厚睜大雙眼，感覺自己全身上下的血液都在發涼，根本無暇思考究竟該叫醒黃權中，或者確認他是否仍活著。

一股刺激的氣味迎面襲來，刺鼻的痛感，同時灼燙著雙眼。簌簌傾瀉的淚水，沿著濬厚下巴滴滴答答地墜落。他下意識地舉起雙臂，遮掩自己的鼻臉，霎時間，甚至無法呼吸。跌跌撞撞退出車外的他，嘗試使勁地大口呼吸，一邊趕緊從口袋裡掏出手機。不過，僅此而已。他凝視著仍留在車內的黃權中。濬厚拉高自己身上穿的襯衫領子覆蓋口鼻，盡可能伸長手臂靠近黃權中，指尖碰觸著黃權中的脖子。濬厚的眼皮微微顫動著。

還活著。

他來回看著手機與黃權中，嘴角歪斜扭曲著。跌落車邊的濬厚，粗暴地關上駕駛座的門。接著，拉起衣角擦了擦門把。絕對不能留下丁點痕跡。他連滾帶爬地坐回自己的車，發動引擎揚長而去。經過黃權中的車旁時，他努力不看往那個方向。濬厚逃也似的遠離那個地方。

到家時，三魂已不見了七魄。濬厚全身被汗水浸濕，淚流不止，雙眼好像快要爆開一樣，作嘔的感覺不停竄湧而上。他的頸部嚴重腫脹，使得呼吸困難。無法正常呼吸的他，開始不停咳嗽；咳嗽得太用力，又呼吸不到空氣。到底是因為作嘔的感覺才導致呼吸困難，或是因為咳嗽才無法正常呼吸，抑或是呼吸系統出了什麼問題，他毫無頭緒。開車回家的途中，超了好幾次車的他差點就出車禍了。如果不是路上幾乎沒有車的深夜時分，那種開車方式發生車禍根本不足為奇。

濬厚精神恍惚地熄火，坐在駕駛座上仰著頭。他一次又一次地嘗試著深呼吸，緊握的拳頭，深深嵌入掌心。他用不停顫抖的手，好不容易才打開車門，身體彷如傾洩似的就應聲跌落在地。濬厚吃力地拄著車邊，試圖嘔吐。像是水龍頭般噴洩的口水浸濕地板。咳咳、咳咳……他再次用力地深呼吸。

「老公？」

熟悉的聲音。是瑛珠。濬厚試著抬起頭，但轉瞬間又湧現的作嘔感，使他再度彎下了腰。以最快的速度飛奔過來的瑛珠，抓穩濬厚的手臂。

「你怎麼了？發生什麼事了？」

明顯是受了不少驚嚇的慌張聲音。既沒時間也沒精神解釋了。儘管在無法呼吸又忙著嘔吐的狀況下，濬厚也能從餘光瞥見瑛珠正急忙地將手伸進口袋的動作。看起來應該是想報警。在說出「不能報警」這句話前，他已經先一步伸出手搶走了瑛珠的手機，歇斯底里似地把手機砸在地上。即使氣喘吁吁，濬厚仍使盡全身的力氣怒視瑛珠，驚嚇的雙眸，不停顫動著。

腳步踉蹌的濬厚，勉勉強強地走向大樓的出入口。一踏進走廊，便立刻扶著牆壁一步步走回家。拖行的腳步聲，響徹整條走廊。瑛珠撿起手機後，急忙跟了上來，並再次抓穩他。雖然好想甩開瑛珠，他卻一點力氣也沒有，只能不情願地在瑛珠的攙扶之下，回到家中。瑛珠應該不再打算報警了。想必十分清楚他會表現出如此強烈的拒絕態度，事態絕對非比尋常。

一進入客廳，濬厚立刻奔向原本已經開著門的浴室內。瑛珠雖然也打算跟著進去，門卻被粗魯地關上，並且按下鎖扣。

「老公，開一下門。你沒事吧？」

無暇回應。一口氣衝向蓮蓬頭，打開水。從頭頂傾瀉的水浸濕身上穿的衣服，流淌而下。就這樣，濬厚站在原地好久、好久……辣燙的疼痛感，似乎也稍微舒緩些了。到底為什麼？那股氣味，到底是什麼？這種感覺，似曾相識。二十多歲時，在軍隊的那段日子。就像是在生化訓練時，即使戴上防毒面具接受CS氣體耐受度的訓練，那股氣味依然有辦法穿透面具一樣。一旦濾毒罐脫落或是遇上必須除下防毒面具的時候，瞬間便如同置身地獄般。雖然事前培訓時提過這些氣體只會刺激眼睛與呼吸道的黏膜，對皮膚不會有太大的問題，卻也是自己有生以來第一次知道原來身體上有那麼多黏膜。現在這種感覺與當時很類似，但不太一樣。這種不知名氣體帶給肉體的痛楚，威力更是強大。

為了避免發生不可預測的情況，濬厚沒有用手搓揉臉部。他依然喘不過氣，痠痛至極的胸口瀕臨爆炸。連續漱了幾次口後，濬厚匆匆打開浴室裡的收納櫃，取出黑色塑膠袋。原本買來用作裝在浴室垃圾桶的厚實塑膠袋，以一條繩子綁著整疊塑膠袋的提把處。濬厚撕起一個塑膠袋後，馬上將袋口靠向嘴巴大口呼吸，並且以雙手堵緊周圍以免漏氣。這是在由教育廳主辦的研修課程中學到的急救措施之一，不過當時的預設情況是適用於慢性疾病。雖不知道適不適用在自己身上，但幸好經過一段時間後，呼吸確實順暢了許多。

究竟經過了多久？本來蠶食著全身上下的苦痛已然消失，正處在盛夏時分的他卻開始感覺寒意。蓮蓬頭仍噴著水。聽著水柱的聲音，濬厚才欣慰地意識到自己總算活了過來。

他關掉蓮蓬頭。

「沒事吧?」

耳邊傳來既擔憂又小心翼翼的聲音。瑛珠應該是一直守在浴室外，才會在水聲一停止的瞬間，立刻開口詢問。外面沒什麼動靜，想必是沒有報警。儘管濬厚整個人已經筋疲力竭得沒有力氣回答，但如果持續沒有回應，說不定他又會直接報警。

「沒事。別管我。」

瑛珠沒再說話。原本應該說的「別擔心」，脫口而出成了「別管我」。彼此的關係居然連陌生人都不如，這也不是對擔心自己的人該有的禮貌。畢竟瑛珠是因為知道自己深夜外出，才會擔心得出來查看情況的……濬厚內心雖然知道自己說錯話了，但當下實在沒有心情道歉。

他把濕透的黑色塑膠袋塞入垃圾桶後，回到洗手台前，拿起肥皂仔細洗淨雙手，甚至連臉都反覆洗了好幾次，再將蓮蓬頭的水量調弱靠近雙眼進行沖洗。脫下濕衣服洗澡時，濬厚又費心地將全身上下的每一處都重新清洗乾淨，甚至還使用了因幾年前出現的過敏鼻炎才購入的洗鼻器，直到眼睛、皮膚，以及身體的任何一處都完全感覺不到絲毫痛感，才總算鬆一口氣。

濕透的衣服被亂扔在浴室一隅。腰上只圍了一條浴巾的濬厚，打開浴室的門。突然打開的門，嚇得原本站在門前的瑛珠雙肩一顫。望著眼前猶如犯下什麼罪似的瑛珠撇開目光的模樣，濬厚皺起了眉頭。自己儼然變成了加害人。濬厚搖了搖頭，不發一語地掠過瑛珠走向更衣間。

「沒有受傷吧？」

濬厚停下腳步，轉頭望向身後。站著面向自己的瑛珠的渴切眼神，實在令人不喜歡。假如自己在很久以前就能看見這種眼神的話，兩人間的情況會不會有所改變？從來就討厭想像沒有發生的事的他，猶如一把斬斷思緒的刀般冰冷地說：「什麼時候回去？」瑛珠的眼神閃爍著，視線停滯在地板上。濬厚轉身打開房門入內。他不想要答案。當自己的言語撓成了一道道傷痕，目的便已達成。

濬厚打開衣櫃，拿出一套運動服。這是平常當作睡衣穿的衣服。儘管溫暖的感覺覆上原本冰冷的身體，內心卻絲毫不覺舒適。瓦解似地跌坐在地後，先是嘆了一口氣，然後他伸出手掌觸碰額頭。再怎麼想也想不到那股氣味究竟是什麼，頂多只能推測得到是「某種氣體」而已。濬厚打開駕駛座的門，最多也沒有超過十五秒。這意味著氣味外洩的時間極短，但殺傷力卻是如此之大。對黃權中的性命產生威脅之物，顯然就是那個氣體。

「死了嗎？」

濬厚抬起頭看著自己的雙手。碰過黃權中頸部附近的觸感，似乎仍殘留在手指上。微弱跳動的脈搏與自己當下的選擇，不停折磨著他。濬厚打開手機試著搜尋「三銀湖」。假如有人發現屍體了，應該就會出現新聞報導。不過，網路上怎麼也找不到關於發現男性屍體、氣體之類的內容。搜尋結果盡是些與多泫相關的報導而已。像那樣人跡罕至的地方，說不定到早上都不會有人發現。基本上已經等同於宣判黃權中死亡。

留下紙條的人，真的是黃權中嗎？如此一來，確實就能解釋黃權中在那個時間出現在那個地方的原因。可是，為什麼是那種狀態？自殺嗎？不可能。如果提出勒索的人是黃權中，代表他有欲望要藉此獲得某些東西，所以沒有任何理由會在達成目的前自殺。再加上，更不可能特地到三銀湖自殺。「遭人殺害」的直覺相當強烈。看起來不太像是先被殺死後才移動到那裡。車內滿是氣體。無論是誰開車，至少都可以肯定是有人和他一起到了三銀湖附近，或許是有人在車程中趁著黃權中不注意的時候散播有毒物質，隨後又悄悄離開。來勒索別人的人，不可能會厚臉皮到再多載另一個人。既然如此，存在共犯的可能性就出現了。本來打算一起去勒索別人，但因為某些意見不合，其中一方便索性殺死黃權中。那麼，又為什麼不出面來見自己呢？

凝視著地板某個定點的濬厚，固執地撕咬自己的拇指指甲。答案只有一個——為了栽贓。

這麼一來，一切都說得通了。有人不知道發生了什麼事，而對黃權中萌生殺機。俗話說：「多行不義必自斃」。這個人分明是打算拋棄勒索的利潤，然後將殺人嫌疑嫁禍在濬厚身上。

三銀湖的入口處設有監視器，雖然濬厚沒有閃避的方法，但其實也沒想過要閃避。因為閃避監視器，是有計畫犯罪的人所為。自己既然是被勒索的被害人身分，實在沒有必要在意監視器。

然而，現在情況不一樣了。監視器勢必有拍到自己開到三銀湖的車，也一定有拍到晚一步抵達的黃權中的車。黃權中進入後，調頭離開的只有一輛車，也就是自己的車。要是發現了黃權中死亡的事實。嫌疑犯，只有一人。

濬厚如坐針氈。為了振作精神，他甩了甩頭。現在不是該用這副德性待在這裡的時候，必須盡快想辦法找到脫身的漏洞。曾經為了不讓自己因多汯命案被抓到把柄，而巧妙利用了三銀湖入口處監視器的他，如今竟又荒唐地在同一處被逮個正著。

濬厚久久無法脫離沉思。直到黎明的光滲透進來前，他始終待在原地一動也不動。早晨七點三十三分，門鈴響起。濬厚默默起身，走向客廳。瑛珠先一步拿起對講機。

「哪位？」

是警察。

14

車輛在清晨五點左右被發現。發現的人是向陽村的居民，一名六十多歲的女性金泰蓮。在古面里的療養院廚房工作的他，當時正不停加快腳步要趕搭五點二十分的首班公車。前往公車站所在的大馬路上，大概得走二十分鐘，對一個年過六十的人，的確比較吃力。不過，也是因為他擔任的是廚房助理才可以這個時間上班，其他的廚師們可就得在更早的凌晨四點前開工。但對於沒車的金泰蓮來說，這時間上班確實不是一件簡單的事。

「該死的地方，到底什麼時候才能擺脫這裡？」他時不時浮現這樣的念頭。

目前生活的房子實在太舊了，連一個完好的地方都沒有。想要花點錢整修，又不知道何時可能會開始重建。因此，與其說是定居在這裡，暫住的感覺似乎更強烈。如果不是兒子老是說「只要開始重建，財產絕對暴增好幾倍」、「笨蛋才會現在賣掉搬走」，金泰蓮早就離開這個地方了。他原本堅信著這一帶越是荒廢，就越是接近重建之日，但自從近期在三銀湖發現屍體的事後，距離重建好像又變得越來越遠了。光是在附近走動，都覺得心情有夠差勁。況且這一帶本來就已經夠陰涼了，發生殺人案件後，更是令人毛骨悚然。新聞媒體七嘴八舌談論著這不是一起自殺案件，所以只要一想到殺人兇手來過這一帶，近乎恐懼的情緒更是溢於言表。諸如此類的想法，讓金泰蓮漸漸加快了腳步移動的速度。

看到黑車大剌剌地停在路中央時，金泰蓮不寒而慄，忽然想起村裡有個女人說過「殺人兇手通常都會重回命案現場」。因為照理來說，這個時間應該不會有人在半路停車。最重要的是，這裡距離人住的地方十分遙遠。金泰蓮彷彿被人緊捏心臟似地，感覺全身都在抽搐著。抱持著抓住救命稻草的心情，他用力握住兒子買給自己的長輩機，快步前行。讓他停下腳步的原因，正是駕駛座玻璃窗那一側的人頭。坐在駕駛座上的人，把頭埋在方向盤裡。可怕的念頭出現了。

金泰蓮逃也似的往下狂奔，抵達公車站時，剛好見到公車的車頭。再遲一些就趕不上公車了。搭上公車後，調整著上氣不接下氣的呼吸頻率的他，思考片刻後，掏出了手機，撥了通電話給一一二。他像是在澄清些什麼似地，不停重複用著「可能根本沒事，但以防萬一還是打個電話好了」、「只要找人去確認一下就好」之類的說詞形容自己發現那輛車的經過。

就結果而言，他選擇報警是個正確的決定。從報案中心接到有人報案的消息後，轄區警員申隊長與急救人員出動前往現場時，確實如同報案內容般，有輛車停在路中央。由於報案民眾表示駕駛的頭靠在方向盤上，因此推斷駕駛可能是酒醉的狀態。靠近車邊的申隊長敲了幾次駕駛座的門，卻絲毫沒有回應。於是，他拉了一下車門的把手。車門並未上鎖。打開門的瞬間，根本還沒來得及確認男子的狀態，一股不尋常的氣味隨即撲鼻而來，雙眼與鼻子頓時感到極度灼辣。原本待在一旁的急救人員因為沒有察覺到這股氣味，於是伸手搖了搖駕駛座上的男子。男子無力地搖搖晃晃後，整個身體猶如坍塌般跌落在地，任誰來看都已呈現死亡狀態。

然而，卻沒有人嘗試任何急救措施。因為，所有人全身上下都開始感覺灼熱的痛感與呼吸困難。急忙遠離那輛車的他們，拔腿奔向山坡下。幾乎是在地上連滾帶爬的中隊長，拚了命馬上打通電話回總部。

增援的警力封鎖了鄰近區域，戴著防毒面具與身穿防護衣的特種部隊化學處理小組在現場展開調查。除了在車內蒐集被推斷是具有毒性的物質外，同時也積極聚焦於調查死者的身分。藉由身分證確認身分後，立刻透過電話聯繫死者家屬，警方確定死者就是任職於銀波高中的警衛。這起案件與姜致秀負責的三銀湖命案之間，存在「銀波高中」、「三銀湖」等兩個共通點，顯然不是巧合。兩起案件，勢必存在關聯。

在接到姜致秀來電前，現場的調查工作大約花了兩個小時。黃權中的車上沒有發現行車記錄器。裝設在A柱內側的電線，凌亂地懸在後照鏡處，推測行車記錄器應該被拆掉了。倒車鏡頭同樣也只剩下用來貼合的雙面膠。

此刻，姜致秀眼神銳利地注視著坐在眼前的年輕教師。金濬厚的神情相對冷靜，絲毫沒有任何被突然找上門的警察們要求前往協助調查的人的驚慌感，臉上的表情儼然是早就預料到一大早會出現在家門口按門鈴的不速之客。

「昨天晚上十點五十分左右，為什麼要去三銀湖？」

姜致秀轉動面前的筆記型電腦，讓金濬厚能看得清楚。螢幕上的影片，是監視器拍到的金濬厚的車。經過確認的提問，等同於在告訴對方「休想說謊」。

但只有視線稍微下移以確認影片的金濬厚，神色完全沒有動搖。他用著如同臉部表情般鎮定的語調說道：「我去了多泫家。」

「為什麼？」姜致秀皺起眉頭。

「您也知道多泫沒有親人。我聽說居民中心那邊如果找不到繼承人的話，房子和財產就會全數收歸國有……所以我想說至少留一個多泫用過的小東西，可以在火葬的時候一起燒給他。」

對此感到荒謬得說不出話的姜致秀放聲大笑。

「老師嗎？」

「我是他的導師。嗯……不知道您相不相信，但我也是很疼愛自己的學生。」

「您現在要我相信那種話嗎？」雖然使用的是調查時不太會用的詞彙，但實在覺得太離譜的姜致秀，有些話還來不及經過思考就脫口而出了。倒不如說是去蔡多泫家找些值錢的東西，還比較人性化。況且現在的狀況是在幾乎重疊的時間，發現了與他在同樣地點工作的警衛身亡。根本不必提是什麼「單純的巧合」。

「不相信的話，我也沒辦法。」

「老師知道與您任職同間學校的警衛黃權中先生死亡的事了吧？」

「來的路上聽說了。」

「您怎麼看？」

面對姜致秀的問題，金濬厚直勾勾地看著對方。他沒有立刻回答，似乎在藉此詢問著「什麼意思？」

「我指的是，黃權中先生在差不多的時間內，在同樣的地點死亡一事。黃權中先生又不是住在那一帶的居民，為什麼會莫名其妙去那個地方呢？而且他的家人也表示黃權中先生根本沒什麼事需要去那裡。」

「家人都不知道的事，我又怎麼會知道？我知道您在想些什麼，但我也覺得很不可思議、很荒謬。早知道事情會變成這樣，我才不會去那裡。」

真的只是巧合嗎？姜致秀邊將他的回答輸入調查報告，邊思考著。這不是可信的答案。「好。那您把車子調頭離開的時間是幾點？」

金濬厚的目光稍微轉移到對角線的方向，就像是在回想一樣。不久後，金濬厚的雙眼再次回到姜致秀身上。「大概……十一點二十分左右。」

正確的時間是十一點二十四分，與監視器拍到金濬厚的車調頭離開的時間吻合。

「離開時，沒有見到黃權中先生的車嗎？」

「確實有見到一輛黑色的車，但沒有想到那是黃權中先生的車。」

「當時做了什麼？」

「閃過那輛車。」

「沒有看見有人倒在駕駛座嗎？既然就從旁邊開過，再怎麼樣也有瞄到車內的情況吧？」

「我沒看到，也沒想過要看。」金濬厚的眼尾抽動著。不悅的態度不言而喻。

「有輛車就停在那種附近連一戶人家也沒有的地方，難道都不覺得奇怪嗎？」

「的確覺得有點奇怪，但沒有多想。」

「我們發現黃權中先生的車時，他停車的方向面對前往村裡的上坡路。」

「我經過的時候，好像也是那樣。」

瞬間，姜致秀的目光炯炯，嘴角掛著一抹耐人尋味的微笑。意識到這個神情的金濬厚雖然開始表現得有些不安，但現在才要推翻自己的說詞已經太遲了。

「既然金濬厚老師是往下坡開，照理來說，勢必就會迎面遇上對向的車吧？當時是晚上，一定會開大燈，那麼自然就會照亮對向車輛的駕駛座囉？但您卻說『沒看到』？」

試圖反駁的金濬厚，先是咧嘴淺笑，接著又閉嘴不語。徹底失措的模樣。《孔子家語》曾提過「人窮則詐」。這種時候，究竟該如何回答呢？姜致秀絲毫沒有移動固定在金濬厚身上的目光，宛如死命地揪著對方的衣領不讓他逃跑一樣。金濬厚的雙眼越眨越快，逐漸開始變得不安。就連他刻意不顯眼地咬著下唇的景象，姜致秀也完全沒有錯過。

「我沒有看到。應該是發現對向有車後，就只顧著避開那輛車，所以把頭轉向右側了。為了不造成擦撞，我前進的時候必須注意路的間隔。」

「這樣啊……」姜致秀和藹地笑著。金濬厚擺在桌上的雙手，似乎微微握緊了拳頭。

「您有實驗室的鑰匙嗎？」

「實驗室嗎？」面對對方沒來由的提問，金濬厚皺起了眉頭。

「我說的是學校的實驗室。聽說您是副負責人……」

「名義上的確沒錯啦……對，我是副負責人，但鑰匙是在趙美蘭老師手上。怎麼了嗎？」

看起來是真的不知情的表情。

姜致秀沒有緊接著發問，而是稍微暫停了一下。他刻意翻了翻原本置於桌上的文件。唰唰、唰唰，翻閱文件的聲響，聽起來格外刺耳。沉默，正在壓迫著金濬厚。光是從他的雙眼開始焦慮地掃視四處的舉止，都能清楚這個人的情緒。猶如箭脫離緊繃的弓的那一剎那，姜致秀冷不防地拋出一個問題。

「所以老師從蔡多泫同學的家裡拿了什麼東西？」

「啊？」

姜致秀的上半身更加往前傾了些。「您剛剛不是說去蔡多泫同學家裡，是為了找什麼珍藏的東西嗎？」

「什麼也沒有找到。」金濬厚眨了眨眼。他的目光低垂，凝視著桌面搖搖頭。

「特地跑了一趟，卻什麼也沒找到？」

「找來找去也沒有什麼適合的東西。一方面是我不知道他珍藏的東西是什麼，另一方面則是找不到。」

金濬厚的說詞明顯比之前來得不明確、不流暢。既然人都來到警察局了，至少應該準備好自己去蔡多泫家裡的原因，以及為什麼沒有拿回任何東西這類問題的答案才對。然而，漸漸被推向懸崖的處境，似乎已經開始擊潰他的信心，開始擔心著自己會不會像剛才面對車輛的問題一樣，脫口說出任何一句不合理的說法。

「老師的意思是說，您在那麼晚的時間特地跑了一趟去蔡多泫同學的家，然後兩手空空離開嗎？您進入那個村的時間大約是十點五十分，離開的時間則是十一點二十分左右。在短短的三十分鐘內，不對，扣除停車、進入與離開家中的時間，實際上不過才在蔡同學家停留不到二十分鐘。這麼快就放棄，然後離開了嗎？」

「我知道您覺得不合理，但事實就是如此。因為心裡不太好過才突然決定去一趟，只是沒有想到家裡的東西都不太適合……最重要的是，警方的蒐證程序也還沒結束。」

姜致秀悠然地點了點頭。「這樣啊……」耐人尋味的笑容與重複的回應，再再表達著他的不信任。

金濬厚的表情顯然比一開始來得僵硬不少。果不其然，這個人絕對有鬼。姜致秀堅信著。

「這個部分，只要在蔡多泫同學家做一下指紋鑑識就能確認了。」姜致秀喃喃自語後，不動聲色地瞟了一眼金濬厚的表情。有別於預期，金濬厚的表情毫無變化。大概是認為蔡多泫家裡不可能沒有自己的指紋吧。蔡多泫命案發生時，金濬厚確實去過他家。這件事，是在發現蔡多泫的屍體之前，原因則是為了針對連日缺席的學生進行家庭訪問。他應該是確信自己當時有留下指紋。假如不是當時留下的指紋，難道是他昨天真的去過蔡多泫家？

就在敲門聲響起的同時，有人打開了門。是調查科的刑警趙容石。一踏進偵訊室的趙容石先是瞥了金濬厚一眼，接著立刻靠向姜致秀身邊。他將拿進來的一份文件翻向背面露出空白的那一面，放在姜致秀面前後，彷彿連嘴型也不能被窺見似的遮住側臉，緊貼著姜致秀竊竊私語。

姜致秀的雙眸再次閃過一道光。

結束悄悄話後，姜致秀對趙容石點了點頭。趙容石靜靜行禮，便開門離去。確認趙容石離開後，姜致秀轉回頭時，卻發現金濬厚正注視著緊閉的門扉，就像對不久前兩人究竟說了些什麼話心中有數一樣。

「請問您有搭過黃權中先生的車嗎？不一定是近期，是指有沒有過這樣的經驗。」

金濬厚搖了搖頭。「沒有。因為我們上班的時間不一樣，所以也沒有搭過警衛大叔的車……」

姜致秀即刻翻開原本蓋在桌面上的文件，並且挪往金濬厚面前。

DNA採樣同意書（調查用）

金濬厚確認了一下文件後，隨即定睛看著姜致秀，神情十分驚訝。

「這是DNA採樣同意書。這麼做是為了與在死亡的黃權中先生的車輛內部發現的頭髮與DNA進行比對。我們會將您列為相關證人進行採樣。如果同意的話，就會進一步進行DNA檢驗。」姜致秀淡然地說道。

這句話，與「我們懷疑你」沒有分別。

金濬厚不發一語地盯著姜致秀遞給自己的採樣同意書。

「假如不同意的話，會怎麼樣？」

「當然也可以不同意。不過，截至目前為止，您是本案調查過程中最有力的關係人，因此一旦發出拘票，就算您不同意，我們還是可以強制進行採樣。當然了，暫時還只是停留在打算申請拘票的階段。」

過沒多久時間，金濬厚便默默簽署同意書。他心知肚明，如果不肯同意，警方確實有充足理由可以這麼做。簽完名，當金濬厚一放下筆，姜致秀隨即取回文件確認內容。姜致秀邊露出滿意的笑容，邊將文件塞進工作日誌裡。

「現在可以離開了吧？我第二堂開始有課。」

姜致秀笑瞇瞇地點了點頭。金濬厚起身，朝著門的方向而去。沒有轉頭看他的姜致秀，突如其來地拋出一句話。

「關於權瑛珠小姐，也就是您太太……」

金濬厚停下腳步，露出「為什麼會突然提起這個名字？」的表情回看著金致秀。

「和蔡多泫同學是什麼關係？」

「……什麼意思？」

姜致秀拿著用來記錄工作日誌與調查報告的筆記型電腦，從座位上起身。接著，雙眼與金濬厚對視。「經過確認，蔡多泫同學除了失蹤當天放在家裡的手機外，還有另一支手機。而且，還是在老師的名下。」

金濬厚的雙唇微張，嘴角瑟瑟顫動著，輕微放大的瞳孔，掃視著半空中。他吃力地開口說道：「是因為蔡多泫說他沒有手機。再加上，怕被債主知道住址，所以才用我的名義替他申請。」

姜致秀明明說了是「另一支手機」，而既然已經擁有一支以本人名義申請的手機，根本沒有理由還要借助老師的名義再申請一支。但金濬厚此刻似乎已經沒有多餘時間思考自己說詞前後不一的事了。

「那您為什麼沒有告訴我們呢？」

「我……擔心警方會覺得有點奇怪……」

姜致秀露骨地嘲諷道：「反正啊，就是我們在調查以老師名義申請的那一支手機時，透過蔡多泫同學的通話明細發現了他最近常和您太太聯絡的紀錄。既然您這麼疼愛學生，是不是連您太太也會經常照顧沒有父母的孩子呢？」

這不是發自真心的話。偉大的老師與其家人私底下照顧貧寒學生的佳話，確實能在醜陋消息鋪天蓋地的版面鼓舞人心。雖然這種事並不常見，也不是完全不可能。但是，金濬厚和妻子在他調任後便開始分居生活，各自生活的地方車程至少距離兩小時，實際調查後，也發現彼此根本鮮少交流，怎麼看都不像是恩愛得會順帶照顧丈夫學生的那種夫妻。再加上，權瑛珠與蔡多泫看起來應該是不久前才開始有聯繫。姜致秀以始終如一的微笑，細讀著金濬厚的表情。從金濬厚的反應看來，似乎是得知了一件原本不知情的事。

離開這裡的金濬厚會去哪裡呢？學校？找他的妻子？

「因為我們正在調查蔡多泫同學周圍的人。由於這是經常與蔡同學聯絡的人，所以我們怎麼樣都得向您太太確認一下，可能也需要請他出面協助調查。我們稍微打聽過了，聽說尊夫人最近就住在您家的樣子。」

「就……我好像有向他提過關於多泫的事啦……」金濬厚的聲線微微顫抖。

「是喔？」姜致秀笑著說。

15

濬厚差點因為沒有察覺十字路口的紅綠燈轉成紅燈而釀成車禍，幸好踩下緊急煞車才避免一場災難，但原本正準備在號誌轉換後過斑馬線的老人家，依然被緊急煞車的尖銳聲響嚇得後退了幾步。老人家馬上狠狠地瞪著坐在駕駛座上的濬厚，其餘幾名路過的行人也同樣毫不掩飾地露出不悅的眼神。雙手緊握著方向盤，身體瞬間向前傾的濬厚立刻畏縮地低下頭。老人家直到聽見行人專用號誌燈響起倒數計時的提示後，才又開始移動腳步。為了讓自己的心跳穩定下來，濬厚深深地呼了一口氣。

離開警局後，他一直處於這種狀態。紊亂的思緒，讓他無法專心駕駛。濬厚搖了搖頭，完全沒辦法釐清思路。這次則是沒有意識到綠燈，在被後方車輛按喇叭後才匆忙出發。

刑警說，瑛珠和多泫通過好幾次電話。警方確認過明細，所以確實有這件事。可是，濬厚真的不知道瑛珠為什麼會認識多泫，又怎麼知道多泫的電話號碼。即使他聲稱自己曾向瑛珠提過多泫，但這不是事實。哪個瘋子會和妻子提到自己外遇的對象？雖然的確有些垃圾把向妻子介紹自己不可告人的外遇當作一種享受，但他還不至於無恥到覺得這種事有多刺激。

難不成兩人私底下認識？但多泫是土生土長的晉平人；而瑛珠也是在永仁出生後，成長過程的一切生活同樣都在那裡扎根。他認識的這兩個人之間，根本沒有任何交集。除了自己以外。

縱使濬厚認為瑛珠應該完全不知情，不過外遇的事也確實有可能早就被發現了。反正自己早在來晉平的時候，就已經萌生離婚的念頭。換句話說，走上離婚一途與多泫毫無關係。因此，就算瑛珠知道自己和多泫的關係，倒也不太有所謂。離婚或被離婚，其實差異不大。倘若自己在婚姻生活期間賺來的所有積蓄可以換得離婚的話，他願意把一切都給瑛珠。

濬厚的腦海之所以如此混亂，是為了另一件事。多泫的死，和妻子沒有任何關係嗎？多泫的屍體被發現後，妻子就立刻出現在晉平。這不是預料之內的事，瑛珠完全沒有事先聯絡，而且後來他還收到勒索紙條。

濬厚頓時才意識到最奇怪的是，竟然存在自己從未懷疑過的可能性。一直以來，他都認為殺害多泫的犯人與留下勒索紙條給自己的人，是不同的人。殺人犯是一個人，而後又被另一個人「偶然」發現被「偶然」捲入其中的濬厚，於是才對他做出勒索。可是，假如犯人是同一人呢？假如目標從一開始就是多泫和濬厚呢？除了瑛珠，實在想不到還有其他人可能做出這件事。

一想到這裡，濬厚踩下油門。車速越快，越是將他人安寧的日常拋諸腦後。

就在濬厚的車停進聖文社區的停車場時，手機響了。那是學校教務室的電話號碼，馬上就是要開始第二堂課的時間了。濬厚清楚問題何在，卻沒有接起電話。他既想不到任何辯解，又不想讓任何人聽見自己慌亂得顫抖的聲音。如果聯絡不上濬厚，學校勢必就會緊急安排其他老師代課，或是改成自修時間。解釋的部分，日後再看著辦就好。

快步跑上大樓出入口處階梯的同時，濬厚忽然停下腳步回頭看。瑛珠的車，就停在稍遠處，他應該在家。濬厚加快腳步跑進大樓內，按下電子鎖的密碼，一打開門，就見到眼睛睜得大大的瑛珠的臉。顯然是被不該在這個時間回家的濬厚嚇到了。身穿乾淨棉褲搭配針織衫的瑛珠，臉上雖不至於是濃妝，卻似乎還是有帶點妝。其他人看了或許會覺得是準備出門的妝容，但事實並不然。瑛珠對於外出服、睡衣與居家室內服，有著明確的劃分。即使是在一起生活的那段時間，濬厚也幾乎不曾見過瑛珠邋遢的模樣。記憶中唯一的一次，是瑛珠重感冒發燒到接近四十度，整個人已經有點神智不清的那次。當時的瑛珠，確實已經是筋疲力竭的狀態了。

「忘記帶什麼了嗎？發生什麼事了？」瑛珠的雙眼迅速地打量了一下濬厚的臉。眼神裡盡是盤算著對方是不是察覺自己些什麼的情緒，而非擔憂。原本定睛注視著瑛珠的臉的濬厚，脫下鞋子走進客廳。

「今天會出門嗎？」沒有與對方對視的瑛珠，不經意地說著。一如往常的態度。

「我打算去一下房仲公司。」瑛珠驟然停頓片刻後，很快又接著開口說道。

瑛珠毫不迴避地直視著濬厚帶刺的目光。開門見山的話中有話。瑛珠會去房仲公司的原因，只有一個——他打算來這裡生活。瑛珠要找的不是獨居的房子，而是兩人同居的房子。態度顯然是無論濬厚怎麼想、怎麼說，他都無所謂。此刻的瑛珠，根本存心期望著濬厚能直接開口問自己去房仲公司的原因。於是，濬厚才更刻意不問任何關於房仲公司的事，絕對不會有任何一件事如他所願。

「是喔？我本來想借一下你的車……」

「車？」瑛珠歪了歪頭。

「我的車有點故障，但我下午得去一趟教育廳。上完教育課程後，必須載一些要派發的小冊子回來。」

解釋得太多了。越是過量的說明，說謊的氣息越是濃烈。雖然濬厚自己內心有些疙瘩，瑛珠卻似乎對此沒起什麼疑心。地區教育廳位在距離晉平車程一小時左右的茂實面。既然是需要載東西回來的情況，與其搭乘大眾交通工具，向關係不睦的妻子說明並借用車輛，或許才是更能令人接受的作法。幸好，一切都在預料之中。

「這樣啊……那我搭計程車就好。我去拿車鑰匙給你。」

瑛珠露出燦爛的笑容。大概是以為這種開頭的對話，有機會成為某種契機。那種模樣，令人毛骨悚然。自以為只要懂得體貼，對方自然就會喜歡。討人厭的伎倆。

稍待片刻後，瑛珠便拿著汽車遙控器走了出來。長度約兩個食指指節的黑色遙控器，是只要按下左上方的銀色按鈕就會彈出車鑰匙的折疊型遙控器。遙控器上還有可以用來自動開、關車門的兩個按鈕。通常使用了一段時間的汽車遙控器，按鈕出現嚴重磨損或沾附手垢都是再自然不過的情況。可是，就算瑛珠的車已經開了超過十年，也完全不見諸如此類的痕跡。因為他在期間已經買過好幾個新遙控器。濬厚記得瑛珠不知道在什麼時候曾經說過自己最討厭不乾淨的東西了。

「給你。」

連句「謝謝」也沒說的濬厚，立刻拿著鑰匙離開家。途中雖有想過學校不知道會不會再次來電，卻沒有發生這件事。他煩惱著究竟該如何向學校交代。儘管可以謊稱是車輛發生輕微擦撞，但若被要求附上證明文件的話，勢必得交出曾經前往急診室的診斷證明書或保險理賠申請書之類的證明。無論如何，只能想盡辦法拜託學校讓自己改以過去沒有使用的休假代替提出證明文件。

不過，現在有件事更重要。

濬厚走向瑛珠的車。他打開車門，坐進駕駛座。車內果然連一點灰塵也沒有，儀表板上也沒有任何一樣常見的裝飾品。瑛珠通常都會先撢一撢鞋底才上車，對殘留在地上的泥土露出害怕模樣的瑛珠，似乎就活生生地出現在眼前般。

濬厚從聖文社區開著車前往車程約十分鐘的公共運動中心停車場。沿著停車場側邊鋪設的步道上，可見兩名戴著遮陽帽的女性正在走路；另外還有一名年近七十的老人家，邊瀟灑地甩動白髮邊做著仰臥起坐。

瑛珠的車上裝有行車記錄器。濬厚馬上把手伸向行車記錄器。刑警們分明說過去找多汯的人是一名中年女子……是不是自己的妻子？他真的好想確認清楚。

行車紀錄器的儲存時間是多久？就設定而言，只要是在啟動的狀態下感知到任何動靜，就會自動開啟錄影模式。容量是32GB。有別於開車通勤的人，瑛珠其實不太常開車，因此裡面應該至少還留著他從八月一日開來晉平以後的影片。濬厚將行車記錄器轉換成重播模式後，一一確認影片目錄。影片是以日期作為儲存名稱，確認起來相當輕鬆。果然不出他所料，由於行車紀錄不多，因此連七月二十日開始的錄影影片仍留著。

濬厚在影片目錄中，找到了瑛珠出現在晉平的八月一日。總共有三段影片。第一段影片是早上九點四十八分從位在永仁的公寓出發的影片，在片長五十三分鐘的影片中，休息站的停車場是整段影片的最後一個畫面；接下來的影片，是結束在進入加油站的畫面；第三段影片則是結束在晉平，也就是濬厚家的大樓停車場。如瑛珠所言，他是在八月一日出發前往晉平。既然如此，瑛珠應該與多泫的死無關嗎?思考片刻後，濬厚重新確認了一下其他日期的影片。雖然多泫死亡的七月二十五日也有影片紀錄，但標記的時間是早上十點。多泫的死是發生在夜晚。濬厚不抱任何期待的打開二十五日早上十點的影片，但從未想過的畫面，讓他全身起滿了雞皮疙瘩。

片長約莫是兩小時又多一些。從永仁市公寓出發的瑛珠的車，一次也沒熄火地直奔某處。等到過了一小時五十分左右時，出現了一個濬厚再熟悉不過的地點。

三銀湖入口。

經過那個地方後，車子又一直開到多泫家門前才停了下來。

可能是為了停車，因此影片也跟著車頭繞轉了一下。猛然一瞥，有個人形。不是偶然拍到的路人，看起來似乎是正在等著這輛車的那個人，站在定點望向這裡。那個人，應該就是多汯。車停好後，影片中拍得一清二楚的多汯再次證明了濬厚的想法無誤。碰一聲後，瑛珠也一起出現在影片中。這款行車記錄器的機種，會在車子熄火後會繼續錄影十秒。瑛珠一下車，多汯立刻向前走了一步。

瑛珠的手直接朝著多汯的臉頰呼了一巴掌。

這就是最後的畫面。

濬厚回到自己的住所。若無其事地停好車，然後跑回家中。原本正在打掃的警衛好像對他喊了些什麼，但濬厚完全沒有多餘時間回頭。

瑛珠顯然察覺到自己外遇的事。即便不知道是從什麼管道得知，但他早已知道多汯的存在。既然刑警也說了兩人間有通聯紀錄，想必是瑛珠打過電話給多汯並且說過什麼恐嚇的話。雖然多汯從來沒有向濬厚提過這件事，但如果是多汯，的確有可能會這麼做……如果是那個一輩子早已習慣忍耐的多汯……

一切不是無跡可尋。不過就在多汯死前一天，濬厚才和多汯大吵一架。

「老師，離婚啦，然後和我一起生活。」

這不是多汯會說的話。在此之前，他從來沒有對濬厚的婚姻生活、濬厚的妻子瑛珠提過隻字片語。濬厚當然有離婚的計畫，不過，這麼做並非為了走向多汯身邊。無論是妻子瑛珠或是微薄的財產，自己都有辦法隨時果斷放棄，但關於「教師」的地位，以及自己的名譽、人生，可又是另一回事了。濬厚不是沒有想像過與多汯的未來，但絕不是多汯仍是學生身分的此刻。

濬厚斬釘截鐵地對多泫說「就算要離婚，也與你無關」、「我沒辦法和你在一起。至少，現在沒辦法」。然而，多泫似乎無百分百理解濬厚的苦衷。氣得火冒三丈的多泫，不僅反問著「難道老師對我只是玩玩嗎？」甚至還指責他「根本和其他大人一樣懦弱！」多泫那天有別於以往，完全止不住怒火。

隔天，多泫就缺席了。本來想說應該是還在生氣，但當晚他又去了學校找濬厚。原以為一切都已恢復以前的模樣，沒想到當天多泫就死了。

假設瑛珠是在知道多泫的存在後，做出擅自與他聯絡或恐嚇的勾當，多泫有可能是基於恐懼，才會轉而向濬厚確認對方對自己的感情。多泫平常也曾經向濬厚表達過是不是只把自己當成玩物的憂慮，因此那次吵架很有可能是希望在事情鬧大前，先讓濬厚了解這件事，並且試著藉此確認濬厚對自己的態度。

那瑛珠的立場又是如何？儘管在知道丈夫外遇後，對外遇對象做出恐嚇，但情況並沒有因此好轉。因此瞞著濬厚，直接找上多泫。雖然動了手，卻沒想到一跟蹤才發現對方隔天晚上又偷偷潛進學校與濬厚纏綿。怒火中燒的瑛珠，於是在一氣之下殺了多泫。另一方面，他也無法原諒丈夫。或許就是因為這樣才留下勒索紙條，用以製造濬厚的不安。即使無從得知為什麼還要一併殺害黃權中，但應該是打算讓濬厚背上殺人兇手的黑鍋。濬厚今天確實接受了刑警的調查，而警方顯然也已經將自己視作嫌疑犯。

一想到這裡，濬厚基本上已經可以百分百確定一切都是出自瑛珠之手。

瑛珠不在家。看來他說要去房仲公司的事，所言不虛。濬厚趕緊走進放置電腦的主臥室，然後打開電源。等待開機期間，莫名感到焦躁的他不停在房內來回踱步。

勒索紙條是使用電腦列印的，那種內容勢必不可能去外面請別人幫忙列印。假如是用家裡的電腦列印的話，絕對會留下痕跡。

濬厚好想找出證據，找出想害自己陷入泥淖的一切惡意都是瑛珠一手策劃的明確證據。他還沒有決定好發現這些證據之後的事，只因目前仍無暇思考到那一步。

但不同於濬厚的猜測，電腦內沒有發現任何使用過的痕跡。說不定是早就把相關資料都刪除了。就算瑛珠不是電腦專家，但要想瞞過同樣不是電腦專家的自己的那點知識還是有的……

原本嚼咬著自己下唇的濬厚，忽然將視線停在某個地方——瑛珠來晉平時，一起帶來的行李箱。他至今仍未打開過那個行李箱，只因濬厚從來沒有為他的行李挪出任何空間。或許，瑛珠同樣也很清楚這裡沒有容得下安頓自己的地方，為了尋覓安頓那些行李的位置，他今天才會去房仲公司。

濬厚撲也似的抓起那個行李箱，然後把它平放在地上。雙手一按下單側的兩個按鈕後，行李便喀達一聲打開了。行李箱沒有設密碼。打開後，整齊疊放的衣物瞬間凌亂地散向兩側。雖然沒有明確的目標，但他覺得這次真的得好好確認一下自己從來沒想過要看一眼的瑛珠。

窸窸窣窣。

將塞滿行李箱的衣物倒在地上時，耳邊傳來的聲響精準地刺激了濬厚的耳朵。濬厚低頭看了一眼自己翻出來的衣物堆，聽起來應該是那件夏季用的薄風衣外套發出的聲響。一拎起來，原本摺得好好的外套立刻長長地垂了下來。沙沙——一張手掌大小的紙，猶如徜徉般飄落在地。

濬厚的表情扭曲。伸向那張紙的指尖，瑟瑟顫抖著。是紅鶴。

「有個島叫作『阿魯巴』。這個地方在荷蘭。據說只要去了那裡，就能看見紅鶴。雖然其他地方也看得見，但是那裡不只可以親手餵紅鶴，還可以摸牠們。」

「我想去，一起去。」

是多泫的紅鶴。

整理好行李箱的濬厚，匆匆忙忙地離開家。因為他不知道瑛珠何時會回來，而自己也還沒有整理好見到瑛珠後，究竟該向對方確認些什麼事。儘管自己很有把握一切都是瑛珠搞出來的事，卻始終沒有明確的證據。就算自己手握證據，也不可能直接向警方報案——因為讓多泫沉入三銀湖底的人，是自己。

濬厚先是返回學校。一方面是擔心學校又打電話來，另一方面則是顧慮到繼續這樣曠職對自己也不是什麼好事。假如在接受警方調查後的當天就馬上消聲匿跡，任誰都會起疑。

濬厚一踏進教務室，便立刻與教務主任趙美蘭四目相交。他低下頭，快步走近趙美蘭的位置。絕對不能編出需要佐證的說詞，校方已經事先知道自己會以相關證人的身分接受警方調查，早上也在警方陪同下告知校方自己會晚點上班。如果說是接受完調查後，自己突然有點肚子痛，似乎是個可行的說法。畢竟，接受調查確實是件令人很有壓力的事。他打算用「雖不至於到必須就醫的程度，但我稍作休息後就不小心睡著了」作為解釋後，再補上幾句「自己一定會補上規定的授課時數」、「就算要扣假，也欣然接受」之類的話。

「教務主任，其實我……」濬厚再次低下頭，開口說道。

就在對話開始前，有人打開了教務室的門。隨著趙美蘭的視線投往門的方向，濬厚也不以為意地轉頭。濬厚的臉部表情，頓時變得扭曲。

進入教務室的人，是刑警姜致秀和朴仁載。濬厚的腦海中，立刻浮現自己早上簽署的DNA採樣同意書。或許，鑑定結果已經出爐了——車內檢驗出的嫌疑犯頭髮DNA與自己的採樣結果相符。早知道就該一把火燒了那輛車。一想到此，濬厚不禁一顫。發現黃權中的車時，聞到充滿車內的有毒氣體而逃跑時，黃權中依然活著。自己明明知道這件事，此刻竟還能下意識地認為可以放火燒車……多泫同樣也是在被自己丟進水裡前，尚存一絲微弱的氣息。那時，至少內心還會感到些許愧疚……難道自己已經在不知不覺間變得連人命都覺得不重要了嗎？

濬厚懷著自暴自棄的心態，看著漸漸靠近眼前的姜致秀與朴仁載。

出示警察人員服務證的姜致秀說：「我是銀波警察局調查科隊長姜致秀。現在以涉嫌殺害黃權中先生為由執行逮捕。」

刑警姜致秀抓起對方一側的手腕後，銬上手銬。冰冷的手銬聲，凍結了整個空間。

濬厚屏住呼吸，絲毫無法動彈。所有人的目光通通望著同一個方向。

趙美蘭平靜地伸出另一隻手。

被上銬的人，是教務主任趙美蘭。

16

警方在調查黃權中時，就他的手機通聯紀錄而言，其實看不出什麼疑點。透過與他家人面談的結果，也幾乎都表示性情有些古怪的黃權中雖不能說從來不曾與任何人發生過糾紛，但頻率真的很少。證人作證時皆異口同聲地說，黃權中是個很會照顧他人的人，基本上不會與人結怨或暗藏什麼心機。至少，在家人眼中的他是如此。

根據推測，由於案發當日是工作日，因此黃權中是在四點左右離開家中。假設上班時間是下午四點三十分，應該不可能再在途中與人見面。與校方確認後，也證實他當天確實有值班。

三銀湖入口的監視器約莫在晚間十一點拍到黃權中的車。最奇怪的是黃權中的車曾經在入口處短暫停留一事。不是為了右轉而減慢速度，而是確確實實地停車。儘管是在畫質不佳的影片中，也能清楚看得見煞車燈亮起。停車時間約為十五秒。雖然有些令人懷疑是不是在與某人通話，但根據通聯紀錄來看，並不存在符合對應時間的明細。既然如此，會不會是在確認某些事？可能是確認地圖，或是寫有約定時間、地點的筆記？引人如此聯想的原因，在於黃權中一停下車便把頭轉向側邊的舉動。

當朴仁載喃喃自語著「是不是有人站在路邊？」時，馬上就從監視器分析官的口中證實了，「有人」的位置不是路邊。

「副駕駛座有人。」

但即使調高畫面的亮度，已讓昏暗的部分顯現了人的輪廓。遺憾的是，沒辦法確認性別或樣貌。不過，證實了黃權中不是獨自一人的這點倒是很重要。被發現的屍體，只有黃權中一人。因此，至少可以知道當時坐在副駕駛座的人要不是殺人犯，就顯然是與殺人案有關的人。

黃權中在哪裡讓這號人物上車？若想確認這件事，必須從學校的監視器開始下手。無論如何，黃權中勢必會從任職的學校離開。假設不是預定的計畫，校內的監視器說不定已經拍到了些什麼。但若確認他離開學校時仍是獨自一人的話，只能沿著移動路線一一調閱所有的監視器。光是確認這些監視器影片，至少就得花上一星期。

朴仁載與姜致秀為了調查而動身前往學校。老師們如常上班，沒有任何人知道黃權中已死。雖然已經事先聯絡被指名為監視器管理人的沈勳老師，但他根本不清楚如何調閱監視器影片。唯有聯絡其他警衛後，在現場等到人來為止。

調閱監視器影片的途中，他們接到了來自警察廳科學調查組的電話。造成黃權中死亡的劇毒物質，證實是「福馬林」。福馬林雖是常用於消毒劑、殺菌劑、防腐劑的藥品，卻也因為毒性強，所以不能在未經稀釋的情況下使用，至少得經過三十倍至五十倍的稀釋後，才能讓添加其中的福馬林比例不超過百分之一。即便實驗室經常會用福馬林製作標本，但過程中得與其他物質混合使用，且製作完成的標本也必須格外注意保管。曾經有個例子，是一名化學老師在移動準備丟棄的標本期間，不小心打破標本瓶，結果導致八百五十名學生必須緊急疏散，而原本待在實驗室的老師與學生則是全數送醫治療。被歸列為第一類致癌物質的福馬林，強烈的毒性自然不容小覷。有鑒於福馬林是如此危險的東西，因此不是任何人都可以隨便買得到。

「這間學校也有福馬林嗎？」

學生死亡、任職學校的警衛死亡、可疑的老師……所有的關聯詞裡，都藏著「學校」二字。同樣可能與這間學校擺脫不了關係的福馬林，並非空穴來風的臆測。

「嗯？」調閱監視器影片期間不停在後方踱步的沈勳瞪大了雙眼。

沒辦法解釋太多的姜致秀，僅是直勾勾地注視著他。

沈勳支支吾吾地說：「應該有……吧？畢竟我們學校也有實驗室啊……」

「負責管理藥物的人是哪位？」

「大概是……化學老師吧？」

姜致秀皺起了眉頭。這些都不是確切的答案。假如每個年級都有一位化學老師的話，那麼最少會有三位化學老師。交代朴仁載看完監視器影片再與自己聯絡後，姜致秀便立刻跑向學校大樓。沈勳則是磨磨蹭蹭地緊跟其後。

至少，沈勳還知道實驗室的確切位置。姜致秀在沈勳的帶領之下進入實驗室。實驗室位在一樓走廊的最內側位置。實驗室的門敞開，一入內就能見到裡面擺著四張長方形的木桌，而像是顯微鏡之類的實驗工具則是井然有序地放置在桌上。架設在牆面的玻璃展示櫃內，充滿了大部分都叫不出名字的實驗工具。雖然櫃子的下方有幾瓶標本，但從擺放的間距看來，應該沒有缺少。玻璃展示櫃由一個約略是孩童手掌大的鎖頭鎖著。仰頭環顧實驗室的姜致秀，看見了一道防火門。門上貼著一張用紅字寫著「禁止相關人員以外之人士出入」的警語。

「據我所知，保管藥物的地方在那邊。」沈勳用著毫無自信的聲音說道。

姜致秀試著拉一拉門。門鎖著。從門或鎖芯都沒有毀損的情況來看，如果有任何福馬林是從這裡消失的話，絕對是由握有鑰匙的人所為。

原本想詢問「誰負責管理這裡的鑰匙？」，但一想到是必又會出現不確定的答案後，姜致秀便沒有開口。不過，他倒是親眼確認了貼在門上的負責人姓名。畫有兩個格子的紙上，清楚印著負責人的姓名。大約兩指寬的小紙張，使用透明膠帶貼著。

負責人：趙美蘭

副負責人：金濬厚

姜致秀的雙眼炯炯有神。正是腦海中的那兩個名字。總之，要不是其中一人有鑰匙，就是兩人都有鑰匙。從這裡消失的福馬林，若不是被其中一人拿走了，就是另有他人從他們其中一人手中拿走鑰匙。換句話說，兩人之中一定有其中一人清楚關於福馬林的事。

「趙美蘭老師上班了嗎？」

「我剛剛在教務室的時候，趙主任是不在啦……他通常都比較早上班才對，但現在也還不是上班時間，所以也不算遲到……」沈勳一臉搞不清楚狀況地撓了撓下巴。

姜致秀立刻打了通電話給朴仁載。

「我才正想打電話給學長。」朴仁載的語氣相當激昂。

「負責處理三銀湖監視器的分析官剛剛打過電話過來，目前已經確認了比黃權中提早約十分鐘進入湖區的另一輛車的車牌號碼。」

「車主是誰？」

聽出語氣不太對勁後，沈勳的雙眼閃閃發亮地盯著姜致秀。姜致秀不自覺地轉過身。

「金濬厚，這間學校的老師。」

姜致秀轉身注視擺放著實驗用藥物的防火門。準確來說，是注視著貼在門上的名字。

「您現在要我相信那種話嗎？」

聽見對方說是基於疼愛學生的心，才想要找樣他生前喜歡的東西擺在喪禮祭壇的荒謬辯解，姜致秀竟也在不知不覺間流露出情緒。金濬厚隨後說出的話，同樣也沒有一個字值得相信。無所謂。在黃權中的車內，發現了來歷不明的頭髮。看見金濬厚接受DNA採樣同意書時，姜致秀不禁會心一笑。一旦比對結果相符，就是如假包換的鐵證。因為，金濬厚曾經聲稱自己從未搭過黃權中的車。

姜致秀刻意挑在送金濬厚離開的時候，提起他的妻子權瑛珠。為的就是要測試金濬厚的反應。果然不出姜致秀所料，金濬厚表現得極度驚慌。真是令人好奇他與權瑛珠之間之後會有什麼樣的對話。

權瑛珠與整起案件似乎不全然無關。金濬厚與蔡多泫、權瑛珠間，顯然存在些什麼。「怎麼了嗎？」調查科的老么刑警見到姜致秀步出偵訊室後的不尋常表情，於是開口問道。

沒有做出任何回應的姜致秀僅是邊輕嚼著下唇，邊返回自己的座位。他惡狠狠地怒視著半空中。虛空之中，並非犀利目光所向。他陷入沉思。

正當擔心姜致秀的老么刑警打算從座位起身時，坐在鄰座的刑警隨即出手制止，對著老么刑警搖了搖頭。對他來說，這是再熟悉不過的事了。

姜致秀嘗試回溯金濬厚的每一個答案。終究沒辦法擺脫對金濬厚的答案的質疑。「只是碰巧去了那裡」、「與黃權中沒有任何關係」，任誰聽了都知道是謊言。

既然如此，坐在黃權中身旁的又是何方神聖？

原本陷入沉思的姜致秀忽然像個回神的人一樣，挺直腰桿拿起手機。他打了通電話給朴仁載。朴仁載仍留在校內確認監視器影片。

「學校的監視器沒有什麼奇怪的地方嗎？」

「目前有在影片中找到有人曾經在十點二十分左右靠近過警衛室，然後和黃權中說了幾句話。只是，看不太清楚是什麼人。這個人除了有戴帽子外，身上穿的也是深色衣服。不過，體型相當嬌小。」

體型嬌小。姜致秀反覆思考著。

金濬厚的表現看起來的確像是對福馬林一事完全不知情。他到警局接受調查期間，應該也不曾聽聞過從黃權中車內檢驗出的物質是福馬林。問題在於，這一切會不會是金濬厚狡猾的演技？只是。假如不是演技的話，假如握有鑰匙的人真的不是金濬厚的話……

「單純就肉眼來看，我在想會不會是個女性……或者，可能得交由步態分析[5]判斷。不然就是得一一找出拍過這個人的監視器影片了。」朴仁載接著說。

「趙美蘭老師來上班了嗎？」

「嗯？」

沒有時間詳細解釋了。

「你去確認一下趙美蘭老師是不是來上班了。沒有的話，找出他家的地址，然後立刻出動。」

姜致秀匆匆掛斷電話。經過不到一分鐘，便收到來自朴仁載的訊息——「趙美蘭老師還沒上班，也聯絡不上」。姜致秀於是回覆：「盡快前往趙美蘭老師家」。

然而，姜致秀找出趙美蘭行蹤的速度，比朴仁載抵達趙美蘭家的速度來得更快。早上九點時，也就是金濬厚正在警局接受調查的同時，趙美蘭曾經前往醫院的急診室接受治療。據說，直到不久前才剛離開醫院。

就在一一確認這些事項時，朴仁載接到了趙美蘭的來電，並表示自己是看到了未接來電才會回撥。反應很快的朴仁載，從容地與趙美蘭通話。他以「由於發現了黃權中先生，

5註：Forensic gait analysis，藉由比對個體的身體擺動、肌肉活動等步態特徵，鑑定不同影像中的身影是否為同一人。

因此警方將會針對全校職員進行調查」作為解釋，而趙美蘭也在聽完後表示自己會立刻返回學校。

期間，姜致秀已經抵達趙美蘭接受治療的銀波大學醫院的急診室。他之所以可以如此迅速地查到趙美蘭接受治療的事，必須歸功於整個晉平郡只有兩家醫院附設急診室。首先致電銀波大學醫院後，便立刻得知趙美蘭有接受治療。

只要仔細想想，邏輯其實很簡單。在單憑肉眼判斷的第一輪驗屍程序中，並沒有在黃權中的屍體發現任何打鬥的痕跡。不過，黃權中車內的整台行車記錄器卻憑空消失。因此，代表犯人在拆除行車記錄器的時候，黃權中已經呈現無法抵抗的狀態。假設那個去找黃權中後一起搭車離開的體型嬌小的人是女性，意味著他必須先讓黃權中進入失去意識的狀態後，才有辦法拆除行車記錄器。那麼當事者在拆除行車記錄器的期間，不就也同樣會暴露在福馬林之中嗎？經過諸如此類的推算後，姜致秀才會想到在第一時間打電話去醫院找趙美蘭。

抵達銀波大學醫院的姜致秀，馬上朝著急診室的工作站而去。姜致秀出示警察人員服務證協助工作人員確認其身分。

「我是剛剛打過電話的刑警姜致秀。今天來這裡的目的，是為了早上曾經在急診室接受治療的趙美蘭小姐。」

稍候片刻後，護理師便打了通電話通報姜致秀來訪一事。主治醫師似乎是待在醫護人員休息室的樣子。不到五分鐘的時間，便看到一位穿著 Crocs 鞋的男醫生朝著急診室走了過來。雙手插在醫師袍口袋的他，靜靜地向姜致秀點頭致意。那張臉，看起來大不了只有三十歲出頭而已。

「沒錯，趙美蘭小姐是由我負責治療。他是被救護車載過來的，並且表示自己有呼吸道相關症狀與劇烈頭痛。」

趙美蘭被救護車載過來的時間是早上九點多。仔細推算黃權中進入三銀湖的時間，兩件事間相差了十一個小時。可想而知，若是趙美蘭也在殺害黃權中的過程中吸入福馬林，也不可能即刻接受治療。而趙美蘭被發現的地方，是在龍金里的超市前。那個位置距離趙美蘭家很近，同時也是從三銀湖步行到趙美蘭家的必經路段。假設一般人步行需要一個半小時的話，那麼換作是一個呼吸困難到會昏倒在地的人，情況又會是如何呢？

「為什麼會出現相關症狀？」

「我不太清楚耶……病人當時聲稱自己在家使用漂白水打掃，但不清楚是不是因為這個原因才出現類似症狀。」

「漂白水？有可能因為這個原因就昏倒嗎？」

「由於不清楚是使用多久時間與多少份量，所以我不太好說，但我認為這不是常見的漂白水中毒。總之，因為病人的氧氣飽和度偏低，而且一直說自己有劇烈的頭痛症狀，所以我替他進行氧氣治療與開立止痛的處方。」

姜致秀點點頭後，敏銳地提問：「假如是吸入福馬林呢？」

「福馬林嗎？」醫師的眼睛睜得又大又圓。他思考片刻後，彷彿覺得一切都說得通似的點了點頭。「如果是福馬林的話，確實有可能出現類似情況。不過，畢竟福馬林也不是那麼容易取得的東西。」

姜致秀低頭致意後，隨即準備轉身離開。

醫師歪著頭想了一下後，開口說道：「對了！當時確實有聞到一股奇怪的味道。有點難形容……類似燒塑膠的味道？您這麼一說，好像就是福馬林的樣子。」

朴仁載是判斷力相當精準的刑警。結束與趙美蘭的通話後，他便在沒有姜致秀的指令之下，直接前往調閱趙美蘭住家大樓的監視器影片。朴仁載在影片中找到了趙美蘭身穿黑色夾克、戴著帽子外出的模樣。與在學校監視器影片中見過的，那個去找黃權中的人是一模一樣的裝扮。

一模一樣的裝扮，加上外出、監視器影片、福馬林與其負責人、因疑似福馬林中毒的相關症狀昏倒後被送往急診室治療的紀錄……

一切都足夠了。姜致秀即刻決定逮捕趙美蘭。他打算先進行緊急逮捕後，再在進行調查的過程中，同時申請搜查令。相關令狀的批准，基本上沒有任何難度。只要令狀一經批准，就可以馬上針對趙美蘭穿過的衣服進行調查。如果在他的衣服上檢驗出福馬林的成分，便再也沒有比這個更好的證據了。

警方進入學校教務室時，趙美蘭的神色十分凝重。對金濬厚視而不見的刑警們，直接掠過他的身邊，走向趙美蘭。

「現在以涉嫌殺害黃權中先生為由執行逮捕。」

欣然接受逮捕的趙美蘭，始終維持一貫的從容態度。

「沒錯，黃權中先生是我殺死的。」承認犯行的語調，如同鎮靜的表情一樣沉穩。

姜致秀移開原本專注在筆電上的視線，注視著他。「為什麼要殺他？」

趙美蘭緊閉雙唇，僅是凝望著地上。他輕輕闔上雙眼，深深吸了一口氣。轉了轉脖子，眼角瑟縮著。趙美蘭睜開眼睛，露出像是決定了些什麼的表情。

「我被勒索了。」

「勒索？」

「是，有人在我桌上放了一張勒索紙條。後來，我才知道那是黃權中先生。」

「關於什麼事的勒索？」

趙美蘭輕輕咬了咬下唇。不過，看起來不像是打算迴避問題。

「因為我殺了蔡多泫。他知道這件事後，才會留下勒索紙條。雖然沒有寫明想要勒索些什麼，但明眼人一看就是在勒索。」

「那張勒索紙條在哪裡？」

趙美蘭眨了好幾下眼睛。「丟了。我撕爛後，丟在學校廁所的馬桶裡。」

姜致秀邊將趙美蘭的話一字不漏地輸入調查文件，邊點著頭。當趙美蘭的目光再次低垂之際，姜致秀笑了。他停下手指，露出銳利的眼神。

「您一直在說謊啊……」

望著趙美蘭顫動的眼神，姜致秀將一隻手舉至臉部的高度。朴仁載就在單面鏡的另一端看著偵訊室內一舉一動，只是從這一端看不到他罷了。

收到信號後，很快就有人打開偵訊室的門。姜致秀沒有回頭，一直抬頭看著究竟是什麼人會走進那扇門的趙美蘭，露出驚恐萬分的眼神並猛地站了起身。他原本坐的鐵椅也因此向後傾倒，發出轟然巨響。

姜致秀抬起頭直視雙眼滿是不可置信的趙美蘭。

「至少，你沒有殺蔡多泫。你不可能是蔡多泫命案兇手，是有原因的。」

姜致秀起身面向剛才踏入偵訊室的人。接著，像是示意坐下般，伸手指了指趙美蘭身邊的座位。顫抖的嘴唇，吃力地發出聲音。

「不可以……」

「坐下吧，鄭恩誠同學。」

鄭恩誠靠向趙美蘭身邊的座位。或許是無法直視母親，他低下了頭。猶如自己的兒子低下的頭般，趙美蘭的神色更顯消沈。

17

那天直到下班前，始終都維持著亂糟糟的氣氛。為了不引起學生們的騷動，副校長下令嚴禁任何人提起關於趙美蘭老師遭到逮捕的事。協助趙美蘭老師負責的課程代課的老師們是以「基於健康因素，所以無法來上課」的說法告知學生，但顯然一切努力都只是徒勞。大概到了傍晚時，消息便已在孩子們之間傳開——關於趙美蘭殺害蔡多泫一事。由於大家還不知道黃權中的死，因此傳聞並未提及這個名字。畢竟，黃權中從來也不是學生們關心的對象。或許，根本沒有任何學生知道他的名字是「黃權中」吧。

儘管收到了「謹言慎行」的指令，但老師們依然會在避開副校長視線後聚在一起時，壓低音量竊竊私語；有些老師，甚至只要一有空就會上網搜尋看看有沒有什麼新消息。

「怎麼看都是金老師賺到了。」

教體育的楊大森老師開了個令人厭惡的玩笑。他指的是濬厚躲過被追究沒有事先告知就上班遲到的責任這件事。勉強擠出一個尷尬笑容的濬厚，沒有對此做出任何回應。

濬厚不知道自己是以何種狀態完成了一整天的課。臨近下班時間時，副校長整個人的身軀都縮在辦公桌隔間屏風之下，看起來應該是正在和某人進行嚴肅的通話。雖然有想過會不會是在和警方通話，但副校長什麼也沒說，所以自己也無從得知。真的好想知道警察到底做了些什麼調查。

一到下班時間，濬厚便毫不猶疑地拿著公事包起身。有些老師們提議一起吃晚餐，不過顯然是打算把今天發生的事和塞進嘴裡的食物一起咀嚼下肚。拒絕邀請便轉身離開的濬厚，在獨自坐上車的那一剎那，腦海中的複雜思緒頓時令他感到天旋地轉。

警方既然會直接進入學校，然後在教務室內把手銬銬在趙美蘭的手腕上，意味著他們手上已經掌握確切的證據了。至少，黃權中的死絕對和他有關。刑警聽起來似乎很在意擺放化學藥物的倉庫，代表一定與整件事脫不了關係。那股嗆鼻的氣味……濬厚的身體不由自主地顫抖著。

連在老師們之間也開始流傳著「趙美蘭也殺了多泫」的傳聞。傳聞的根據源自多泫母親的詐欺案件；因為多泫的母親騙了趙美蘭家，導致趙美蘭的丈夫自殺，從此便埋下深仇大恨。雖然濬厚才剛得知這件事，但有些老師似乎早就知道了。私立學校的老師們調任的情況比較少，因此長久以來都與趙美蘭共事的老師們應該一直都很清楚整件事。趙美蘭的兒子恩誠的施暴事件，引爆了長期累積的仇恨。多泫可能講了什麼話惹怒恩誠，而那些話連心地善良的恩誠都忍無可忍，結果就在引起暴力事件的同時，成為點燃趙美蘭仇恨的導火線，最後釀成殺機……

但是，沒有任何一名老師找出他為什麼一併殺害黃權中的關聯性。到場進行逮捕的刑警雖有提到「以涉嫌殺害黃權中先生為由執行逮捕」，意味著黃權中的死確實是趙美蘭所為，不過究竟是什麼原因，卻怎麼猜也猜不到。

然而，濬厚對於一件事倒是心知肚明——黃權中曾在勒索紙條中提過自己握有證據。而且，他把這張紙條放在濬厚的桌上。假如趙美蘭是碰巧看到這張紙條呢？即使濬厚很慶幸黃權中陰錯陽差地誤會了他，因為勒索到不對的人，被勒索者直接向警方報案的話，「證據」就會落入刑警手中。但他始終掛心著黃權中所說的「證據」到底是什麼？

一心想靠證據當作把柄的黃權中，因拙劣的談判手法讓真兇趙美蘭得知了這件事。總之，警方目前完全不知道關於黃權中握有證據的事。趙美蘭是否只是突然萌生了「乾脆直接把黃權中處理掉」的念頭呢？但趙美蘭把自己引到現場，就是想將殺害黃權中的罪名嫁禍給他。這是趙美蘭的如意算盤。

濬厚邊輕咬下唇，邊牢牢握緊方向盤，想到那個木訥、嚴肅的外表下，竟藏著如此駭人的心機，他便忍不住氣得牙癢癢。再想到趙美蘭看著自己收到那張紙條後表現得慌張、驚嚇、焦急時露出的會心微笑，濬厚便無法原諒。濬厚不禁想，既然他是這種人，活該在自己曾經主宰一切的教務室裡被銬上手銬。

濬厚把車停進大樓停車場時，正是日落時分。熄火後，卻又在駕駛座坐了好久、好久……手握著方向盤的濬厚，食指指尖輕輕敲擊著。不安的氣息，悄悄騷動著。

對於被逮捕的趙美蘭而言，沒有任何選擇的餘地。他勢必會一五一十招出自己的罪行。那麼，也就不可能會出現濬厚的名字。只不過，趙美蘭在解釋殺害黃權中的理由時，絕對會提到關於勒索紙條給錯人的事。一旦說到他不是移動多泫屍體的人，那麼猜疑的目光自然就會轉向這裡。多泫的死因不是已經被判定是溺死了嗎？就算沒有任何殺人動機，也不可能規避一切責任。遺棄屍體罪自然是躲不過。

提供DNA樣本的事，也很令濬厚在意。在這種情況下，一旦證實了在黃權中車內發現的頭髮是自己的，問題就會變得更加嚴重。聽說可以透過驗屍推斷死亡時間，那麼警方會不會因此察覺自己發現黃權中時，他還沒有死的事？丟下黃權中逃跑的時候，自己的確是發自真心地希望他死……

倒不如先下手為強？如果直接去警察局坦白收過勒索紙條，然後堅稱自己不清楚為什麼會遭受黃權中懷疑？也就是說，自己雖然在收到紙條後確實有前往三銀湖赴約，只不過是在得知黃權中死亡後，為了不引起不必要的懷疑，所以才會謊稱自己去過多泫家，但自己與兩件命案毫無關聯。

思考至此時，忽然有人敲了敲窗戶。嚇了一跳的濬厚轉過頭，站在駕駛座窗外的大樓警衛正彎著腰看向車內。濬厚從駕駛座打開車門下車。向後退了一步的警衛，打量了一下濬厚的臉色。

「您有哪裡不舒服嗎？」

「沒有，我沒事。」

濬厚點點頭致意後，迅速離開現場。留下一臉訝異的警衛歪著頭站在原處，而他卻逕自走進了大樓內。

打開家門的電子密碼鎖入內時，客廳的燈沒有亮著。濬厚在不作他想地把腳穿進室內拖鞋之際，才發覺坐在客廳沙發上的瑛珠。瑛珠直挺挺地坐在穿透陽台窗戶的暮色之中，即使在有人解開了密碼鎖與大門發出開開關關的聲音後，也不曾轉頭看過一眼。似乎是下定了什麼決心。然而，濬厚根本無暇關注這些事。漫不經心地經過他面前的濬厚，驟然停下了腳步。濬厚轉頭看向一旁，視線的盡頭落在瑛珠的行李箱上。

瑛珠凝視著擺在客廳桌上的行李箱。完全敞開的行李箱，滿是摺疊整齊的衣物。直到此刻，濬厚才總算想起自己翻過瑛珠行李箱的事。他當然有把衣物原封不動地收回行李箱。當兵時學會的摺衣方法，一直都是他獨居生活的良伴。因此，他完全沒有想過瑛珠會察覺這件事。

只是，對於自己整理東西的順序，瑛珠向來都能記得一清二楚。電視與冷氣遙控器擺放的順序、放在冰箱收納空間裡的罐裝飲料順序、置於流理台旁的醬料瓶順序等……連書房書桌的托盤上，也一定得按照黑色、藍色、紅色的順序擺上各色原子筆。不過才被濬厚弄亂了幾個小時不到的行李已經驚人地歸回原位。雖然他沒有嘮叨著濬厚整理，但這種沉默的壓迫感反而懾人。因此，瑛珠應該也很清楚裝在自己行李箱裡的衣物順序改變了。

本來以為瑛珠是為了報復自己外遇才特地來這裡找碴，但濬厚現在已經意識到事實並非如此。霎時間，他對瑛珠的興趣又像從前一樣消失得無影無蹤。無論是不是知道自己翻過他的行李箱，或者是不是知道自己外遇，一概沒有興趣。

「那是我收到的……那張圖片。」

濬厚回頭看著他。瑛珠的臉，緩緩轉向濬厚。

「那個孩子親手給我的。」

反正不管說什麼都說不通了，濬厚也只能靜靜盯著瑛珠。

「我原本打算出門搭計程車去房仲公司，但看到你的車還停在那裡。」

濬厚曾經說因為車子故障才會向瑛珠借車。但瑛珠離開家時，卻發現濬厚的車依然光明正大地停在原位。起初，他也只是為「大概是還沒把故障的車送回修理中心吧？」，一直到站在路邊對著由遠而近的計程車招手時，才逐漸覺得有些不對勁。即使搭上了計程車，也停止不住感覺事有蹺蹊。這段時間以來，濬厚從來不曾主動和自己說話。那樣的濬厚，就算得去一趟教育廳拿東西，好像也不應該會和自己說話才對。

計程車調頭回家時，濬厚已經不在了。同時，瑛珠也察覺到自己的行李箱與一開始擺放的位置不一樣了。

「如果你覺得有哪裡不對勁，就代表你自己心裡有鬼。」

瑛珠沒有迴避濬厚的視線。過了一陣子，一直注視著瑛珠的濬厚才移動腳步坐上沙發。他直勾勾地盯著坐在自己面前的瑛珠。濬厚當然也很好奇瑛珠是怎麼知道關於多泫的事、瑛珠手上又為什麼會有多泫一向珍而重之的紅鶴照片……只是，與其開口詢問這些，倒不如先聽聽看他要說什麼。聽完瑛珠要說的話，然後離婚。

濬厚的目光動也不動地停駐在瑛珠的雙眸，彷彿在催促著對方說話似地。

「阿姨……跟我說，不知道哪來的學生經常在外面偷看。」

所謂的「阿姨」是負責照顧小孩的保母。就濬厚所知，瑛珠一天會將濬瑛交給保母照顧五小時，而他就利用這段時間出去喝喝茶、看看書，偶爾也會去看場電影。即便內心認為這個行為是「奢侈」，但濬厚沒有說出口。反正，就算自己說了，瑛珠又會拿憂鬱症當藉口。

「起初我以為是什麼奇怪的孩子，所以也只是叮嚀阿姨小心一點就好。原本我也是隨便聽聽而已，但……」

某天瑛珠下班後，家裡的電鈴突然響了。由於怕會吵醒睡著的濬瑛，所以還特地在門上貼了紙條拜託快遞人員使用敲門的方式取代按電鈴，瑛珠因此帶著些許煩躁的情緒走了出門。他本來以為只是快遞人員沒有仔細閱讀紙條內容才會誤按電鈴……但真正找上門的人，是多泫。

濬厚不曾將永仁家的地址告訴多泫。只有過一次在他問起「住在什麼樣的大樓？」時，稍微提過大樓的名字而已。大概是多泫後來去附近偷看後，自己查出了確切位置吧。透過信箱裡的信件查到確切的棟、號，也不是什麼難事。

濬厚詢問了多泫第一次去永仁家的日子後，從瑛珠口中得到的答案是「四個月前」。那段時間，多泫經常曠課。

「當時我才知道，你和那個學生是那種……」再也說不下去的瑛珠，倔強地閉緊雙唇。出力的雙頰，微微顫抖著。怎麼也不想坦露自己碎成一地的自尊心。

濬厚不難猜出多泫非得讓瑛珠知道自己外遇的原因。就像多泫整天掛在嘴邊的那句「真正理解老師的人，也只有我而已」一樣，還有說著要一起去看紅鶴的事。濬厚一直以為這些不過是甜言蜜語罷了，但其實都是多泫一而再想確認自己的位置何在。多泫在自己懷中想像的，是未來。

可是濬厚的想法卻不一樣。雖然他不認為自己與多浤的關係只是單純的「enjoy」，但在濬厚計畫的未來裡，沒有多浤。他覺得當下的快樂才是最重要。因此，他不打算離開這個「當下」。從頭到尾都不曾有過要為了多浤放棄一切的念頭。

多浤覺得濬厚離婚以後，那個空出來的位置就會屬於自己嗎？所以多浤才親口將濬厚外遇的事告訴瑛珠？只是，事情的發展卻有別於多浤的計算。即使瑛珠知道了一切，多浤依然沒聽到任何關於離婚的消息。於是，多浤又去找了瑛珠好幾次。雖然沒有提到詳細的對話，但顯然每見多浤一次，瑛珠都會再次被推落絕望的深淵。

「你曾經為了和多浤見面來這裡嗎？」濬厚問。他瞬間想起關於有名中年女子去過多浤家的事。而呼巴掌的那天，也顯然不是第一次見面。

瑛珠眨了一下眼睛，然後點點頭。「我試過說服，也試過威脅……」瑛珠用著低沉的聲音喃喃自語道。

濬厚頓時又憶起多浤近來經常提起「離婚」一事。兩人也曾經為了這個問題大吵，也就是多浤去學校找濬厚的前一天晚上。

而恰恰是同一天下午，瑛珠收到了一封信，裡面裝著紅鶴的圖片。紅鶴，是多浤夢想的未來。瑛珠說，「這一切和被侮辱沒什麼兩樣」。

「我收到信後，等到再次回過神來，自己已經在打包行李了。隔天，我就來這裡找那個孩子。」一見到面，瑛珠就動手了。

當濬厚表示自己曾經見過完整保留在行車記錄器裡的那一幕時，瑛珠露出不可置信的模樣。

「我真的沒有想過那個孩子會死。」瑛珠把整張臉埋在雙手之中。

不難理解瑛珠的心情有多震驚。即使人不是自己殺的，卻免不了會有一絲愧疚。不過，真的只是愧疚嗎？沒有想過「死得好」嗎？對此感到不以為然的濬厚，冰冷地注視著瑛珠。

「怎麼不早點說？」

瑛珠從雙手間移開自己的臉。「早點說又如何？」

早點說就能提離婚的事。濬厚不過是為了那點微不足道的愧疚感才說不出口罷了，既然瑛珠都已經知道真相，他就能以更加輕鬆的心態提出離婚的要求。

「在我的人生裡，沒有『離婚』這件事。」

「我不是為了你的完美人生而存在的人。」

「我愛你。」

「我也愛過你。」濬厚目不轉睛地注視著瑛珠。只為傷害他。「雖然現在不再愛了。」

瑛珠的表情開始變得扭曲。眼眶漸漸泛紅，快要哭了。濬厚從位置上起身。他心想，即使自己絲毫不會為了這種事動搖，但看到女人哭就是覺得很煩。

「就算不是多汯，我也會離婚。」

「我太了解你了。」瑛珠猛地起身，緊跟在濬厚身後。濬厚直勾勾地盯著他。

多汯也是如此，他同樣說過自己是「世上最了解老師的人」。為什麼要這麼在意「了解」這件事呢？曾經最了解自己的多汯會知道嗎？——對於多汯的死，自己其實沒有那麼悲傷的事。

面對濬厚的毫無反應，瑛珠深深地吐了一口氣後說：「你是一個非常重視為人師表的名譽的人。你應該很清楚我大老遠跑來這裡，就絕對不可能乖乖接受離婚這件事吧？如果就這麼離婚了，你就可以再和別人在一起！」

歇斯底里的聲音劃破空氣。望見對方直視著自己的眼神，瑛珠一個箭步靠向濬厚的身邊。瑛珠將纖細的小手，放在他的肩上。從後擁抱著濬厚的瑛珠，將自己的雙唇貼近他的耳邊，溫柔地呢喃：

「如果你想待在這裡，那就待在這裡。如果我讓你覺得不自在，那我會回永仁。如果你有想要在一起的人……好，那也沒關係。我們繼續像現在這樣生活就好。等到你想回來的時候，再回來就好。」

濬厚噗哧一笑。他抓起瑛珠的指尖，從自己的肩上移開。瑛珠瞪大了雙眼。

「我很感謝你從剛才開始就一直在擔心我，但結婚這種事，我絕對不會做兩次。託你的福，我現在對女人感到極度厭煩。」

濬厚彷彿觸碰過什麼穢物般，甩了甩自己抓過瑛珠小手的拇指與食指。

「對於為人師表的評論？當然重要啊，但只要換份工作，這些東西就都沒用了。別想說要用這些東西來留住我，我不是你可以隨時物歸原處的遙控器。」

丟下因為飽受衝擊而一臉呆滯地站在原地的瑛珠，濬厚逕自走回臥房。門外沒有傳來一絲聲音，沒有痛哭失聲，也沒有敲門聲。

膚淺至極的威脅。

濬厚苦笑了一聲。不費吹灰之力就拆穿對方打算利用毀掉為人師表的名譽作為威脅，進而挽留自己的心機。真是個令人厭煩的女人。幸好自己也因此更加堅定了離婚的決心，所有情誼也清理得一乾二淨。這點，倒是相當感激。

濬厚坐在床上，拿出手機。沒有任何未接來電或訊息。趙美蘭還沒說出自己的名字嗎？

他打開搜尋引擎的應用程式，搜尋「晉平郡」。有些關於今天上午發表都市更新開發計畫的新聞，再往下滑一些，則是關於在三銀湖附近發現屍體的報導。不過，沒有提到已經逮捕重大嫌疑犯，或是該名嫌疑犯是現職教師之類的消息。儘管這裡只是個小地方，但現在畢竟是個連藝人上傳在社群網站的瑣碎日常都會被原封不動寫成新聞報導的時代，絕對不可能錯過「現職教師殺人」如此聳動的新聞素材。或許是因為警方尚未結束調查程序，才會要求封鎖新聞也說不定。

濬厚忽然轉頭望向窗外。外面正有大批刑警找上自己的錯覺，折磨著他。他關掉手機，躺在床上。

「紅鶴的圖片，是多泫給的？」

不過才經過一天時間，濬厚已經如此懷疑瑛珠。畢竟恐怕沒人比瑛珠更有理由殺死多泫。而且假設殺死黃權中一事是為了陷濬厚於不義，一切就變得相當合理。他從來沒有想過趙美蘭才是殺人兇手。趙美蘭此刻在做什麼？大概是準備徹夜接受調查吧？他短時間內應該再也見不到這個世界的光了。濬厚感覺有些惋惜。如果殺害多泫的人是瑛珠就好了……

濬厚有些訝異自己竟從未想過「假如多泫沒死的話」這件事。

18

雖然把鄭恩誠傳喚到偵訊室，但這麼做不僅是魯莽地要讓趙美蘭開口而已。警方前往教務室逮捕趙美蘭時，調查早已進行到某個程度了。正因握有這個結果作為後盾，才會毅然決定逮捕。

但根據調查結果，趙美蘭不可能是殺人兇手。至少，在蔡多泫的命案是如此。姜致秀以監視器最後一次拍到蔡多泫仍在世的二十五日晚間作為推斷死亡日期的依據。同時，當然也參考了國科搜的驗屍結果。只是，三銀湖入口處的監視器並沒有在那個時間點拍到趙美蘭。即便已經調查過所有被拍到的車輛，卻始終沒有發現任何租用車或不屬於當地居民的車。金濬厚也基於相同的原因被排除在嫌疑名單之外。除了他之外，實在很難鎖定特定的嫌疑犯。徒步進入湖區更是不可能。即便可以避開監視器徒步抵達三銀湖，但如果還得搬運一具屍體的話，情況可就不一樣了。對一名普通女性而言，幾乎不可能。就算有可能死命地拖行，但地面也沒有發現任何拖行的痕跡。不是沒有存在共犯的機率，如果趙美蘭坦承自己是犯人的話，那就得再釐清共犯的部分。

但是，針對蔡多泫的命案做出「趙美蘭不是兇手」的結論，並不單純只是根據上述原因。

「請問您還記得二十五日晚上在做什麼嗎？」

聽見姜致秀的提問，趙美蘭這才勉強將雙眼從自己兒子的臉上移開，轉而看著姜致秀。眼神顫動不已。鄭恩誠自從進入偵訊室後，始終一臉憂傷地低著頭。蜷縮著雙肩，保持沉默。趙美蘭露出了不知道該如何作答的表情。

雖然盡是些早已知道的內容，但姜致秀依然邊看著放在桌上的檔案邊說：「從二十五日到二十六日的那天半夜十二點三十分左右，警衛室曾經收到樓層間的噪音投訴。」

姜致秀將自己原本低頭看著的資料轉向趙美蘭面前。移動視線確認資料內容的趙美蘭，飛快地眨動雙眼。趙美蘭悄悄握緊拳頭的舉動，姜致秀全看在眼裡。或許是不太想看到那些內容，因此鄭恩誠始終沒有抬起垂下的頭。

「投訴的人是一三〇八號，也就是在老師家樓下的那一戶。由於無法忍受持續發出的音樂聲，因此決定向警衛室投訴。警衛上樓確認後，發現聲音的來源是樓上的一四〇八號，也就是老師家。同時，也因為看見老師家的燈還亮著，所以就馬上按了電鈴……」

姜致秀用力睜大雙眼。「老師您就出來開門了。當警衛向老師提出關於樓層間噪音的事時，您說了什麼呢？」

看趙美蘭沒有反映，姜致秀緩緩說，警衛作證時表示，「雖然身上穿著睡衣，但不太像是睡到一半出來開門的樣子」。根據警衛的證詞，他說自己聽完趙美蘭解釋「不是我們家。雖然我們還沒睡，但什麼都沒做。況且我兒子現在又不在家，根本不會有人聽音樂」，又實際確認了一下趙美蘭家真的沒有發出音樂聲後，才在兩人對話途中聽見了稍遠處傳來的音樂聲。

話一說完，趙美蘭的臉上瞬間失去血色。彷彿已經忘卻了呼吸。

「鄭恩誠同學，你當時人在哪裡？」

「在家！我是怕你們會說我兒子怎麼樣，所以才……」

「我們已經確認過了。」姜致秀決然打斷原本打算挺身替鄭恩誠解釋的趙美蘭，並接著說：「當天晚上十點左右，鄭恩誠從家裡離開，再回來的時候已是凌晨兩點。雖然他剛才已經向調查官說明過一次了，但我再問一次。你當天去了哪裡？」

如坐針氈的鄭恩誠嚥下一口口水。看著兒子的喉頭明顯地動了一下後，趙美蘭一臉急切地搖搖頭。

「我去找多泫，去了蔡多泫家。」

「沒有！」趙美蘭猛地起身，發出哀嚎似的聲音。

姜致秀慢條斯理地按了按筆電，然後打開一段影片。接著播放至某個時間點後按下暫停鍵，並轉向趙美蘭面前。看見影片的趙美蘭突然跌坐在椅子上。

「這是三銀湖入口處的監視器。我們已經針對部分當天徒步進入的人進行過調查，但因為畫質不佳，所以多數的人都很難辨識。您知道步態分析嗎?簡單來說，就是透過分析每個人獨有的步行特徵後，再與影片中的人物比對是否一致的分析方式。由於警方已經鎖定了鄭恩誠同學，因此也在發現疑似的人物後，準備開始進行步態分析。如果能在這之前得到鄭恩誠同學的親口承認，的確可以省事不少。」

姜致秀看著鄭恩誠。「鄭同學，你知道為什麼我們會鎖定你吧？」

深深吸了一口氣後，鄭恩誠用著沉穩而平靜的聲音說道：「因為我霸凌多泫，然後那天又……傳了恐嚇訊息給多泫。晚上還直接去了多泫家。」

除了看著兒子搖頭以外，已經束手無策的趙美蘭，淚水一滴滴滑落臉頰。此刻的他即使當場昏厥，似乎也不令人意外。

多泫與恩誠從小就是朋友，是關係親近得甚至會讓其他朋友嫉妒的特殊情誼。在如此特別的兩人之間，爆發了詐欺案件。多泫的人生因為這件事跌入地獄，而對恩誠來說，其實也沒什麼兩樣。父親自殺後，拋下身無分文的母親與自己獨留在這個世界。在受盡千夫所指的環境之中，只能想盡辦法拚命生存。母親已經如此辛苦，身為人子的他自然不能再讓母親操心。恩誠於是將自己禁錮在「模範生」的形象之中。

他沒有理由不把這份怨恨的源頭指向多泫。本來只是深藏在心底詛咒的怨恨，終究還是在銀波高中重遇多泫時爆發了。恩誠無法接受請求原諒的多泫。他一而再地找上多泫家，也說了很多不堪入耳的難聽話；多泫甚至還曾在人來人往的市中心對恩誠下跪。多泫就是一個這麼溫順的人。看到多泫那副德性，恩誠更覺得自己的所作所為是理所當然。既然是多泫母親捅出的婁子，自然該由多泫償還一切債務，所以他開始向多泫勒索金錢。恩誠從未向母親提過這些事。

問題出在二十四日。兩人在學校相遇了。雖然以前也曾經在學校遇見彼此，但兩人始終裝作不認識對方。然而，那天多泫卻叫住了恩誠。

「你沒有做錯任何事，所以不要自己毀了自己。」

恩誠當下聽到這番話，激動得猶如已經忘記彼此身處在學校般，徹底氣昏了頭。於是，一把拽起多泫的領口，將他推向牆邊。一心想著「憑什麼對我說這些忠告？」的恩誠，揮舞著拳頭。

「我到底要怎麼做才能得到你的原諒？不，應該是我要怎麼做才能解開你的心結？」

恩誠清楚地記起了多泫說出這句話的語氣。既不悲傷，也不憤怒的，平靜語氣。與一直以來全盤接受一切侮辱與恐嚇，將一切視作自己理應承受的表情一模一樣的語氣。

回家後，恩誠依然無法消氣。他心想，非得好好教訓多泫一頓才行。於是，恩誠打了通電話，命令多泫帶錢出來見他。這次，他用了比平常更具威脅性的語氣。多泫不發一語地掛斷電話。

二十五日，多泫沒有出現在約定見面的地方。當天晚上，恩誠就直接到他家。

當鄭恩誠述說這些事的期間，將臉埋在雙手之中的趙美蘭不停地用力呼吸，似乎已經預見一切已經結束了。

姜致秀移開原本注視著趙美蘭的視線，秀彷彿刻意要說給趙美蘭聽似地，開口詢問鄭恩誠：「今天得知趙美蘭小姐，也就是你母親遭到逮捕的事情後，你直接就跑來警察局了。當時你對我說的第一句話是什麼？」

而鄭恩誠則目不轉睛地盯著媽媽說：「蔡多泫是我殺的，警方好像誤會我媽了。」

就在那一瞬間，趙美蘭猛然抬起了頭。睜得圓滾滾的雙眼，聚焦在鄭恩誠的身上。睜大得幾乎撕裂的眼睛，端詳著兒子的臉龐，就像讀懂些什麼一樣。

「媽媽不是問過我嗎？問我有沒有殺死多泫。就算我說了沒有……你還是不相信吧？」鄭恩誠的臉上滿是悲傷。

「那你那天為什麼要……」

鄭恩誠用力闔上雙眼。眼皮瑟瑟發抖著。深呼吸了一口氣後，睜開雙眼。使盡全身的力氣，緩緩開口。聽見自己的聲音時，鄭恩誠覺得自己的語氣與多泫說著「我到底要怎麼做才能得到你的原諒？」時的平靜語氣，好相像。

「我到底要怎麼做才能得到你的原諒？不，應該是我要怎麼做才能解開你的心結？」這是被一拳打倒在地的多泫說過的話。

「去死。」

這是他的答案。丟在猶如觸電般抬起頭的多泫面前的，是一把刀。

「去死。」

他當下再一次用著充滿憎恨的語氣說了這句話。

所以把刀與蔡多泫的屍體同時被發現時，他真的嚇壞了。

姜致秀將自己不久前放在趙美蘭面前的文件翻到下一頁。被貼上註記著「證據三號」紙牌的東西，是一把紋樣花俏的刀。

「你知道吧?爸爸的那個東西。」

趙美蘭的丈夫是個好人。即便經常為了倒廚餘的問題爭吵，但整體來說確實是個好人。雖然嘴裡老是嘟嘟囔囔，卻依然是個會在寒冬以一身短褲搭配厚外套的穿著，代替妻子外出倒廚餘的人。對待兒子的態度，更是不在話下。總是說喜歡和家人旅行勝過和朋友喝酒的他，就算只是嘴巴說說，但至少還是個願意這麼說的人。

最讓趙美蘭不滿意的部分是他的興趣。他是個軍事迷，只要見到與軍事相關的東西，無論是什麼都會二話不說買下來。趙美蘭始終無法理解，不知道明明是個會說自己做了又入伍的「惡夢」的人，為什麼還會對那些東西如此著迷。家裡的展示櫃除了有整天讓丈夫炫耀著有多接近實體的坦克車模型外，甚至還擺著軍隊的便當盒。後來，趙美蘭已經到了只要一看到軍綠色就覺得厭煩至極的程度。其中，趙美蘭最討厭就是「刀」。雖然他問過丈夫「為什麼要買那種像兇器的東西?」但丈夫卻說那是以前土耳其軍事世家代代相傳的寶物。就算他沒有明講，但顯然是殺戮用的東西。趙美蘭當時真的嚇得毛骨悚然，真的好討厭溫柔體貼的丈夫喜歡蒐集那些東西。後來丈夫過世後，他便一口氣把那些東西通通丟掉了。只是，趙美蘭不知道兒子從中留下了一樣。

姜致秀看著趙美蘭慌張、混亂的表情，內心更是確定了。趙美蘭顯然曾經在新聞報導上見過那把刀，因此才會認定鄭恩誠殺死蔡多泫。理由相當充分。

「那你那天晚上為什麼……?」

鄭恩誠低下頭。「那天，因為蔡多泫沒有出現在約定好見面的地方，所以我才直接去他家。可是，後來越想越覺得不對勁。」

「哪裡不對勁？」

「我怕他真的死了。」

多泫不曾發生過既聯絡不上，也沒有現身的情況。而且是恩誠丟下一把刀後，叫多泫去死的……再加上仔細想想，多泫那天說的話很奇怪，「不要自己毀了自己」？當時恩誠因為覺得他憑什麼教訓自己還為此爭執了一番，後來回想起來，那些話聽起來竟然像是遺言。頓時，恩誠的恐懼油然而生。

於是，鄭恩誠直接找上多泫家，但多泫不在。暫時鬆了一口氣的他，轉瞬間又想到「自殺也不一定要在家」。雖然又嘗試過打電話，卻依然沒人接聽。實在沒辦法隨便離開現場的他，直到三更半夜才決定放棄等待，回到家裡。僅此而已。

「為什麼你不說清楚？」

實情就是如此。假如恩誠要說清楚自己為什麼去多泫家的話，就得一併解釋擔心對方自殺的原因。如此一來，又得交代關於那把刀的事，接著勢必也藏不住毆打、恐嚇、勒索金錢的部分了。

看著趙美蘭因不可置信而逐漸變得扭曲的臉，鄭恩誠的神情卻也因為趙美蘭無法理解一切而顯得哀傷。

「我怎麼可以讓媽媽失望……」

啊——趙美蘭發出了洩氣的聲音。他的表情，就像個失去了近在眼前的目的地的人。

沉默片刻後，他先是看了看兒子的臉，接著又看了看銬在自己手腕上的手銬後，仰頭凝視著天花板。深深地嘆了一口氣，然後發出「呵呵」的乾笑聲。

忽然間，趙美蘭開始哭泣。哭聲漸漸變得激烈。起初是張開嘴發出哀鳴似的聲音，最後卻開始喊叫著刺耳的怪聲。

「媽，對不起……對不起……是我錯了。」

不知道是否有聽見一把抱住自己的鄭恩誠在慌亂之中說的話，趙美蘭始終沒有停止哭泣。彷彿想要否認一切事實的他，使勁地掙扎著。嚎哭得猶如隨著颱風襲捲而來的波濤，而他也在被巨石擋住去路之際粉身碎骨。

「我們會重新展開調查。」

為了讓兩人有獨處的時間，姜致秀暫時離開偵訊室。等到他經過三十分鐘後再回來時，趙美蘭的神情已經像個失去靈魂的人一樣坐在原位。那張臉，看起來既像是自暴自棄，也像是鐵了心接受事實。傾吐了渾身的悔恨、惆悵、愧疚的他，似乎早已精疲力竭。一切都如實地寫成了慘白的臉色，腰桿也因失去力氣而變得彎曲。為了應對意料之外的變數，姜致秀一直都在偵訊室外透過單面鏡觀察內部的情況。

姜致秀不疾不徐地問道：「是您殺死黃權中先生嗎？」

「……是。」

「為什麼要殺他？」

「我看到了勒索紙條。他說他手上有殺死蔡多泫的證據，而我知道留下紙條的人是黃權中先生。」

至此，答案與之前的差異不大。

「是您殺死蔡多泫嗎？」

「沒有。」

「那為什麼要殺黃權中先生？」

趙美蘭倒抽了一口氣，而鄭恩誠於此同時握住了母親的手。

「我以為恩誠……我以為是我兒子殺了蔡多泫。」

「您有確認過黃權中先生手上的證據嗎？」

「沒有。」趙美蘭搖搖頭。

「所以是怎麼回事？」

「我只是下定決心……一定要殺死他。」

無論是用刀刺或是勒脖子，都是趙美蘭連想像都覺得可怕的方式。可是，萬一堵不住黃權中的嘴，只會換來更加可怕的結果。於是，他很快就想到了「福馬林」。因為在某間高中發生福馬林外洩事件後，趙美蘭曾經收過一份關於要向全校師生轉達相關資訊的公文。他私下將裝有福馬林原液的瓶子放進自己的包包裡。

「那天下班後，我換了套衣服又重新回到學校。當時自然是拿『事情沒做完』當作藉口。一發現我到了晚上還沒下班後，黃權中先生立刻就跑來教務室打招呼了。明明也不是巡邏時間……想必是因為他自己得離開一趟，但我又還沒下班，所以才來打探情況。」

一聽到趙美蘭說要再多待一下後，隨即表現得有些為難的黃權中，這才勉為其難地坦白自己得外出一陣子。當美蘭問他要去哪裡時，黃權中似乎猶豫著不知道該怎麼回答。於是，美蘭也接著詢問「能不能順路載我一程？我要去一趟向陽村。」

向陽村正是位在三銀湖上方的村莊。對於黃權中與人相約在三銀湖一事，美蘭心知肚明。面對表情為難的黃權中，美蘭便立刻解釋是因為自己車子壞了，又有重要的事要處理，不停地拜託他。最後，黃權中答應了。全因美蘭說了一句「只要讓我在大馬路邊下車就好」，才終於說服他。黃權中想必是認為「在進入三銀湖前讓對方下車應該沒關係」。

那天，為了讓趙美蘭下車，黃權中才把車停在路邊。沒想到，美蘭又開口拜託對方一起前往向陽村裡。為此，甚至還搬出了「多泫」的名字，聲稱「自己得去處理學生家裡的東西，但沒想到會是這麼晚的時間」、「自己一個人去很可怕」等。黃權中思考片刻後，再次答應了美蘭的請求。他大概是想說「又不是要去三銀湖，只是去一下村裡而已，馬上開回來就好」。至於黃權中當時真正的想法是什麼，現在也沒人知道了。

整個過程中，車子停下來的時間其實不到一分鐘，監視器畫面捕捉到的也正是停車再出發的這一分鐘。

車子再次發動。右側是三銀湖的所在位置，繼續往前開了一下之後，美蘭忽然說了句「停一下車」，黃權中隨即踩下煞車。就在他開口詢問「怎麼了？」的瞬間，美蘭已經拉起手煞車，並將排檔桿移到P檔。

「怎麼了？」直到此時，黃權中仍是一臉摸不著頭緒的模樣。

趙美蘭從包包裡拿出福馬林液，然後直接朝著黃權中潑灑。黃權中邊掙扎，邊發出哀嚎，完全無法睜開眼睛的他，只能胡亂地揮動著雙手。害怕自己會被那雙手抓住的美蘭，匆匆忙忙跑下車。周圍空無一人。

美蘭翻遍了後座與後車廂，卻找不著像是證據的東西。他一開始大概沒有想到黃權中有可能不會把所謂的「證據」帶過來。但無論如何，只要放話的人消失就好。就在美蘭準備逃跑之際，才忽然想起了行車記錄器。

其實，趙美蘭想過自己可能會被抓到。畢竟福馬林不是隨處買得到的東西，而且自己曾經搭過黃權中車的事，之後勢必也會被查出來。警察又不是虛設。美蘭心想，萬一被抓到了，大可一併承認兒子恩誠殺害蔡多汯的事也是自己犯下的罪行。與其讓兒子成為殺人犯，當殺人犯的兒子似乎是比較好的選擇。但另一方面，他也期待著罪行說不定不會被揭發的可能性。

回過神後，他才發現自己早已偷走了行車記錄器。吸入過量福馬林的美蘭也正是在此時昏倒在住家附近。

與發現黃權中時的情況完全吻合。如果連新聞報導不曾提過的福馬林、行車記錄器都瞭若指掌的話，趙美蘭的口供確實具有可信度。然而，依然存在完全無法理解的部分。

「老師為什麼認為黃權中先生會願意載您一程？如果他想勒索您，一定會在您開口說要搭順風車的時候起戒心吧？」

趙美蘭抬起頭，似乎這才意識到自己漏講了一件重要的事。

「不，因為收到勒索紙條的人不是我。」

「嗯？」

「收到紙條的人，是金老師。純粹是因為我見到金老師把看完的紙條丟進垃圾桶時的表情太奇怪了，所以偷偷翻出來看。當下非常震驚。為了找出把紙條留在教務室的人，我還特地調閱監視器，所以才知道是誰留下的紙條。黃權中先生曾經偷偷潛入教務室。當時我覺得他誤會金老師是真兇了，得趕在金老師向警察報案前，先堵住黃權中先生的嘴，這樣才……」

「等一下。」滿臉疑惑的姜致秀打斷趙美蘭的話。「金老師？」

趙美蘭點了點頭。

「對，金濬厚老師。」

19

濬厚眺望著窗外。即使在停車場之外還有其他棟住宅，景色稱不上多麼美好，但在一樓也還算是採光充足。或許是因為只有兩房，所以這裡的住戶是獨居老人、新婚夫妻比有孩子的家庭多；另外，也有不少認為公寓比套房安全的女性上班族。因此，遊樂區變得有名無實，頂多就是偶爾會在社區內的涼亭見到一些出來曬太陽的老人家而已。而走廊式建築加上屋齡超過三十年的公寓，隔音效果很差。無論就生活機能或投資價值的層面來看，這種公寓都不是太好的選擇。

「你還沒去上班啊？」走出浴室的瑛珠露出驚訝的表情。實在很難相信眼前頭髮梳得整整齊齊的瑛珠，竟是剛睡醒不久的人。就算以為濬厚去上班了，瑛珠也不可能容忍自己披頭散髮的邋遢模樣。與生俱來的天性。

「我們談一談。」

「你不上班嗎？」

「我請假了。」

聽到這句話的瞬間，瑛珠的臉上毫不掩飾地顯露警戒的神色。顯然是認為濬厚又要提起「離婚」的話題了。無論對方說什麼都不會動搖的意志，也隨之激發。就算瑛珠不動聲色，濬厚也心知肚明。瑛珠不可能輕易放下執念的性格，濬厚再清楚不過了。

「我泡杯茶給你。」瑛珠看了看坐在沙發上的濬厚後，轉身走向廚房。

原本想對瑛珠說自己不需要喝茶的濬厚，終究沒有開口。

瑛珠總是如此。他永遠都以最適切的模樣對待濬厚。每次想要和瑛珠對話時，只要不先端上一杯茶，就會好像是發生什麼大事一樣。在這樣的瑛珠面前，濬厚始終覺得自己像個客人。在一塵不染的樣品屋裡，有名打扮得光鮮亮麗的女子喝著剛泡好的茶，而自己似乎也得因此好好配合對方的規矩才行。根本無法想像向對方傾述內心話的畫面。

濬厚確認時間的時候，瑛珠正好端著擺放好茶杯的托盤走了過來。翡翠色的茶具，連蓋子都整齊地蓋在正確的位置。先是放好矽膠杯墊，接著再擺上茶杯。濬厚的家裡不可能有這些東西。仔細一看，才發現之前買回來的那些馬克杯都不見了。大概是通通被丟掉了，然後瑛珠再在那些空位填滿屬於自己的色彩。瑛珠以行雲流水般的動作端著空托盤走回廚房放好，再宛如接待客人的老闆似地，露出一抹「客人久等了」的微笑回到客廳。

瑛珠凝視著濬厚，彷彿在示意對方開口。雙手輕輕地擺放在膝蓋之上。

「你去房仲公司的事，處理好了嗎？」

沒有意料到對方會開口詢問這件事的瑛珠，雙眼睜得又大又圓。他的目光隨即低垂了下來，並且展露笑容，心想濬厚或許是想在談論嚴肅的話題前，先說些輕鬆的事吧。

「處理好了，連合約都簽了。」瑛珠的眼神裡銜著些許挑釁。「那是你和我、我們的濬瑛要一起生活的家。」

濬厚的眉尾隱隱抽動著。兩人的眼神，在沉默之中交纏了一陣子。瑛珠沒有迴避濬厚的視線，心意已決的態度堅定。

濬厚邊深深嘆了一口氣，邊移開自己的視線，然後伸出雙手捧著茶杯。瑛珠曾經說過「茶不能喝得太燙」。他說，茶最好喝的溫度是攝氏八十度，而今天果然也是差不多的溫度。濬厚不清楚好喝與否，但茶杯的溫暖確實令人感覺愉悅。這是他唯一可以從瑛珠身上感受到的溫度。

「我想過了。」喝了一口茶後，濬厚放下茶杯。緊閉雙唇的瑛珠，注視著濬厚的眼睛。「你讓我很累。」

「我已經盡力做到最好了。」

「你的『最好』，令人窒息。」濬厚隨即又說了句「對不起」。

在事事完美的妻子面前，濬厚也必須成為一個完美的人。沒有任何地方可以自在地歇息。於是，他外遇了。儘管不能將外遇的一切責任歸咎在妻子身上，但這的確是他外遇的契機。原本只是想要得到些許心靈慰藉，沒想到卻讓彼此間的嫌隙越來越深。因此，濬厚現在不想再走一次回頭路了。他想要離婚。

瑛珠沒有打斷濬厚的坦誠相對，只是靜靜聆聽。即便這番話是如此傷害他的自尊，即便他有好幾次都想打斷濬厚，提出抗議，但瑛珠也只是靜靜聆聽，時不時會重複握緊又放鬆拳頭的動作罷了。

「那是你的執念。」一提到「離婚」，瑛珠一如往常地不願意接受。

事實上，就是看見瑛珠的態度，濬厚反倒執著了起來。頓時覺得「離婚」成了一件非完成不可的任務。為了傷害對方，濬厚會刻意把瑛珠當作空氣，或是當著瑛珠的面，拿起棉被走出臥室。他知道這是多麼沒有人性的舉動。

但現在，濬厚說著對不起，他願意為這一切道歉。當他抬起低垂的頭時，看見的是瑛珠充滿血絲的眼睛，警戒的神色已經消失無蹤，彷彿早有預感濬厚會說出不同於自己想像的事。濬厚心想，這些話應該和他原先的預想不一樣才對。

「你忘了一件事，我們的濬瑛。」

從濬厚和瑛珠的名字各取一個字的名字。兩人的共同結晶，兩人共同命名的孩子。

「就當作是為了濬瑛著想，我還想再努力一次。」

「老公……」

「過去是我錯了，我會用一輩子的時間，請求你的原諒。」

「我也做得不好……」

瑛珠話說到最後，開始出現哽咽的聲音，用手指抹了抹自己的眼眶。

「我們一起生活，我把濬瑛也帶來這裡。」

瑛珠使勁地牢牢閉緊嘴巴，只為了忍住哭泣。

濬厚的雙眼環視了整間房間一圈。「一開始，我的確覺得自己一個人也不錯，但現在不是了。老實說，我不想再被動搖了，只想趕快忘記一切。你可以留住我吧？」

「可以。」

「我們盡快搬去你簽約的那間公寓吧。」

「不用再看一次嗎？」

「既然是你的挑的，大可不必再看。重要的是，我們可以住在一起生活。我們盡快把這間房子處理掉，尾款一付清就搬家。我想快點和你、濬瑛在一起。」

「永仁的那間房子應該很快就能賣掉。只要趕快打聽一下濬瑛的幼稚園就可以了。」

「謝謝。」撫弄著茶杯的濬厚，深呼吸了一口氣。自己的面容，絲毫不差地倒映在茶水之上。原本直勾勾地盯著那張臉的他，忽然抬起頭。「真正理解我的人，只有你而已。」

「老公……」淚水簌簌地滑落瑛珠滿是感激之情的臉龐。

瑛珠悄悄地坐近濬厚身旁。用著熱情的眼眸凝望濬厚的瑛珠，突然伸出雙臂環繞他的脖子。濬厚的目光自然從瑛珠的嘴唇轉向雙眼的瞬間，猶如接收到某種信號般，兩人吻上了彼此的唇。當氛圍隨著熱吻而逐漸升溫之際，瑛珠抓起了濬厚的T恤衣角。顫動的手指，傳達著他的欲望。濬厚的手，伸進了瑛珠的上衣裡。一撫揉胸部，瑛珠隨即呼出炙熱的氣息。

在透過陽台滲入的正午豔陽之下，兩人不斷地鑽進彼此的軀體。火熱而激烈的性愛。瑛珠忘情地呻吟，雙手不停抓著濬厚的髮絲。濬厚的動作也彷如呼應似地變得更加劇烈。兩人滾燙的汗水，黏稠地融為一體。濬厚自顧自地享受快感，瑛珠縱情地放蕩。

「我想今天馬上回永仁。一來是不放心濬瑛，二來是想快點回來這裡。」

一做完愛立刻去洗澡的瑛珠，用著比早上加倍費心妝扮的模樣現身，並且準備了滿桌不亞於韓式定食的料理。當濬厚開始靜靜用餐時，瑛珠則是開始表達自己的決心。瑛珠說，自己會在濬厚動搖前，好好留住他。這也是濬厚的期望。看著濬厚點頭的模樣，瑛珠露出心滿意足的笑容。

「我會盡快回來。房子的部分，也會用緊急出售的方式處理。」

「房子可以慢慢賣就好。你簽約的那間房子尾款，只要用這間房子，還有我手上有的現金，再加上一些貸款去支付就好。」

「幹嘛貸款？我也有存了一些錢。」

「那些都是你辛苦存的積蓄。」

「亂講，那些都是你賺的錢。」

濬厚把雙臂放在餐桌上，緊緊握住瑛珠的手。

那天下午，瑛珠返回永仁。這是在他向房仲公司確認過，由於新房目前是空置的狀態，因此只要尾款一入帳，他們隨時都可以搬進去之後的事。出發前往永仁不到一小時，濬厚便收到瑛珠表示已經完成轉帳的訊息。

「一二七號客人。」

爽朗的女聲，讓濬厚抬起了頭。自己手中的號碼牌和螢幕顯示的號碼一樣。他走向那名女子，展露機械式微笑的女子說：「我有什麼可以為您服務呢？」

「我想要貸款。」濬厚遞出拿在手裡的資料。房屋所有權狀、身分證，以及在職證明書與薪資證明之類的文件。

女子用眼睛瀏覽了一下資料後，開口說道：「這是您名下在永仁的公寓。請問客人預計申請多少貸款呢？」

濬厚笑了。不是坐在面前的顧問的那種機械式笑容，而是發自真心的笑容。

「最高額度。」

確認身分後，由於是收入相對穩定的職業，加上沒有任何抵押貸款，信用評分也屬於優良等級，因此對方說只要等兩天的貸款審查程序結束後，就能立刻入帳。濬厚在申請資料上寫下自己的銀行帳號——事先準備好的海外帳號。

隨後，他立刻回家。將用來當作住處的這間房子以全租[6]的方式出租，不過才是昨天的事罷了。即使是以市價的百分之九十開價出租，但由於這一帶的房子選擇很少，因此想看房子的人沒多久就出現了。

「我是因為收到調任通知，所以才急著脫手。行李的部分，預計今、明兩天之內就可以全部搬走。我之後也不可能再為了這件事特地來晉平，如果有辦法現在就付清尾款的話，租金可以再便宜百分之十給兩位。」

跟著房仲一起來看房子的新婚夫妻互相交換了一下眼神，表示他們需要再考慮一下。大概是因為屋主要急著脫手，擔心這間房子是不是有什麼瑕疵。濬厚僅回答「沒問題，慢慢想清楚再給我答案就好」。果不其然，當天晚上就收到了對方回覆決定簽約的意願。

6註：傳貰，韓國獨有的租房制度，房客入住前繳納一筆押金（約房產價值的百分之六十至七十）給房東，後毋須再按月繳租，並可於約滿後全數取回。

對方大概是想，反正是全租，萬一真的有什麼問題，到時再請房東負責修理就好，再不然就等合約到期後直接搬家。況且租金又比市價低，大可用多出來的錢重新裝修。最重要的是，房仲以「這一帶幾乎沒有全租的房子，應該很快就會被別人搶走」的說詞說服對方的方法顯然奏效。

對濬厚而言，自然是再好不過了。時間所剩不多，儘管沒有訂下期限，但炸彈的倒數計時已經開始。

「差不多是現在了……」

自己的名字應該已經出現在趙美蘭的口中了。從至今尚未收到聯絡來看，意味著警方是為求慎重行事。濬厚腦海中忽然浮現出姜致秀的臉。就算事已至此，換作是那個傢伙，他大概還是會選擇留下來。警方現在應該已經掌握證據了。隨時做好被勒緊脖子的準備。

濬厚想要離開。如果要這麼做，絕對少不了錢。自己存下來的錢，已經全數轉移到海外帳戶。以全租的方式出租晉平的房子，也是為了盡快換取現金。房屋交易需要花費許多時間，而且永仁的那間房子能不能貸款成功仍是未知數，途中說不定還會被警方停止支付。不過，沒關係。假如成功，自然是最好；假如不成功，自己無論如何都會想辦法靠手上有的錢過活。運氣好的話，或許還能收到瑛珠過去這段時間存下來的錢。大概有六千萬。其中雖然也有濬厚給瑛珠的生活費，但絕大部分都是兩人結婚時，岳父母給小倆口作為急用的錢。自己會懷著感恩的心，善用這筆錢。

濬厚先向學校請了三天假。中間恰好遇上星期六、日，因此最少有五天的自由時間。

雖然遞出辭呈可以換來退休金，但一想到可能因此惹人懷疑，最後還是決定放棄。反正當初要在這裡購屋時已經結算過一次了，餘額應該所剩不多。

一直拒絕離婚的瑛珠，曾經利用「為人師表的名譽」作為威脅。然而，有件事瑛珠並不知道。濬厚不是一個重視為人師表的名譽的人。他重視的，只有他本人的名譽。濬厚不是那種有辦法為了「拋妻棄子和學生亂來」而受盡千夫所指，承受批評與失望目光的人。與其忍受這一切，倒不如通通拋棄。

「真正理解我的人，只有你而已。」一想到自己說出這番話時，瑛珠一臉感激的表情，濬厚便忍不住失聲大笑。他不自覺地搖了搖頭。完全不懂瑛珠為什麼會為了他人的評價拚死拚活。

「您看起來是要離開這裡吧？」隔天早上十點抵達家裡的廢棄物回收業者邊環顧四周，邊說道。大概是因為擺在客廳的兩個行李箱吧。

濬厚想要帶走的東西，僅此而已。他已經準備好要放棄一切了。

「因為工作突然有調動。馬上就會有新住戶入住，所以請幫我通通丟乾淨。」

濬厚坐在沙發上，趁著廢棄物回收業者忙進忙出的期間拿出手機。他收到了一連串關於「可以和爸爸一起生活，濬英超級開心」、「好像明天就可以辦轉學」的訊息。濬厚笑著按下刪除鍵。

在搬運工人們揚起的漫天灰塵之中，濬厚像座島般穩坐在位置上搜尋新聞報導。暫時還沒有出現什麼特別的新聞。趙美蘭也應該還沒有被釋放。現在究竟是什麼情況？濬厚嚼咬著自己的拇指指甲。

「那張沙發也要丟嗎？」

這才回過神的濬厚抬頭一看，發現有名男子正低頭看著自己。正是進入這間房子時，詢問過自己是不是準備離開這裡的那個人。從搬運工人們都稱呼他為「班長」來看，想必就是這件案子的負責人。轉頭看了看四周，家裡的東西已經在眨眼間清得一乾二淨。瑛珠昨天端給自己的茶杯正在戴著塑膠手套的女子搬離現場的藍色箱子上，哐啷哐啷地搖晃著。

濬厚從沙發上起身，頓時憶起昨天瑛珠在這裡發出的嬌喘聲。希望瑛珠能把那段再也不會有第二次的歡樂時光，當作是最後的禮物。

「對，這個也麻煩幫我丟掉。」

就在沙發被搬離房子的同時，濬厚也已經將兩個行李箱放進車內。致電告知房仲房子已經清空的消息後，對方表示會即刻通知新住戶付清尾款。如果在合約就快完成的時候，才發現聯絡不上屋主，新住戶想必會相當慌張吧。沒關係。無論是要透過法律途徑取得房子或是有什麼其他作法，都與自己沒關係了。

濬厚確認了一下時間。現在出發前往機場，大約得花兩個半小時。就算遇上塞車，頂多也是三個小時。濬厚應該會比預定起飛時間提早三個小時左右抵達機場。他打算先喝杯茶，再慢慢晃到登機口就好。

當天還有可以預定的機票，也算是慶幸。濬厚買了一張前往阿姆斯特丹的單程機票。

他不打算回來了。反正，這裡沒有值得留戀的東西、值得留戀的人。

濬厚不是因為多泫說過想要一起去荷蘭生活的那番話，才決定要去阿姆斯特丹。只是在思考著究竟要去哪裡的時候，恰巧想起這個地方，才做出決定罷了。不過，倒是滿想去看看多泫曾經那般渴望去一趟的阿魯巴島。但是他暫時還沒想好要靠什麼糊口。

抵達機場時，是四點半。吸收了一整天的熱氣後，停車場的柏油燙得不得了，即便到了傍晚，也沒有變得比較涼快。

將行李託運好後，濬厚走進一間進駐機場航廈的連鎖咖啡廳。打算提早吃晚餐的他，點了一份三明治和一杯熱咖啡。他拿著店員給的取餐震動器走回位置後，打開手機。當他開始上網搜尋的瞬間，霎時感覺到一團陰影襲來。有人站近自己的身邊。原本以為是店員，但一想到自己已經領了取餐震動器，便有預感不是如此。他抬起頭，看了看站在自己身邊的人。

「我是銀波警察局調查科隊長姜致秀。」他出示公務員證件。那張已經見過很多次的證件。

濬厚突然間想起自己其實一直不太喜歡姜致秀充滿自信的聲音和動作。

「金濬厚先生，現在以涉嫌損毀與拋棄蔡多泫的屍體為由執行逮捕。」

周圍群眾的目光，紛紛被那正氣凜然的聲音吸引了過來。濬厚的臉部表情開始變得扭曲。他是一個極度重視自己名譽的人。

這時，桌上的取餐震動器響了。

20

不能冒然要求協助調查。這是姜致秀經過深思熟慮的決定。當一個人認為自己被懷疑時，很有可能會因此湮滅相關證據。他必須確保握有讓對方插翅難飛的證據才行。

當趙美蘭從口中說出金濬厚的名字時，姜致秀其實有些失措。趙美蘭看見了留給金濬厚的勒索紙條。雖然他不清楚黃權中手上到底握有什麼值得懷疑金濬厚的證據，但趙美蘭見到那把刀出現在發現屍體的現場時，一直以為那正是兒子的犯罪證據。於是，他才會萌生殺機，並打算一肩扛起所有罪行。

只是，趙美蘭的想法錯了。看見紙條的金濬厚，依約出現在約定見面的地方。這件事意味著金濬厚收到勒索紙條後，根本沒有報警。換句話說，他一定是基於某些原因才沒辦法報警。

「搜查令下來了。」朴仁載邊站起身，邊對著姜致秀大聲說道。他立刻列印令狀。將這一切都看在眼裡的姜致秀說：「你可以直接指揮搜查行動吧？」

當務之急是找出黃權中掌握的證據。車內沒有發現任何東西。根據趙美蘭的口供，他沒有從黃權中的車內偷走任何東西。由於金濬厚也曾出現在案發現場，因此很難保證他沒有取走什麼東西，但機率很低。趙美蘭是在車內已經充滿福馬林的時間點下車，假如要在這種時候打開車門偷東西的話，金濬厚絕對不可能平安無事。

聽見姜致秀的話，朴仁載一臉驚訝。

姜致秀站起身，並拿起車鑰匙。「我出去一下。」

沒有時間了，他心想。

姜致秀開車前往的地方是聖文社區，也就是金濬厚用來當作住處的地方。調查工作的成敗，取決於找不找得到黃權中手上的證據。不過，還有一個問題。案發當日，離開學校的金濬厚是直接返家，理應沒有多餘的時間把蔡多泫丟進三銀湖。不，就現在的情況而言，應該說根本不可能把蔡多泫丟進湖裡才更正確。萬一解決不了這個問題，就算上了法庭，也會存在讓他有辦法脫身的漏洞。

金濬厚家是幾棟、幾號，姜致秀早已烙印在腦海。他站在停車場，眺望一〇四棟。金濬厚那天下班後立刻回家的畫面，姜致秀已經透過架設在大樓正門的監視器確認過了。由於金濬厚住在一樓，所以不需要搭電梯，因此雖然沒辦法確認他之後有沒有再度外出，但至少可以肯定的是他確實沒有開車。金濬厚有可能從沒有監視器的側門離開大樓，然後再想辦法借車。可是，這個假設解釋不了這段期間要把屍體放在哪裡的問題。況且，進入三銀湖的車輛中也的確沒有租用車或非當地居民的車。

就算金濬厚顯然就是犯人，但存在不確定性的證據難免會引起質疑。他究竟使用了什麼方法？姜致秀認為，必須一一解開源自這間房子的疑點才行。

「等一下。」

姜致秀猛然回過神。他將目光轉向聲音傳來的位置後，見到一名手拿著竹掃把的大樓警衛。看起來應該和黃權中差不多年紀。就在姜致秀瞪大雙眼之際，他才從警衛不悅的神情意識到對方正在盯著自己雙腳的方向。姜致秀趕緊挪開雙腳，向後退了一步，腳下踩著半根菸蒂。警衛粗魯地將菸蒂掃進塑膠畚箕裡。

擔心警衛誤會菸蒂是自己丟棄的姜致秀，小心翼翼地開口搭話：「我想請教一件事。」

警衛挺直腰桿，看著姜致秀。木訥的神情之中，夾帶著些許不自在。面對眼前的外來人士，想必是正在暗自提醒著自己得小心說話。所謂公寓大樓，是一群素昧平生的陌生人們聚在一起生活的空間。仔細想想，其實是很奇特的型態。有鑑於此，管委會經常會教育在這些地方工作的警衛必須注意自己的發言。因為亂傳話可能導致住戶間起爭執，或是在言語間冒犯了住戶，結果遭人投訴。這是姜致秀過去在調查過程中，早已習以為常的防備態度。

姜致秀從口袋掏出自己的警察人員服務證。確認過證件後，警衛再次看了看姜致秀。眼神裡滿是驚慌。

「只要一下子就好。」

警衛帶著姜致秀前往大樓的地下室。下樓後，一打開防火門，即可見到一個寬敞的空間。警衛先一步入內，按下開關。幾盞日光燈亮起後，隱約可見內部空間。陳舊的日光燈，終究趕不走瀰漫其中的潮濕陰暗。昏暗的角落，有張生鏽的鐵床，一旁佇立著一部顯然是被人遺棄的小冰箱。警衛帶著姜致秀走向置於床腳的圓桌邊。圓桌的玻璃滿是裂痕，處處可見膠帶黏貼的痕跡，膠帶的邊角沾滿了黑漆漆的灰塵。

提議要換個地方聊聊的人，是姜致秀。畢竟萬一被金濬厚見到，不太好。再加上，警衛應該也不想被人看見自己與刑警在社區中庭對話的畫面。於是他很快就帶著姜致秀前往自己的休息區。雖說是「休息區」，卻完全不像是個可以休息的地方。未經油漆粉刷的水泥牆，加上天花板毫無遮掩的管線，醜陋至極。一想到一個個舒適安樂的家庭就在這一切之上，感覺有些奇妙。或許，就像是天鵝在湖裡的腳吧？支撐著天鵝優雅姿態的，正是在水裡不停移動的那雙腳。

「您知道金濬厚先生吧？一〇二號。」

姜致秀開門見山進入重點。正準備打開高度及腰的冰箱拿出罐裝飲料的警衛，毫不猶疑地點了點頭。

「金老師？當然知道。」

警衛將飲料擺在姜致秀面前後，坐進他對面的椅子。姜致秀說了句「謝謝」後，隨即打開飲料的瓶蓋。香甜、清爽的芒果汁，沿著喉嚨流進體內，頓時感覺煥然一新。

「他是個怎麼樣的人？」

聽見這個問題的警衛歪了歪頭。

「只要把您知道的說出來就好。」

「嗯……我哪知道他是怎麼樣的人？對我來說，只要不要在大樓鬧事的就是好人，刁難我的就是壞人。」

巧妙的回答。

「他沒有發生過什麼特別的問題嗎？」

警衛睜大眼睛搖搖手。「沒有那種事。這個社區就這麼小，一個在學校當老師的人如果惹了什麼事，消息一定馬上傳開。一個會惹事的人，怎麼可能為人師表？沒有發生過任何問題。」

話一說完，警衛又像忽然想起什麼似地，動了動食指。「只有之前因為身心障礙者專用車位的事，折騰了一陣子。不過，也就那一次而已。」

「身心障礙者專用車位嗎？」

「對。當時因為金老師把車停在身心障礙者專用車位，搞得每天停那個車位的住戶跑來抗議。一下子說專用車位被沒貼身心障礙者貼紙的車子占用，一下子又說我們怎麼都不處理，反正就是大鬧了一場。經過確認，才發現是那位老師的車。但他一直都不接電話，結果要等到隔天才過來移車。唉……」警衛想起那天，不停搖著頭。

「這是經常發生的事嗎？」

「這種事常有啦，你去一趟其他棟，也有那種明明有空位還硬要把車停在自己家門口的傢伙。好像多走幾步路，就會有人來要他的命一樣，唉……」

「不是，我指的是金濬厚先生。」

警衛張開嘴巴，露出笑容。「剛剛不是說過了嗎？老師是不可能在這一帶惹出什麼問題的。那天是第一次，所以我也想說只是不小心錯了一次，還替他向跑來抗議的住戶求情，拜託對方不要報警。」

只有那天一次而已。姜致秀複誦著那句話。

「什麼？」

「那您記得那天的日期嗎？」

「只要找一下工作日誌就知道了。」

「麻煩您幫忙確認一下。」

聽見這句話便下意識地起身的警衛，以弓著腰的姿勢轉頭看著姜致秀。「話說回來，金老師是惹出什麼事了嗎？」

姜致秀沒有回答，僅是微笑以對。

愣頭愣腦的警衛站起身，走了出門。

確認過日誌後，證實那天是七月二十五日晚上。期間一直沒有接電話的他，直到隔天清晨，也就是二十六日才把車子移走。蔡多泫最後一次現身也是二十五日。是巧合嗎？

離開地下室的姜致秀，轉身走向一〇四棟前。面對大樓出入口的右側，即是身心障礙者專用車位區。大概是因為仍是白天，所以車位都是空著。當站在身心障礙者專用車位區的他一抬起頭時，忽然醒悟了一件事——正對面就是一〇二號，金濬厚的家。

他注視了那扇門許久，才移動腳步走向前。在停車場與住宅大樓之間，存在扮演著界線角色的一小片草地。姜致秀踩著草地，嘗試踮起腳尖。

住宅大樓的走廊沒有玻璃窗，只有一堵高度到腰間的牆。姜致秀在厚度大約十公分的牆上看見了一些奇怪的痕跡。

未經修飾的圍牆上，積滿了灰塵。然而，卻有長度約半個成人步幅的灰塵有被人清理過的痕跡。這個痕跡，就在金濬厚家前。該如何解釋這件事呢？姜致秀站在原地，不停來回看著停車場與圍牆上的痕跡。他闔上雙眼，試著想像那天的情景。漆黑一片的夜晚、無人的時間點、非得停在身心障礙者專用車位區的車輛、從這輛車下車的男子、留在牆上的痕跡、將從車內搬下來的某樣東西扔過這道牆……

姜致秀倏地睜開眼睛。忽然間，他急急忙忙地跑往自己停車的方向。就在一坐上駕駛座，並立刻在發動引擎的同時，撥了通電話。當車子飛快地離開大樓之際，對方接起了電話。

沒有多餘時間寒暄幾句的姜致秀開口說道：「我是姜致秀！關於蔡多泫的案件，推測被害人死亡日期的根據是什麼？」

通話的對象是負責蔡多泫驗屍工作的國科搜研究院晉平搜查研究所法醫申徹圭。刹那間，沒有聽到任何答覆。大概是在試著回想蔡多泫的案件。

「當然是屍體的狀態。主要根據皮膚腫脹的程度、內臟腐敗氣體的程度作為判斷的基準。」

根據這些基準，推斷死者至少在水裡浸了四、五天。最後一次捕捉到蔡多泫在世的畫面是二十五日，發現他的日期是二十九日，因此法醫認為死者應該是在失蹤後不久就已經浸在水裡了。

「您曾經提過死者的肺部有驗出浮游生物吧？」

耳邊傳來敲擊鍵盤的聲音。中徹圭確認資料後說道：「是。另外，在鼻子和耳朵有出血的現象。假如不是浸在水裡，腐敗的程度會更嚴重，因為現在是夏天嘛……死者是溺死的，沒有錯。」

對方似乎認為姜致秀在懷疑死因是「溺死」的部分，但沒有時間多做解釋了。

「請問內含成分的檢驗結果出來了嗎？」

「您不也知道匯報最終的驗屍報告得等一個月的事嗎？」話筒的另一端，傳來一聲長長的嘆息。

「我會發緊急處理的申請過去給您。」

通話結束後，姜致秀掛斷電話，並且使勁踩下油門。老車發出瀕臨解體的聲響。

在緊急案件申請緊急鑑定處理的話，即可在二十四小時內收到結果報告。

「您知道嗎？」姜致秀像個準備述說什麼有趣故事的人一樣，炯炯有神地將上半身往前傾。金濬厚就坐在他的對面。

再怎麼緊急的鑑定申請，還是免不了得花點時間等到結果出爐。不過，金濬厚確實沒有如常上班。早在趙美蘭說出實際被勒索的人是誰時，便不難預料到這件事。金濬厚有逃亡之虞。因此，警方一直都在偷偷地跟蹤他。

察覺情況的異常，是在趙美蘭接受調查的隔天。一切就從數名男子進入金濬厚家中，並且搬出各種行李的時候開始。警方攔下載著行李離開大樓的一行人後，經過詢問才知道他們是接受聲稱自己要換工作到國外的金濬厚所託，過程中從未看見從永仁過來的權瑛珠。

姜致秀很快便確認了金濬厚購買前往阿姆斯特丹，四小時後起飛的機票。但是鑑定報告還沒有出來，在仍未有任何證據的情況下，既不能採取限制出境的措施，也不能申請司法互助。

姜致秀用最快的速度趕到仁川機場。經過深思熟慮的判斷，他認為一旦成分檢驗的結果與自己預期相符，就可以直接在機場執行逮捕。

果不其然，金濬厚隻身前往機場了。緊緊尾隨金濬厚的刑警，隨時都在回報所在位置。就在金濬厚抵達機場的同時，警方也收到鑑定結果出爐的電話。幸好能趕在完成出國手續前，將人在咖啡店喝咖啡的金濬厚逮捕回警局。雖然沒有拘票，但已經充分符合緊急逮捕的要件。

金濬厚抬起頭面對姜致秀。扭曲的表情，隱藏不住坐立難安的神色。

姜致秀一臉從容地說道：「人一旦掉進水裡就會死掉，因為肺部進水。」

金濬厚的眉頭鎖得更深了。

「然後，就會從肺部驗出浮游生物。可是，您知道嗎？就算人死了，浮游生物還是可以透過嘴巴、呼吸道，也就是由人體有向外開放的地方進入體內。相反，假如是在仍有心跳的狀態吸入體內的水，就會順著血液進入實質器官，也就是不會與外界有接觸的肝臟、腎臟，甚至心臟。」

姜致秀將一份資料遞向不發一語的濬厚。動也不動的金濬厚僅是用視線往下掃視內容——是驗屍報告。

面對毫無反應的金濬厚，姜致秀悠然地伸出手指擺在驗屍報告上，然後邊逐項指著文字，邊說道：「肺部驗出了非常多樣的浮游生物。」

報告上寫著Cyclotella、Nitzschia、Gomphonema、Navicula等九種成分。原本試著按照發音唸一遍的姜致秀，忽然停了下來。雖然曾經聽國科搜的水質分析官唸過，但他已經不記得了。姜致秀動了動手指。

「但是在腎臟、心臟、肝臟卻沒有驗出任何浮游生物。」

金濬厚猛地抬起頭。「那就是說不是溺死的？」

「不，我已經說過死因是溺死。」姜致秀搖搖頭。

金濬厚再次皺起眉頭。

「溺死，也就是因為吸水而死，但實質器官卻沒有任何浮游生物？到底是什麼意思呢？」

金濬厚沒有回答。姜致秀笑了一下說：「自來水。」

自來水會使用氯來消滅細菌與微生物。溺死、未檢驗出浮游生物，同時滿足這兩項條件的交集，正是被自來水溺死。至於在肺部檢驗出的成分，則是在溺死以後，被丟進湖裡時才透過呼吸道進入體內罷了。

從姜致秀的口中說出那句話後，金濬厚猶如一部停止動作的機器人。從眼睛到微張的嘴巴，通通僵硬不動，甚至連呼吸都忘記了。緊握的手指甲，深深嵌入掌心。

姜致秀熱心地補上一句：「警方確認過金濬厚先生持有的信用卡明細後，發現自從二十六日起，您在住家附近的桑拿一直有消費紀錄，而且是每一天都有。想必是有沒辦法使用浴室的緣故吧？」

「……不是。」

「在蔡多泫消失的學校裡，當時只有金老師與黃權中先生。由於黃權中先生已經過世，因此只剩下一個人了。」

「不……不是我。」

「金濬厚先生，您在二十五日晚上，利用車輛將蔡多泫載出學校。雖然他還有呼吸，但您卻以為那是一具屍體。離開學校後，便立刻回家。身心障礙者專用停車位區，是距離聖文社區一〇四棟一〇二號最近的位置。逼不得已把車停在那裡後，再把屍體拋進走廊的圍牆。接著，您又經由大樓出入口走進走廊，然後把屍體搬進家中。因此大樓出入口的監視器，當然只會留下和平常一樣的下班回家畫面。期間，警衛曾經為了原本把車停在身心障礙者專用車位區的住戶的抗議，打過很多次電話，但您一直沒有接。」

「不是！」

「是浴室的浴缸吧？」

金濬厚緊閉著雙唇。

「金濬厚先生，您利用裝滿水的浴缸溺死了蔡多泫。接著，在三天後的二十八日，假借蔡多泫沒有去學校的理由，開車經過三銀湖。同時，將蔡多泫的屍體丟入湖中。蔡多泫的死因是溺死，而且由他被水浸泡的狀態，判斷應該是在失蹤後立刻溺死，所以大家自然以為一切都是發生在二十五日。由於三銀湖只有入口處有監視器，因此二十八日才經過那個地方的金濬厚先生當然可以擺脫嫌疑。」

「不是！」

「警方目前正在金濬厚先生的住家進行採證。刑警們比金濬厚先生想得還要更固執。」金濬厚後來也不用家裡的浴室，是因為他會想起蔡多泫。在基於愧疚而無法使用的浴室裡，勢必會被找到不少證據。只要移開浴缸，連沾附在管線裡的證據也會被一一找出來。無論再怎麼清理，證據終究會像犧牲者的恨一樣附著其中。

「不是！」

金濬厚驟然起立。面紅耳赤的他，額頭上的青筋凸起。雙眸裡，閃爍著詭異的白光。他發出哀嚎般的吼聲，忍無可忍似地用雙臂掃落桌面上的所有文件，文件和筆應聲掉落在地面。

「不是！我說不是！」

偵訊室的門被打開，原本在外面待命的兩名刑警立刻衝進來，分別抓住金濬厚的雙臂。金濬厚猛烈地抵抗。刑警們想盡辦法扶起為了不被拖離現場而使盡全身力量躺臥在地的他。全身顫抖的金濬厚，大吼大叫著：「不是我！不是我殺的！放開我！不是我，我沒有殺人！」

「我知道。」一把突如其來的低沉聲音，打斷了金濬厚的吶喊。金濬厚宛如被打了鎮定劑的野獸般停止動作，失神地看著姜致秀。

「如果要殺人，大可不必做心肺復甦術。」姜致秀從座位起身，轉身面向金濬厚。

「在沒有任何暴力痕跡的死者身上發現的肋骨骨折，我一直覺得很奇怪。那是做心肺復甦術時留下的傷勢。一個用刀刺人、勒人脖子的冷血凶手，不可能會做心肺復甦術吧？於是我想，勒人脖子和做心肺復甦術的人，會不會其實是不一樣的人呢？」

姜致秀看了看張大嘴巴，根本無法呼吸的金濬厚，然後表示認同地點了點頭。

「蔡多泫不是你殺的。」

他的嘴角，早在不知不覺間失去笑容。

「沒有人殺死蔡多泫。」

21

不敢相信自己耳朵的濬厚，凝視了姜致秀的臉好久、好久……姜致秀僅是默默地看著他。濬厚在那張臉上，絲毫感覺不到任何意圖。至少，看起來不像是打算拐哄自己自首，也完全沒有嘲諷或責備的態度。

「什麼……」

當思緒混亂翻攪的濬厚好不容易開口時，姜致秀隨即向抓住他的刑警們點頭示意。濬厚的雙臂，才終於擺脫束縛，重獲自由。刑警們安靜地離開偵訊室，甚至連一點腳步聲也聽不見。又或者是，濬厚的雙耳已經聽不進任何聲音了。濬厚分不清自己究竟是耳朵聾了，還是精神開始恍惚了。他拖著蹣跚的腳步走向姜致秀。

原本注視著他的姜致秀，先是嘆了一口氣，然後離開自己的位置，將倒落在地上的椅子扶正歸位。等到濬厚坐下後，姜致秀才坐回自己的座位。

「那是誰……沒有人……？」

有些事情想問，有些事情想知道。倘若無罪，他絕對不願平白無故蒙冤。比起是誰殺死多汯，他更好奇為什麼要讓自己淪落在這步田地。當所有疑問攪和在一起時，便沒辦法好好理成一道問題。濬厚從未想像過，自己竟有無法有條有理地說話的一天。

默默望著濬厚一陣子後，姜致秀從座位起身。打開偵訊室的門，然後低聲向某個人說了些什麼。門外似乎還站著幾名刑警。關上門並轉身回到原位時，姜致秀的手上提著一個塑膠袋。讓濬厚急得發慌的姜致秀，看起來不打算即刻揭曉謎底的樣子。

姜致秀將手上的塑膠袋放在桌面上，接著坐下。

「您知道這是什麼吧？」

儘管沒有任何回應，姜致秀也和已經聽到濬厚的答案沒有兩樣。看見那件物品的瞬間，濬厚的眼神失控地閃爍著。口乾舌燥的感覺，讓他不由自主地吞了一口口水。是那截繩子。

濬厚的記憶歷歷在目。就像洗不掉的黴菌一樣，時不時拽拉著神經，讓他感到渾身不自在的東西。

那是勒過多泫脖子的部分繩子，是濬厚當時來不及處理的那截繩子。

「這是在黃權中先生家裡發現的東西。在他的床底下發現的，小心翼翼地裝在袋子裡。」

濬厚的猜測正確，是黃權中拿走了綁在天花板的那截繩子。黃權中當時以為，那是證明濬厚就是兇手的證據。然而，他一定是也勒索到真兇，因此才會死在真兇的手上。濬厚心想，兇手要不是趙美蘭，就是他的兒子鄭恩誠。只是，姜致秀沒有針對濬厚的提問給予答覆。大概是基於偵查不公開吧。

但他明明說了「沒有人殺死蔡多泫」，這到底是什麼意思？

「我們都知道蔡多泫在教室身亡的事。教室有發現血跡，通風口也有綁過繩子的痕跡。由於頸部綁著繩子，所以不難推測命案現場是在教室。經過比對，在黃權中先生家裡找到的那截繩子與綁在蔡多泫脖子的繩子相符，中央處被切斷的痕跡也一致。」

姜致秀拎起透明塑膠袋，裝在裡面的繩子確實有被個地方被切斷了。

「經過判定，這個部分與通風口的痕跡同樣吻合。另外，這截繩子當然也驗出了指紋。」

「只有蔡多泫一個人的指紋。」姜致秀加重語氣接著說。

兇手戴手套。瞬間便讀懂濬厚想法的姜致秀說：「如果戴手套，一定會留下手套的痕跡。不然，也會留下像是手套纖維之類的細微證據。」

姜致秀補上一句「但是沒有」。

「他是自殺。」

「不可能！」沒有片刻停頓，濬厚大喊著，甚至荒謬得笑了。強忍著差點脫口而出的髒話。

太荒唐了，警察就只有這點能耐嗎？被只有這點能耐的警察逮捕的自己，才真是令人惋惜。

「有件事情，你們不知道。多泫死的時候，沒錯，就是我以為他已經死的時候，他是吊在天花板上的，而且書桌離得很遠。我當場就直接把他放下來了。多泫腳邊根本沒有任何可以踩上去的東西。自殺？胡說八道……」

姜致秀泰然自若。這是面對預料之內的反應的態度。

「我們在教室發現的血跡，不只在地板上，桌腳也稍微沾到了一些。只是，這些血跡都是斷斷續續。試著將這些血跡連結起來後，調查官也已經知道那些書桌當時是被推到一邊的事。」

「那……」

姜致秀在資料堆中翻了翻後，忽然停在某一頁文件。他將文件轉向濬厚的面前。那是一張彩色列印的照片。在鋪著綠色墊子的桌面上，有一條長長的繩子。那是警方拍攝的證據照片。勒過多泫脖子的部分，依然維持著環狀。一回想起那一幕，濬厚短暫地閉了一下眼睛。

「這是綁在蔡多泫脖子上的繩子，總長一公尺六十公分。假如要把這條繩子掛在教室的天花板上，應該怎麼做？」

皺緊眉頭的濬厚眨著眼睛看了姜致秀一眼。他不知道這是什麼問題，也不知道該回答什麼答案。陷入混亂的眼神，仍停留在自己面前的那張照片。

如果要掛在天花板……如果是那麼長的繩子……

雖然不清楚教室確切的高度，但若以多泫站的位置為準，繩子至少會到他肩膀的位置吧？

「經過我們的確認，教室的高度是三公尺六十公分。一公尺六十公分的繩子曾經被從中切斷過。再加上這次在黃權中先生家裡找到的那截繩子。繩子有摺痕，所以要計算下垂部分的長度並不難。因此，繩子的總長大概是兩公尺。蔡多泫同學的身高是一百七十公分，站著的話，繩子差不多會落在他的額頭。」

這就是自殺的證據？在空調的通風口掛上繩子後，再綁一個圓圈套住自己的脖子，接著拉扯另一端。但如果要這麼做，自然需要一條長繩。

一想到這裡，濬厚很快就意識到自己的想法錯誤。假設要這麼做的話，繩子的末端應該是呈環狀才對。可是，這條繩子怎麼想都不太對勁。環狀的下方，垂著長長的繩子。是因為繩子太長，才碰巧變成這種狀態嗎？濬厚闔上眼睛，試著努力回想自己發現多泫時的畫面。彷彿回到原地的他，眼前的多泫屍體清晰可見。多泫的脖子上套著繩子、晃來晃去……下巴的下方，垂著一條長長的繩子。

濬厚一睜開眼，姜致秀便開口說道：「我剛才說過，被切斷的部分與在黃權中先生家裡發現的繩子是同一條吧？也就是說，這個長長的部分，就是往下垂的那一端。」

看著濬厚困惑的模樣，姜致秀從容地接著解釋：「雖然沒辦法展示給您看，但我們在屍體身上發現很多傷痕。最引人注意的地方，是雙手。死者的雙手有撕裂傷。由於現在是夏天，假如當初是被丟在其他地方的話，可能就會因為腐壞的緣故，而找不到這些傷勢。不過，幸好有金濬厚先生，因為金濬厚先生，因為被丟在日照不足的浴室與冰冷的湖水裡，減緩腐壞速度，最後才得以發現這些傷勢。」

真諷刺。

除了這句話，似乎再找不到其他形容詞的姜致秀感嘆地說著：「另外，在頸部與腹部發現的數個深而小的傷口，與那把刀的形狀一致。在驗屍報告中，根據這點進行分析後，證實刀子插入身體時，刀鋒都是呈現翻轉的狀態。」

姜致秀拿起手邊的原子筆，透過實際的動作向對此說法摸不著頭緒的金濬厚解釋。然後，邊說著「假設原子筆的一側是刀鋒」，邊像是刺往某人一樣伸向前方。刀鋒的那一側自然是向下。他又緊接著模擬一次將原子筆刺向自己的動作。刀鋒的那一側是向上。換句話說，這些傷口不是被他人所刺，而是自己拿著刀刺向自己。

「雖然頸部也有發現傷口，但沒有任何一處稱得上是致命傷。」姜致秀說，他們通常將這種傷痕稱為「猶豫傷」。

「蔡多泫那天是鐵了心要自殺。他拿著刀去學校，同時當然也準備了繩子。大概是覺得自己沒辦法刺死自己吧？他想得沒錯，雖然嘗試過了，但實在太困難。於是，他決定要用事先準備的繩子自殺。他踩上書桌，綁好繩子後，再下來移開桌子。接著，奮力抓著往下垂的繩子爬上去，然後在中間的地方將自己的頭放進之前綁好的圓圈處自殺。」

「亂講！根本不可能！」濬厚突然抵抗似地站起身。

姜致秀點點頭，示意自己明白對方無法理解也是在所難免。他目不轉睛地注視著濬厚：「可能，因為他是男學生不是嗎。」

在韓國，所有學生自國小五年級起，都得接受PAPS[7]，也就是健康體能評量。這是

7註：Physical Activity Promotion System，健康體能評量。

為了評量學生的健康程度，制定的體適能計畫。學生可以在十二種項目中自行選擇，評量結果則是會記錄在教育行政資訊系統裡。在多泫的紀錄中，最傑出的成績是伏地挺身與握力，通通都是第一等級。因此，當然可能。

「這只是就數據上來說存在可能性，但也有可能是其他人做的啊！」

「剛才已經提過了，我們在綁在空調通風口的繩子上發現了蔡多泫的指紋。假如是其他人把他吊上去的話，那個位置絕對不可能出現蔡多泫的指紋。」

濬厚崩潰似地癱坐在座位。

「那為什麼……偏偏要在學校……」

「因為老師在學校。」

心臟轟地一聲下墜，彷如雷擊的震撼鞭打著後腦勺。臉色死白的濬厚愣愣地盯著姜致秀，不，僵在原地才是更確切的形容。他完全無法動彈。

「我們已經和您夫人通過電話了。權瑛珠小姐為了和金濬厚先生住在一起，正打算處理掉永仁的房子。」

直到這時，濬厚才想起瑛珠這號人物。這是他進到偵訊室後，第一次想起瑛珠。擔心瑛珠會發現自己的背叛之類的念頭，從未存在過。毫不在意。

「我們從您夫人口中聽說了，關於蔡多泫同學和老師的關係。」

從別人口中聽見多泫與自己的關係，實在令人渾身不自在。感覺就像把塞滿嘴巴的沙子大口、大口吞進喉嚨一樣。不清楚是否察覺到濬厚這種情緒的姜致秀繼續說著。

與金濬厚維持著秘密關係的蔡多汯，第一次萌生了有別於過往的希望。但姜致秀口中的「希望」，卻是金濬厚認為的「貪心」。蔡多汯一直期望自己能成為金濬厚的家人，於是他想把與金濬厚是家人的權瑛珠趕出金濬厚的人生。蔡多汯故意去找權瑛珠，為的就是讓他知道兩人的關係，然後主動離婚。除了外遇的部分，蔡多汯認為丈夫的外遇對象是同性學生這件事，一定會帶給權瑛珠很大的衝擊。

然而，蔡多汯的想法太天真了。權瑛珠想要的是，繼續維持這段破裂的關係。至此，便開始了必須將對方推離金濬厚描繪的人生軌道之外才能存活的遊戲。一場蔡多汯完完全全處於劣勢的遊戲。

當提到蔡多汯想要傷害權瑛珠的部分時，姜致秀邊說邊遞上一張紙。低頭看著那張紙的金濬厚，眉頭深鎖。那是一張紅鶴的圖片。揉得皺巴巴的圖片，彷彿紅鶴哭喪著臉。那是濬厚在瑛珠行李箱裡找到的，那張多汯的紅鶴圖片。他不記得自己後來是怎麼處理那張圖片了。

「您知道嗎？據說，紅鶴是種被發現存在許多同性戀的動物。當公紅鶴與與母紅鶴生下小紅鶴後，其他公紅鶴便會將母紅鶴趕走，然後自己取代那個位置。不僅是因為由兩隻公紅鶴扶養的小紅鶴能成長得更強悍，當然也直接關係到存活的問題。」

姜致秀苦笑了一下。「這個故事是蔡多汯同學講給權瑛珠小姐聽的，他說自己會好好照顧孩子，要求權瑛珠小姐離開老師。」

多汯真的有過如此荒誕、幼稚的想法嗎？濬厚緊咬著下唇。他不知道紅鶴的背後存在這個意義，他不知道多泫說著喜歡紅鶴的那個悲傷表情背後存在這個想法。

但他知道，多泫說要一起去荷蘭的那番話不只是因為紅鶴，而是因為在荷蘭同性婚姻是合法行為。自己後來會選擇去荷蘭，也不是因為那是多泫生前說過想去的地方。他只是，想去看一看。面對合法化的同性婚姻，人們是不是真的不會投以鄙視的目光？

眼前的刑警，現在是用什麼樣的眼光看待自己？想著什麼樣的想法？一定是取笑吧？大概想對著自己吐口水吧？或許，就像那些在關於同性戀報導下的留言一樣，覺得這個人又髒又噁心吧？因此，對於多泫來說，得以棲身的地方，只有自己。

然而，濬厚不一樣。刑警似乎也沒有猜到的樣子，濬厚其實是雙性戀者。男人或女人，無所謂。選擇了多泫，只是因為那個孩子很孤單，只是因為那個孩子沒有可以依靠的父母或大人，只是因為那個孩子的身體年輕、有彈性。

這些事，多泫也知道。因此，他才會感到不安。他老是覺得自己總有一天會被拋棄，也甩不開認為只要濬厚決定變心就會重回妻子身邊的恐懼。這一切都不是事實。濬厚從來不打算回到妻子身邊。只是，也沒有準備在多泫身邊安定下來。因為世俗的目光，就算自己真的要接受某個人，那個位置也絕不可能是男人。

焦慮難安的多泫，變得越來越渴盼濬厚與瑛珠離婚。兩人曾經為了這個問題大吵。或許，多泫早已從濬厚為此大發雷霆的模樣，看清了現實。

「是為了向我報仇嗎？」濬厚用著失去焦點的眼神愣愣地仰望著姜致秀。

是啊，所以多泫才會故意去找他，然後在自己體內留下濬厚的精液。接著，上演一場假扮成他殺的自殺。目的就是為了摧毀濬厚。不過，當時的多泫並不知道濬厚想要永遠隱瞞自己的死，也不知道還沒斷氣的自己會葬身在水中。

多泫的母親從惹出麻煩到選擇自殺的那一刻，從來沒有擔心過孩子該怎麼辦；多泫唯一可以依靠的外婆也過世了；多泫深愛的男人覺得他是個包袱，那個男人的妻子侮辱、詛咒，甚至動手打了他；多泫失去了交往多年的好朋友，當然也不難想像身為詐欺案被害人的趙美蘭在學校見到多泫時，都是用什麼樣的眼光。

只要其中有一個人願意做出不一樣的選擇，一切或許就會有所改變。

「他一定很孤單。」姜致秀說。

調查一直持續到隔天。濬厚淡然地承認一切。那天晚上，經過審查適當性後，隨即決定簽發拘票。因為擔心罪行敗露，所以選擇潛逃海外這點，最終成為致命的把柄。濬厚從拘留所被移送到看守所，不過是被逮捕後四天之內的事罷了。

出現在看守所並遞上自己名片的人，是李京植律師。他自稱是濬厚的法定代理人。隨著罪行公諸於世後，不少媒體都爭相進行內容聳動的報導，說濬厚能在看守所過舒服的生活，全歸功於代替自己面對記者們的李京植。

李京植說，瑛珠支付了所有的律師費。就像濬厚不清楚自己匯到國外的錢究竟去了哪裡一樣，他也不知道瑛珠是用哪來的錢請律師，又是用什麼樣的想法做出這個決定。只是，他既不感動，也不感激。濬厚拒絕了所有以瑛珠名義申請的探監。他根本無心面對瑛珠傲慢地揚起下巴，說著背叛自己的代價有多大。

儘管如此，他終究需要律師。

李京植表示，適用在濬厚身上的法律有過失致死罪、遺棄屍體罪、法定強姦罪。首先，由於濬厚承認遺棄屍體罪，因此他認為有罪。

隨後提到法定強姦罪時，李京植則是好像覺得很扼腕似地倒抽了一口氣。「這個、這個……是要滿十六歲啦，如果是再多一歲的孩子就好了。」

假設實歲超過十六歲的話，只要是經過當事者同意的性行為，就法定強姦罪而言即屬無罪。雖然這個部分屬於違反兒童福利法，但因為在兒童福利法中明示的「性虐待行為」一詞存在爭議，有些人認為「合意性行為不該歸類為性虐待行為」，所以過往有許多無罪的判例。

「主要問題在過失致死罪。因為誤以為被害人已經死亡，所以將他泡在水裡，導致被害人身亡……」李京植「嗯」了一聲後，陷入沉思。絲毫沒有對罪犯的嫌惡，或是對死者的遺憾。僅像是把玩具玩壞了以後，對此感到有些苦惱而已。濬厚覺得，這個人和自己是同類。

「老實說，這個案子既有具法律效力的鑑定報告，又有不少媒體搶著報導，恐怕很難打到變成緩刑釋放。法官畢竟也是得看人臉色的職業吧？我覺得，大概三年啦，只要在裡面乖乖當個模範受刑人的話，應該兩年內就可以出來。」

他說得沒錯。在幾個月後的法庭上，濬厚僅被實際判處有期徒刑三年六個月而已。關於過失致死罪與遺棄屍體罪的部分，法官在聽過擔任教職的他的立場與自白後，決定判處有期徒刑兩年，緩刑三年。至於讓他被實際判刑的部分，則是法定強姦罪。另外，還得接受性暴力治療教育輔導課程四十小時。判決後曾經去找過濬厚的律師說，檢察官強烈表達了要提出抗告的立場，但不必太擔心，因為不太會再判處更高的刑期，大不了就是多加一年。這種量刑，極有可能可以靠著成為「模範受刑人」一途提早出獄。

李京植笑著說：「檢察官一直死咬著不放，幸虧我這個律師也死守到最後一刻。」

瑛珠到底給了他多少？

結束與律師的會面後，濬厚踏進一條好長、好長的走廊。他們說，很快就會移送到監獄了。濬厚環顧著油漆過的石灰牆一會兒後，忽然間，放聲大笑。

原本走在他身邊的獄警，詫異地瞪大眼睛盯著濬厚。邊說著「沒事、沒事」，邊搖搖手的濬厚，卻怎麼也止不住笑聲。

所有人都不知道。

當他打開那扇發出怪味的車門時，黃權中其實還活著。

這件事，所有人都不會知道了。

金濬厚笑著走上那條好長、好長的走廊。

後記

「驚悚小說是一種警告。」

這是我在某次訪談中的答案。當時，好像是被問到驚悚小說對我而言代表什麼意義吧。這是我發自真心的答案。驚悚小說，是一種最極端型態的警告。舉例來說，比起描述一個人擁有多麼幸福快樂的童年能讓他長成多麼好的人，刻畫童年經歷過的不幸遭遇，最終會如何將一個人形塑成毀滅這個社會的可怕罪犯的警告，才是驚悚作家應該扮演的角色。

這次的警告，是認同欲望。

金濬厚是個無法忍受他人對自己投以責難眼光的人。內心世界，卻有著截然相反的欲望。他是藉著蔡多泫抒解這個欲望的，自私的人。至於蔡多泫如何、蔡多泫的心意如何，他毫不在乎。

蔡多泫則是不停地想要得到確認。「真正理解老師的人，也只有我而已。」無論如何都想鞏固自己位置的他，甚至不惜傷害金濬厚的妻子權瑛珠。在那一瞬間，蔡多泫與一個失去一切道德觀念的人沒有分別。

權瑛珠同樣也為了金濬厚的一句「真正理解我的人，只有你而已」釋懷。從權瑛珠仍願意為背叛自己的金濬厚找律師這點看來，或許是直到最後一刻，他都不想放下那句話。

獲得他人的認同，當然是件開心的事。然而，當這件事變質成為失去自己的過程時，你我都早已藉由不少事件清楚最終會演變成多麼不幸的情況。曾經努力為了得到父母認同的子女，結果殺死了父母；因為被無視的感覺，而不顧一切對鄰居施暴。

你想得到誰的認同？

又是否已經對這份認同成癮？

這份原稿，是由ELIXIR的林志浩（暫譯）主編協助修潤。喜歡這份原稿的他曾在開會的過程中提出許多建議，但其中最令我印象深刻的一句話是「文風好像變得不太一樣了」。當他問我是不是發生什麼事時，我雖然像開玩笑似地回了一句「上了年紀的關係」，但那卻是真心話。年紀越大，越想漸漸成為懂得深入窺探人性的作家。

不過，我的第一順位依然是「好看」，沒有什麼比得上有人願意在讀完這篇後記後，在闔上這本書的那一刻說一句「很好看」。我終究也是個無法從認同欲望之中破繭而出的人。

感謝那些總是為我擔心、為我加油的人。感謝各位願意接受我利用這個空間憑字寄意傳達謝意。在此向讓我得以擁有這個空間，以及閱讀這本書的各位致上最高的謝意。

鄭海蓮

高寶書版集團
gobooks.com.tw

TN 298
紅鶴
홍학의 자리

作　者　鄭海蓮（정해연）
譯　者　王品涵
主　編　楊雅筑
企　劃　鍾惠鈞
封面設計　黃馨儀
內頁編排　賴姵均

發行人　朱凱蕾
出　版　英屬維京群島商高寶國際有限公司台灣分公司
Global Group Holdings, Ltd.
地　址　台北市內湖區洲子街88號3樓
網　址　gobooks.com.tw
電　話　(02) 27992788
電　郵　readers@gobooks.com.tw（讀者服務部）
傳　真　出版部　(02) 27990909行銷部 (02) 27993088
郵政劃撥　19394552
戶　名　英屬維京群島商高寶國際有限公司台灣分公司
發　行　希代多媒體書版股份有限公司/Printed in Taiwan
初　版　2021年 11 月

國家圖書館出版品預行編目(CIP)資料

紅鶴/鄭海蓮(정해연)著；王品涵譯. -- 初版. -- 臺北市：英屬維京群島商高寶國際有限公司臺灣分公司, 2022.11
面；　公分. -- (文學新象；TN 298)

譯自：홍학의 자리

ISBN 978-986-506-588-1(平裝)

862.57　　111018306

GOBOOKS
& SITAK
GROUP©